辙迹漫语

贾载明 著

群言出版社
QUNYAN PRESS
·北京·

图书在版编目（CIP）数据

辙迹漫语 / 贾载明著 . -- 北京：群言出版社，2017.8（2024.1重印）
ISBN 978-7-5193-0324-2

Ⅰ．①辙… Ⅱ．①贾… Ⅲ．①散文集－中国－当代 Ⅳ．① I267

中国版本图书馆 CIP 数据核字（2017）第 219393 号

责任编辑：李　群
封面设计：胡金霞

出版发行：群言出版社
地　　址：北京市东城区东厂胡同北巷1号（100006）
网　　址：www.qypublish.com（官网书城）
电子信箱：qunyancbs@126.com
联系电话：010-65267783　65263836
经　　销：全国新华书店
印　　刷：三河市京兰印务有限公司
版　　次：2017年11月第1版　2024年1月第3次印刷
开　　本：710mm×1000mm　1/16
印　　张：16
字　　数：255千字
书　　号：ISBN 978-7-5193-0324-2
定　　价：49.80元

【版权所有，侵权必究】

如有印装质量问题，请与本社发行部联系调换，电话：010-65263836

目录 CONTENTS

游历写真

神奇赛人谷	002
雨中登金马山	006
遥望落日与四十八槽	008
初识成都古镇黄龙溪	011
游成都龙泉驿马河公园记	014
记渠县三杰游开江	016
在峨眉山金顶下与猴握手	018
行走白水河画廊	021
白水河畔桃花源	023
游九寨和黄龙的回忆	026
滨河路旁寻棋乐	028
游程园	031
任市镇观音寺游记	034
从都江堰到通化记（之一）	036
祭祖通化凝亲情——从都江堰到通化记（之二）	040

情融烟雨漓江中 ……………………………………………… 044

深山天籁声 …………………………………………………… 046

登上灵岩叹境奇 ……………………………………………… 048

游成都市文化公园记 ………………………………………… 052

我游晋祠不寻常 ……………………………………………… 054

感受希拉穆仁草原 …………………………………………… 058

清幽养子沟 …………………………………………………… 061

游云阳县新张飞庙 …………………………………………… 063

感受新三峡旅途 ……………………………………………… 065

忽然嗅到桂花的芬芳 ………………………………………… 068

有感于别具一格的东郊记忆 ………………………………… 071

| 追寻陈迹 |

巴山核桃 ……………………………………………………… 074

长江梦 ………………………………………………………… 076

回忆云阳县盘石古镇 ………………………………………… 079

想起年少读书时 ……………………………………………… 082

想起青年读书时 ……………………………………………… 084

读书与抄书 …………………………………………………… 086

我心上的书——写在世界读书日 …………………………… 089

我读"四书五经" …………………………………………… 092

飞鼠洞考察记 ………………………………………………… 094

贾家祠堂考察记 ……………………………………………… 097

贾家寨	099
松林坳与红椿沟	102
寻觅血根	104
人过留迹	108

芳馨茉莉

茉莉花三章	112
七月雪梦三章	116
感觉下雪	118
下雪的记忆	120
正月初三晨大霜记	122
正月初一早上吃汤圆	124
与小女弈棋	126
想听布谷鸟的声音	128
傍依田园读李白	130
霖雨时节看秋收	134
腊月回老家看老母亲	136
清晨，去到田野	139
让鸟儿分享一点腊肉	141
昨夜盗贼进我家	143
黄猫的爱情	145
对黄猫的怀念	147
平凡一日又一日	149

创作的苦恼 ··· 151

写文章的两种心态 ··· 153

诗歌与人生 ··· 155

| 长叹短吁 |

西施与貂蝉无家可归 ······································ 158

为司马家族的衰落而遗憾 ································ 161

邱姓人与孔子 ·· 165

难见古时辉煌的班姓、汲姓、主父姓 ·················· 168

参观正在建设中的某地烈士陵园感言 ·················· 173

感慨华盛顿这位伟人 ······································ 175

战胜腰疼病魔记 ··· 177

早晨,放牧鸭群的少女 ··································· 179

中直的树,中直的人 ······································ 181

惠姐 ·· 183

沉痛入魂哭二哥 ··· 186

回忆二哥 ·· 188

悼念一个苦命的好人 ····································· 191

回乡的小路 ··· 193

我还是喜欢骑自行车上班 ································ 195

写在汶川大地震之后 ····································· 197

空寂明月湖 ··· 200

今日淡云秋风 ·· 202

中国二〇〇八年奥运会徽的美丽 …… 204

在网上阅读 …… 205

渴望"土鸡蛋" …… 208

溺情于狗的人 …… 210

孔子与王国维的三种境界 …… 212

谈孔子的形象与气质 …… 214

从明朝的"大议礼之争"事件看儒家的坚强脊梁 …… 217

| 人物实录 |

追求佛家境界的著名书法家贾长城 …… 220

德馨沁远　墨痴泼兰——悼念阳永泽先生 …… 222

记汶川大地震三个撞击心灵的小人物 …… 225

李绩恭的红烛园林 …… 229

清明时节想起一位忘年交 …… 232

回忆孙仁良先生 …… 235

访家谱专家阎晋修先生 …… 237

怀念网友莫语 …… 239

后记 …… 241

游历

写真

神奇賨人谷

诱人的风景必定不同平常,有奇处,如九寨、黄龙的水,张家界的石。四川渠县忽然发现了一个好去处,叫賨人谷。这賨人谷也自有奇处。

一曰水奇。远望,賨人谷林木荫翳,幽深静雅。初入谷,便见瀑布悬于壑崖,葱葱翠绿中一道亮丽,分外醒目,清爽气息飘散,青幽胜景,灵气更见。

沿沟壑盘旋而上,可见瀑布多处。瀑布坠地处,或滩,或潭。飞流的水霎时静止,浓稠如汤,深深的蓝,似乎微风难以吹动,只有游人戏水才能打破宁静。我想起黄龙的水,不也是这样的色彩么!

山静,水净;山青,水蓝。浮躁的灵魂定于此境,胜于禅家的修养。

设如深夜,碧空如洗,明月皎洁,憩息于壑边石上,听瀑布清音,看皎月游浴潭里,那是怎样一种境界!仁者乐山,智者乐水。此地,有水且美,有山且净,仁与智皆备也!

逐级攀岩,不断登高,曲径通幽,忽见一洞,名老龙洞。山势倾窿,林深繁茂,壁崖嶙峋,更显龙洞幽深神秘。龙洞之外,有不规则的葫芦状小湖,其色深蓝,和前面见到的潭一样宁静。

一叶扁舟,可乘载四人。艄公划船的不是浆而是丈余长的竹竿。问为何用竹竿,答曰:"浆用不上。"

进得洞,闻流水淙淙。洞的空间或高或低,或阔或狭。最高的地方不过20米,最宽的地方不过30米。最窄处,仅一叶扁舟通过。流水与扁舟撞击的声音,啪啪直响。只见艄公飞舞着竹竿,左捣右夺,时将竹竿伸入水中拨弄,时将竹竿指向崖间支撑。只听得艄公不时地喊:"手不要放在船舷外!""头低下!"

洞内灯光晦明，水雾迷蒙，阴森袭人。游人个个屏住呼吸，汗不敢出。我曾在宜昌游过此类溶洞阴河，其惊险刺激远不如此。

宽阔处，心松弛下来，以手试水，清凉透骨。望洞顶，有钟乳石悬吊，欲将坠落。水珠滴击，头上、后颈顿感清凉。导游介绍，洞中有一高达500余米的"通天洞"，可达山顶。

良久，驶出洞口，豁然开朗，光亮重见。看入洞处的水，却分外清澈见底，与山下潭水相异，别有意趣。

二曰石奇。张家界的奇石构建宏大，列成山崖奇阵，鬼斧神工，宜远远观望。此地奇石，却不成崖成岭，不居高傲视，而自由散落于密林之中，尤以沟壑两边最为显著。

张家界的奇石，看似从天上降落。此地奇石，绝对从地下孕生。好像发育不良，刚出土，就受到踩躏，畸形，扭曲，矮小，百态百样。说奇丑之极可，说极美之极亦可。总之方圆千里内罕见，令人惊愕惊叹惊喜。

有如龟者，卧于溪涧，一对相伴，伸嘴欲吻。也许饮甘洌溪水日久，渐而成精。龟乃长寿之物，难道为群石之精华？由丑变美，不知经历了多少苦难的磨砺，可谓万古不朽！

有如蛙者，可与双龟媲美。独自端坐崖上，沉雄内敛，修道非浅。好像在望云，望月，望日，望天；又似在听风，听雨，听鸟鸣，听流水，听忽然闯进来的游人怎样欣赏评价自己。也好像在采集万物之精气，修炼，蓄力。有朝一日，或一纵蹈海，或一跃登天。

群丑奇石自然土气，然土气中不乏洋气，那就是色彩，并非像一般石头黯淡的黑，而是浅浅的白。如何就白了呢？也许得益于雨滴冲刷，也许得益于溪水漂洗，但我认定是内在质地，心白净而体自白净也。

当世有收藏奇石的热，这不是一个天然的奇石博物馆么！一个一个，一群一群，不大不小，不深藏亦不太显露，牢牢地定在那里。袖珍奇石易取，这里的石头，无论你多么喜欢，是难以拿走的。这个天然的奇石博物馆理应永恒。

群石多鼓凸，凹陷，孔洞，如被山挤压，被雷劈，被闪电击穿。沟壑里的群石，有的千疮百孔，溪流穿孔而下，不见其影，只闻其声。忽然夺路而出，却是悬崖，飞流直下，银帘凌空，美不胜收。

三曰奇人。也就是赉人。离老龙洞数里半山腰，建有赉人文化博物馆。这山的溶洞，定会有过賨人繁衍生息。这山的沟壑曲径，賨人定会留下过足迹。从馆里介绍的历史文化可知賨人奇在哪里？

古时，西南少数民族立国者罕有，賨人却在今天渠县的土溪建立了自己的国家，依山傍水，环境优美。《华阳国志》记载："宕渠盖为故賨国，今有賨城、卢城。"賨人勇健好歌舞，周武王灭商时，賨人参与战斗，竟然在和敌人对阵时浪漫地跳起舞来。"歌舞以凌殷人""前歌后舞，士气旺盛"，于是商朝军队战败。賨人为"武王灭纣"立下大功。賨人还称"板凳蛮"，因在战斗中善于使用板凳，既可当兵器，又可当盾牌。这些行为性格特征，难道不奇！

史称賨人冶铸技术精湛，打造的剑"为蜀中同类兵器中最精者"。出土的长剑，其柄形如柳叶，至今剑锋犹在．剑上雕有虎纹，生动形象，十分逼真。又是一奇。

"楚汉相争"时，賨人领地成了汉王刘邦管辖的地方，刘邦也真狠心，命令当时賨人从十六到六十岁的男子都拿起武器上前线。勇猛善战的賨人常常充当刘邦军队的前锋，手执牟弩、板楯（板凳），高唱战歌，跳起激越亢奋的賨人舞，勇猛冲杀楚军，所向披靡。

还有奇者，公元纪年以来少数民族在今成都立国，唯賨人也。这个賨人叫李雄，就是现在渠县的人。其父叫李特，性格雄武沉毅，在社会动乱中率领流民起义，牺牲后，李雄继撑起义大旗，在成都建立"成汉"政权，长达近半个世纪。李雄虚己爱人，授用皆得其才，并兴文教，立学官，简行约法，政治清明，轻徭薄赋，注意发展生产，社会安定一时。

賨人的奇特个性给渠县及周边地区创造了丰富灿烂的文化，这里人才辈出，除了上面提到的李特父子外，还有东汉车骑将军冯绲，蜀国大将王平，宋代经术学者黎錞，清朝翰林学士贾秉钟、民国将军唐宪尧，以及当代渠县"四杰"：著名诗人杨牧，社会学家李学明，著名乡土文学作家贺享雍，大学教授、诗人周啸天等等。

环境孕人，环境造人，斯为至理。我想賨人的性格，桀骜不驯、倔强坚忍、体质刚毅像山中那些奇石吧。心地纯朴、行为善良、甘于奉献、不怕牺牲像山间洁白清亮的溪水吧。

神奇的賨人谷，集山、水、石等自然美和历史文化于一体，引人入胜，叹为观止。冉长春先生有一首《游賨人谷》的七律诗，写得俊俏活脱，灵波泛锦，概括了赉人谷的特征，姑且借来作本文的结束吧！

　　　　　春山春水春花骄，才攀云雾又登高。
　　　　　犬径低徊匐半人，龙栈逶迤入九霄。
　　　　　壁立千寻安若磐，洞削百亩岂用刀。
　　　　　要识先贤真造化，谁言到此不折腰？

（2011年8月4日星期四）

雨中登金马山

今春多雨,这个双休日又在雨中。闲着郁闷,何不在雨中去清爽一下。去哪里呢?到金马山吧。晴天上金马的人很多,雨天肯定极少。不喜跟着人流而蹈清静,这也是我的性格。

上午十时过,我出发了。缓缓穿过小城的心脏,向南出城,就可以上金马山了。

雨比早上小些了,稀疏飘落着。清凉的风把雨拨弄着。一个人蜗居久了,就会呆滞化、木质化,成为社会机体上的一个硬结。雨仅仅和我一伞之隔,而风可以掀起我的衣角。可是我感到雨和风与我相距总有一定的距离。看来,是我的心脏和肌体呆滞和木质化了吧。让风和雨透进肌体,沁进心底,人体与自然融合在一起,这是多么美好的境界!

站在金马山秃兀干净的石头上,遥望文山,文笔塔清晰可目。风和雨把尘埃洗去,远远近近都显得十分清晰。文山静得很秀丽,没有胭脂粉黛、暗香浮动、珠玉流光,但非常生态、清纯、自然。文山之巅叫美女峰。此刻四处无云,独美女峰额头上有一绸乳白的云,湿润润的,似凝固的雨,风一碰,就会落在美女峰的额头上。

近处的灌木丛中,不知名的鸟儿不停地叫着;远处的林子里,不时传来斑鸠和布谷鸟的歌声。他们的声音十分清晰而润泽,也许是下了雨,山很静的原因吧。

上山的非只我一人。仰头望去,山头上有人锻炼身体。不一会儿,他们下来了。原来是男女一对。雨中结伴上山,要么是年轻夫妇,或恋人,或朋友,或其性其情相投。不随流俗,向往自然,感受春天的雨,我心头默默赞赏。他俩没有径直下山，而是在凉棚里停下，又继续锻炼身体。毕了，那男士唱起电视剧《三国演义》里的歌："滚滚长江东逝水，浪花淘尽英雄……"我正在用手机录鸟儿的叫声，那男士雄浑高昂的声音也进入了我的手机里，和鸟儿的声音混合在一起。事后不断回放，真是别有风味。

山上的槐花不少，正是花开时节。花香从雨后空气中传来，分外幽香。

雨停了，我款款下山了。想想回去要写一篇小文章，题目是叫"雨中望文山"呢？还是叫"雨中登金马山"呢？

后者是一个新名字，不知什么时候流行起"金马"这个名字来，大家都这么叫，所以就被认可了。其实山并不像金马，不知是谁何年何月在那石板上刻下了一匹小小的瘦瘦的马，人们便把它叫作金马。看不到马头。因为石板风化，马头已消逝。在"金马"左下角，还有竖排的两行字，内容是："吾爱吾妻，相伴永远"。繁体字。雕刻的年份似乎是"2002年"。

一个小地名，从俗而名，没有多少可指责的。但如果把文笔塔那一片山包括在金马山之中，就值得商榷了。以小概大，以新断旧，取俗弃雅是为谬。"文山"之名，有据可查。现存于四川大学的手抄本《新宁县乡土志》记载："文山在治南十里，一峰挺秀，山麓与超影比连，邑人建塔其上，望之如笔，插云霄。"该乡土志分为十五卷，简明记述了本境历史沿革，自然概貌。据考证《新宁县乡土志》大约写成于光绪三十二年前后，是为官立高等小学而编撰的乡土教材。

看来，"文山"之名，是有历史依据的，也是一个很文化的名字。如果将这片风景命名为"文山风景区"或"文山公园"，而将"金马"作为整个文山的一个风景点，这样的命名就比较理想了。

大家都这么叫，我这篇小文章还是叫"雨中登金马山"吧，况且我并未登上文山之巅。

（2009年4月19日星期日下午）

遥望落日与四十八槽

遥望落日与四十八槽，是在孩提的时候。

四十八槽在云阳县境内西部。我家住在云阳县盘石镇后面山梁上贾家寨附近，背靠日出之东。那山梁叫大梁山，横卧南北。

小的时候，父母和哥哥、姐姐们到队里参加集体劳动去了，孤零零的我就守着这个孤零零的"独家村"。闲得无聊时，便走出竹林，站在竹屋旁的小路上或蹲在小路旁的山凹上，或爬上树坐在枝丫上，怔怔呆呆地看山、看飞鸟、看天、看云、看落日。看不到日出和东边的山，因为被背靠的山梁挡住；看南面的山，仅能看两三里之远，一座耸入云霄的如馒头状光滑的山挡住了视线，一览无余，太无兴趣。西边的山，最远的直线距离也不过数里之遥，虽然有些朦胧，看不清人事活动，但哪里是树、田、土和哪里是人家还是大致可以肯定的。看久了也乏味，一点变化都没有。

对我的眼睛永远有吸引魅力的，只剩下落日和四十八槽了。

我看到的四十八槽是遥远的，中间隔有"滚滚长江东逝水"。直线距离最近的也有数十里，最远的可能在百里以上。它虽然在大梁山对着的北面，但却不是正北，而是向西横斜。所以在我的眼里，用一个扫视，就将四十八槽和落日联系起来了。有时由落日望到四十八槽，有时从四十八槽望到落日。

看落日是很有趣味的。是的，有了点文化、读了几句诗后看落日，心头忽然出现"白日依山尽""长河落日圆""夕阳西下，断肠人在天涯""夕阳山外山"等各种情景。这样的情景赋予人文的情感，无疑是有趣味的。但是，儿时的我望落日，虽然很自然，今天想来，也极有趣味，甚至里面也包含着未来的人文意义。落日既是字又是"纹"。

落日的地方是有变化的。秋天，落日下山的地方加快了向南移动的速度，每天下山的地方都不一样。到了冬季，落日几乎要靠近南边的"馒头山"了。春天的时候，落日回头向北即向四十八槽移动。到了"夏至"，几乎就要靠近四十八槽。

落日的色彩和气象也是变幻莫测，有时是白的，可那白又分为如出水的净白，如抹了胭脂的粉白，如西风吹后的干白。我想王之焕的"白日"，属于干白那一类。有时，落日却是红的。可那红又分为如印泥涂染后的红，如十八岁的姑娘害羞后的红，如从霜雪堆里窜出来的红。毛泽东《忆秦娥》里的"残阳"属于从霜雪堆里窜出来的一类红。有时，落日是黄色的。可那黄又可分为橙黄、蜡黄、像雏鹅的绒毛那种黄等多种。杨巨源的"绿柳才黄半未匀"中的黄当属"鹅黄"一类。

落日周边气象的变化多姿多彩，其他不论，只说晚霞。有时只有一抹，伴随着落日；有时是一片，从中有落日射向西天的无数道箭光；有时像着了火，燃烧起来，红了半边天，也映红了四十八槽。

晚霞下的四十八槽，那一道一道的山半仰卧在那里，像一个一个的睡美人，和怡、静谧、温馨。是夕阳让它走进充溢着兰草般气息的梦乡。

在晴天的日子里，四十八槽被薄雾遮着，只能望着一片迷茫。在雨天里，烟雾朦胧，在雨停的间歇，灰色的雾缭绕，四十八槽或全被遮住，或部分被遮住；或山峰被遮住，或山腰被遮住，或山的下部分被遮住。而游离在山上空中的云，随着风的左右，或向西边飞翔，或向东边飞翔。"云跑西，披蓑衣。"如是云往西边飞翔，大凡还要下雨。往东飞翔，天就要放晴了。

往往在雨后初晴的早晨，我会看见四十八槽出现一道美丽的风景。从长江里蒸发的水汽，挨着山就成了雾。那雾如乳一般的白，慢慢地顺着每条山沟向上蠕动。或弥漫到每道山的半腰，或上升到每道山的颈项，但始终不会淹没山峰。令人称奇的是，雾的顶端，是一条水平线。所以这雾的前面，应该加一个"仙"字。

在雨后，是遥望四十八槽最佳的时候。尽管看不到山上的树，更看不到山上的飞禽走兽，但她的线条和轮廓十分清晰，可以肯定哪里高、哪里低、哪里凸、哪里凹。四十八槽的色彩和近处山的色彩不一样，眼前不远的山一概是黄色为主调，而四十八槽，却是海水那样的颜色。正是：沧山如海。四十八槽就

游历写真

是凝固的海,如犁头耕翻过的一道一道的山正像海卷起的浪峰。正因为她的凝固,所以她显得十分静穆、安详。而静穆、安详里蕴藏和显露着深幽的黛兰。这深幽的黛兰里又有我难以辨清的神秘。她不是水墨画,是遥望的一个梦!

天际处,是一道一道的山岭攀结的一起一伏的大山脉。好像天就和一起一伏的大山脉连在一起。山和天外是什么?当然望不到。所以小时候,四十八槽是我最遥远的地方。

望落日和四十八槽,有一种悠远、苍茫的感觉,这种悠远和苍茫时不时在我的脑海中泛起。

(2006年8月19日星期六上午)

初识成都古镇黄龙溪

说是初识,因第一次见,还因跟着人潮流动,没有细细打量模样。

名之曰"黄龙溪",是不是那溪水像一条龙?却不是。有《黄龙甘露碑》记云:"黄龙见武阳事,筑一鼎,象龙形、沉水中……故名曰:黄龙溪。"

这个"武阳",古时是个县名,出现在秦灭蜀之后,看来是很早的。立县的地址在今四川彭山县江口镇平茯村。人们看到武阳这个地方突然出现了一条黄龙,于是这里就叫"黄龙溪"了。

这条龙出现在什么时候?据《水经注》载:"武阳有赤水其下注江。建安二十四年,有黄龙见此水,九日方去。"后立庙作碑记,至此,这个故事已经很人文化了。可见"黄龙溪"这个名字也很早了。

建安二十四年,即公元219年,当时天下大乱,魏蜀吴三国时期刚刚开始。是年,发生了很多战事,"五月,刘备攻占汉中。至七月自立汉中王。关羽北伐曹魏,围其大将曹仁于樊城","八月,曹操派于禁率七军来援助曹仁,被关羽水淹七军,擒于禁、斩庞德,许昌以南纷纷响应关羽,关羽威震华夏,曹操几欲迁都避其锋","十月,吕蒙率东吴军攻占关羽的南郡(属荆州)","十二月,孙权擒杀关羽。孙权向魏称臣,被表为骠骑将军",等等。

而这年的七月,刘备自称汉中王,上表奏告献帝,归还左将军和宜城亭侯印绶,又在沔阳(今陕西勉县东)设立坛场,集合群臣将士,拜受玺绶、王冠,即王位,以其子刘禅为太子,又大封群臣,以许靖为太傅,法正为尚书令,关羽为前将军,张飞为右将军,马超为左将军,黄忠为后将军。刘备称王后,还治成都。

我估摸,武阳出现的这条黄龙就是刘备了。汉朝崇尚"黄色",刘备为汉

游历写真

皇后胄，立志复兴刘家天下。而黄龙出现的时间和刘备称汉中王的时间恰在一年，这么巧合的事件，黄龙不是刘备又是哪位君王呢？

看来黄龙溪这个名称大有来头，用今天的流行话语说，就是这里文化底蕴深厚。

还有一说，黄龙溪曾属仁寿县，而该县地形如龙牙，是故名也。但我以为"真龙现身"这个说法更具有文化含量。

不过，我等匆匆过客，却无时间留下来，寻几个耄耋者，访问访问此地陈年旧事，更无时间去搜寻旧志，查查这里的历史变迁、民风民俗。

其实也不是没有时间，而是跟风赶浪。一大家子人，乘一台车，跟着"方向盘"走，岂不是"跟风"；人说"黄龙溪"是旅游热点，去吧，这就是赶浪。

的确是热景点，各种五光十色的车辆形成的长龙比"黄龙"现身壮观多了。游客形成了海洋，一点也不夸张。还未进入口，人们已经形成弯弯曲曲一排，向入口处挪步而行。进了入口，因为人流如潮，亦迈不开步子，只有跟着人潮，缓缓流动。

有黄龙溪，必有黄龙镇。依山而建，有2009年人工引来的渠水穿镇而下，曲曲折折流向江里。渠水两旁为街道，人流之潮即在渠水两旁的街道上形成。

地不在贱，有水则贵。有水，这万物就活了；有水，不灵动的东西也鲜活起来了。假如有水的地方诞生一个如"黄龙"这样的灵物，那就不仅仅是灵动、鲜活，而且是昭示生命的沉雄和大气了。

人潮的喧哗声尽管盖过了渠水的哗啦声，但我的目光一直在盯着渠水。很是清澈、明净。虽然喧嚣嘈杂，但我看到渠水明澈里的宁静。这个时候，我下意识将大脑松弛，让心落到渠水里。走马观花似的游览不求别的，只求心在放牧，改善一下不利于健康的氛围、环境。如果能达到这个目的，就是"现代旅游"或者说"快餐式"旅游的成果。

我一边跟着人流，一边这样想。

连接渠水两旁街道的是各种各样的桥，很窄很窄，或一两人通过。其形多样，或拱或平；造桥的材料亦多样，或木质，或石质，或水泥钢筋。工程较大的，可能数投入8000多万元建成廊桥了。

宽阔平坦处，立有"跳蹬"，也起着连接两边街道、疏散人流的作用。

渠水两岸自然造就了许许多多的景观，或喷泉，或雕塑，或水车，或石磨，或水井，亭、台、楼、阁、轩、榭，古树浓荫，杨柳依依，与他地大同小异，恕略去不述。

因水干净，戏水者如群鸭扑河，嬉闹嬉笑，不亦乐乎。

我见二童子蹬在渠水中一圆木上，手执"水枪"入水中，把水吸起，然后打向远处。我拿起手机，将两个天真烂漫的形象拍摄下来。

走到江边，用了一个多小时。那里有一座门叫"东寨门"，半月洞口。走出这个洞口，步入一平坦的坝子，坝子边就是江岸了，也就是黄龙溪的岸边。望江水滔滔，水天一色，游人乘着快艇箭一般冲浪，滑翔机在低空飞行，蔚然成景。

黄龙溪来源何处？《仁寿县志》云："赤水与锦汇流，溪水褐，江水清。""赤水"指鹿溪河，"锦"指锦江。

水色褐黄的鹿溪河，从龙泉山出发，蜿蜒而来，与清幽恬静的锦江在闻名遐迩的古镇黄龙溪不期而遇。一浊一清两条河交汇在一起，绕过黄龙镇向南流去。远远望去，宛如两条长龙盘绕在一起，赫然惊心。

为何鹿溪水赤？我猜想是因为龙泉山的泥土系黄色吧。为何锦江清？因源于雪山岷江吧。

忽然想到黄龙溪这个名字，也许与龙泉山黄土有联系呢！

（2015年10月4日星期日上午）

游成都龙泉驿马河公园记

顾名而思，驿马河公园在驿马河畔，大门面对公安分局，右侧与巴金文学院、沫若艺术院呼应，其间有婉转的驿马河相隔。

整个公园占地当有数百亩，内多为人工培育的草坪，移植有寥寥几株苍苍古树，还建有儿童乐园、秀珍湖泊、木质亭台、黑白花奶牛塑像。湖泊旁，春栽水稻，秋种油菜。而草坪里，突兀着稀疏的黄白混合的石头，也是人造的吧。

公园无高高的围墙，无大门，亦无小门，四周只有浅浅的栏栅，植有树的地方，栏栅也没有。一个实实在在闲散的去处。园内景致起伏不平，错落有致，具有浓郁的乡村风味。其建设理念是城乡融为一体吧。

远远望去，那几头黑白花奶牛，或低头，或仰首，或奔驰，以为是真实的存在，近看，原来是人技所为。这个景点，面对北干大道，过往行人极多，给人们的印象很深刻。因此说"奶牛广场"人们知道，说"驿马河公园"人们茫然。何况"驿马河公园"只是图样上和建设者心上的名，还没有镌刻在公园的任何地方。

在龙泉驿这片土地上，春季桃花盛开时，热闹莫过于龙泉山，但一年四季，人气最旺莫过于奶牛广场了。

特别是双休日、节假日，这里不是集市，胜似集市。四面八方的儿童来到这里，而每个儿童又跟随着一个两个甚至三个四个亲人，导致进进出出的几条道上，来来去去的人络绎不绝，还不时摩肩接踵，数人成排，逶迤而行。公园外的人行道和园内，卖各种儿童玩具和小吃的成排成堆，呼卖不断。

当然这里不是集市，而是儿童的天堂！爷爷、奶奶、外公、外婆、父亲、母亲是到这里"放牧"吧。看吧，那些天真纯洁的孩童们汇集到乐园里，不是一园子小绵羊吗？不，是小天鹅！他们寻找到了自由翻飞的天地。

这里还是老人们的乐园。有悠闲散步者，有晨练太极拳、木兰拳者，亦有天天坚持来园子亭台上拉琴歌唱者，各尽所好。

那些音乐爱好者三三两两一组，或一人伴奏，数人唱和，或数人伴奏，一人唱和。所以一年360多天，此地弦歌不断。听其音，阳春白雪少，下里巴人多。有扩音器将声音放大，盖过路过大道车辆喇叭的鸣叫，虽有参差错落高楼阻隔，但方圆一二里可闻。

草坪上，春暖花开或秋高气爽时，有情侣相拥而卧，情意绵绵；有带宠物者，相拥而坐，怡然陶醉；有喜好留影者，站在草坪中摄下一时风景，快哉痛哉；有爱好放风筝者，游走于草坪中，让自己的风筝飞得更高更高，不亦乐乎！

对笔者最有吸引力的是风筝。前些年看到某中医教授给一老驾驶员治疗颈椎炎、肩周炎，不用吃药，就是放风筝。因长年累月驾车头颈肩都不动，放风筝使之动起来，故而可痊愈也。教授还说：放风筝对吐故纳新、清肝明目、散内郁结、神经衰弱都有疗效。

我喜欢观看风筝不是因为它有治病的作用，而是感到放风筝很有些浪漫情调。我往往斜倚在凸石上，仰望着缥缈的风筝，有的在低处盘旋，有的在高处飞翔。忽然，一只风筝却俯冲落地，心里为放风筝人遗憾。有风方放风筝，有风湖畔的柳丝才飞动，四周一切景物都活起来了。望着云空的风筝，人的心陡然松弛，敞开胸襟，让集聚在心上的尘埃随着风筝飞去，散在无垠的太虚里。

像风筝一样多好，可以和太阳、月亮靠得更近一些，听到太空的话语更容易一些。而云朵，伸手便可裁剪。风筝是自在自由的，人的心灵也应当是自在自由的。是的，总有一根线将风筝拴着，其自在自由是有限的。然世间物种，哪一样不是有一根有形或无形的"线"拴着呢？太阳被拴在太阳系里，银河被拴在银河系里……所以，宇宙间大大小小的灵物，都享受相对自由自在之福，而无享受绝对自由自在之命。

想到这里，一阵凉风吹来，恍然如梦，而儿童乐园里，传来许许多多小天鹅扑腾的声音。

（2015年9月4日星期五上午）

游历写真

记渠县三杰游开江

川东渠县出了三个在全国有名气的人物。第一位是曾经以《我是青年》名噪诗坛的全国著名诗人杨牧,第二位是研究社会科学成绩卓著的原四川省委统战部副部长李学明,第三位是以《苍凉厚土》蜚声文坛的作家贺享雍。

六月末,骄阳似火,他们三人风尘仆仆去到开江,我有幸相陪,见到杨牧、贺享雍和新认识的李学明先生。

三杰同饮渠江水,年龄差距不大,不胖不瘦,都是中等个子,脸都一样黝黑,神采炯炯。这是有成就的非常人的样子吧!

奇怪,开江有寺,有名胜,更有远近闻名的温泉,他们不看,不光顾,而是选择"到农村去看看"。

他们说:"我们几个都来自农村,对农村有割舍不去的感情。"

有个去处叫"车家湾"。一排靓丽的民居背靠山弯,山色葱茏,多梨树、李树。"三杰"并不在意美好的自然风光,下了车,径直走进一家敞开门的农户。

这家人姓李,正在吃午饭。户主已近八十高龄,精神矍铄。问起农村的情况,老人滔滔不绝。从1949年初建合作社唠叨到改革开放。

李学明一边记录老人的话,一边问:"你有几个子女?都出去打工了吗?"

老人说:"前几年都在外面打工,但是现在都回来了。"

"为什么呢?"

"不好找活路。"

"回来干啥?"

"就在当地做点小生意,收入和打工差不多。"

去到村委会，党支部朱书记详细介绍了当地情况。说省委书记6月25日刚来过这里，给新农村的建设给予了肯定和赞扬。

李学明连连问："你们开村民大会不给报酬能开起来吗？"

朱书记说："能呀，群众很积极！我们经常开会。一是向群众讲政策，二是讲发展要求，三是给群众提供一些致富信息。"

完后"三杰"对朱书记建议说："还需要加大集体经济建设的力度，只有集体经济壮大了，才能办更多的公益事业。"

晚上，该县有庆祝中国共产党成立九十周年文娱晚会，县里有关领导问"三杰"："你们参不参加晚会？""三杰"说："不参加，就看你们的'两河'治理。"

何谓"两河"？一曰蕉溪河，一曰澄清河。二河皆穿县城而过，在城西北汇合。

过去，两河脏污淤积，不堪入目。治理两河社会呼声很高。这些年，当地大力整治河道，经过数年艰难建设，如今大功告成。

两河风景优美，蕉溪河岸柳丝飘飘，绿草、鲜花点缀；澄清河岸的黄桷树更是浓荫密闭，引人流连。夜里，沿河两岸灯火闪烁，迷离朦胧，令人陶醉。

我们一行要了两只大船，慢悠悠驶入夜色的朦胧里。

"三杰"听说省委党校教授、文化学者孙和平来到开江，便邀请他一同夜游。

孙和平对开江历史文化如数家珍。向"三杰"介绍："川东民间流传着一句话：'有一条河倒流三千八百里。'就是指的我们游的这条河。蕉溪河与澄清河汇合后，叫新宁河。按一般的河流流向，应向开县流去，直奔长江，直线距离不过一百多公里。可是它却向西流去，经宣汉县、达县、渠县，汇入渠江、嘉陵江，最后在重庆市汇入长江。体现了百折不挠、向往外部世界的精神。"

杨牧先生说："我在新疆待了好多年，那里也有一条河流，也是倒流。我写过一首诗，也是表达一种精神，不过不是走出去，而是说舍不得走，流连新疆这个好地方。"

大家连连称好！

一两个小时不知不觉过去了，船靠岸了，大家似乎意犹未尽。

（2011年7月8日星期五上午）

在峨眉山金顶下与猴握手

2008年国庆节这天,我们四点刚过就起床了,目的是早些上金顶看日出、云海、佛光。

天还没亮,车在盘山公路上爬行。在汽车灯光的照耀下,隐隐约约可见树的影子。莫道君行早,更有早行人。车一辆接一辆形成长龙。有些人为了在金顶看这三景,前一天下午就上山了。住在山下的游客,有的也比我们早。

这次是重游峨眉山了,前一次在二十多年以前,步行登山,真正算是游。那时没有上山的公路,也没有索道,全靠两腿一步一步地攀登。

我内心在想,峨眉山有日出、云海、佛光,其他地方也有,不过在山顶这个特定空间去看,感觉不一样罢了。但我还是随着人潮上山了。可见一种文化心理一旦形成社会定势而后形成社会潮流,其无形的引力极其巨大,人们会在不知不觉中随潮流而动。

一个多小时后,车到了雷洞坪,步行二十多分钟石梯路,到接引殿乘索道车上金顶。小小索道远远不能及时输送巨龙般冲涌上来的游客,买缆车票要排队,乘缆车又要排队。时间一秒一秒过去,天已大亮。太阳哪里会等我们,他醒了之后,便款款地也向着金顶上升了。我心里哀叹,只看得见峨眉山的太阳,看不见峨眉山的日出了。

啊,看到日出了,在一片薄云的遮掩下,光芒四射,那一片云有的地方薄,有的地方厚,在日色的映照下,呈现出各种不同的色彩。橙黄与金黄、浅白与雪白交错,而整个天,还是密布漫天浓厚的铅白色的云。此刻,我庆幸自己无意中排队候车站的道位置好。一共两个候车道,我站的是靠窗户的道,虽然隔层玻璃看世界,但总比看不到的好。嗨,这不是佛光嘛!从云缝里透出的阳光，洒在山谷里，弥漫着，静静地弥漫着，弥漫中似乎有无数金色尘埃在浮动，似薄薄的蝉翼，但蝉的羽翅哪有这么巨大和立体！与佛光相应的是飘浮在山间的白云，也就是云海了。云海和佛光的相互作用，既增加了峨眉山的动感，又增加了峨眉山的神秘感。

上金顶后，听比我们上得早的朋友们讲他们看日出，早早站在那里，眼睁睁望着日出的地方，那里是一片云。有的没有耐性，绝望而退。刚刚退后，太阳在云中露出了一线，然后慢慢现出了全身。退下来的游客很后悔："我们三点时就站在那里，结果还是没有在理想的地方看到日出。"

现在我想，我的朋友和我一样，也没有看到真正的日出，真正的日出应当是没有云遮盖的时候，一露脸就能看到。我们看到的日出是从云里出来的，都是看到的太阳而不是日出。

在金顶看云海更加气势，云海就在脚下，苍茫千里，远接天际。如果想成仙就可以驾风奔去。在飞机上见过云海，色彩更加丰富，有的图景如秋天丰收时的景色，金稻遍地，牛羊成群，溪水奔流，公路如玉带蜿蜒。唉，曾经沧海难为水。峨眉山的云海固然美丽，但不能对我形成冲击的力量。

能让我惊叹的，当数金顶上耸入云霄的佛像，应是峨眉山的一绝。此佛像于 2006 年 6 月 18 日落成开光，名"金顶四面十方普贤铜像"，高四十八米，造型独特，四尊佛像背与背紧紧相靠，面向四面八方的瞻仰者；佛像不止一层，而是三层，从艺术方面看，这增加了佛像俯视众生的丰富性。整个佛像宏大壮丽。有感概道：

> 金顶佛雕高入云，气度恢宏压山惊。
> 朝圣万千仰首望，罪恶临此当绝尘。

上山时，心中在想着峨眉山的猴。游峨眉山见不到猴，也是一大遗憾。因为峨眉山的猴太有名气了，虽然我前一次见过，但这次还想见。登山的距离不长，可能见不到猴吧。下了金顶，从接引殿到雷洞坪的路途中，突然看到人们挤得水泄不通，原来是在赏猴、逗猴、拍猴照。许多只猴，或行走在路边的栏杆上，或三三两两蹲在树上、山坡上。我挤进去，拍了蹲在栏杆上的一只猴，距离很近很近，近得猴可以伸手触摸我的脸。呵，它还和人握手呢！我将手伸出,猴亦将手伸过来,和我握了良久。它的手有点凉,但很柔和,很轻松,说明它骨子里透露着亲切。松开它的手,它见我旅行袋里有东西,手闪电般伸进去,将大半瓶纯净水拿出,衔住瓶身咬了一口便丢在地上。

与猴握手,我很珍惜,是这次游峨眉山的最大收获,不仅仅是难得的一握,更重要的是体现一次人与自然动物最亲切的接触和交流。

(2008年10月2日星期四上午)

行走白水河画廊

成都西北有一个卫星城叫彭州市，从此城偏北行，有一条河叫白水河。河面甚阔，少水，卵石鳞聚。估计这条河发自龙门山脉，山洪暴发时河水如潮，平常水枯，而冬季则水流近乎断流。再看两岸，青峰夹河，连绵逶迤。公路始终紧依河畔，平缓舒坦，即使有坡度，也是很小很小。就这样行走三十余公里，便到了一个我要去的地方。

这个地方叫白水镇。听其名，大概离河的源头已经不远了。

从白水镇翻过龙门山，就是映秀镇，2008年"5·12"汶川大地震，这里是震中。白水镇与映秀镇的直线距离只有十余公里，可见大地震时白水镇损失之惨重。

我2009年春到白水镇去，公路只能勉强通行，虽然人们建设激情高昂，轰轰烈烈，一日千里，但仍然可以看到地震留下的明显痕迹，公路不少地方波浪起伏极大，扭曲皱褶。巡视公路两旁，最刺眼的是不断看到有摇摇欲坠的危房，有的倾斜，有的墙壁上有很多裂缝。

这次走白水河，地震的伤痕一点也看不到了，不仅如此，河岸简直成了美丽的画廊。新修的民居一幢挨着一幢，色调多彩，或白或绿，或古朴或现代，有个别地方甚至"檐牙高啄，各抱地势，钩心斗角"，透露出艺术的气息。遍观所有建筑，大都小巧玲珑精致。

相当一部分民居都是山上的农民地震后搬迁到山下的。这不仅创造了一道崭新的风景线，也是民风民俗、生活生产习惯的一次大改变。据说有一部分农民不愿意搬迁，他们说，住到了新的地方，房子统一建了，每一间都规规矩矩，漂漂亮亮，如果没有新的工作，到地里劳动就不方便了，还有，收获的洋芋堆在什么地方？发展副业养猪等没有场地也是一个问题。所以，政府从实际出发，顺从农民的志愿，实在不愿意搬迁的，只要原地能建设地基稳妥的房子，仍然可以留在原地。

看来，农村的发展不能搞一刀切，生活、生产习惯的改变是一个漫长的过程，政府可以促进、推动而不能强迫，要等待水到渠成。

一路看去，一座桥边矗立的"5·12"几个黑色数字给我留下了最深的印象。人们平常说建设要包含点文化。这几个数字看似简单，它却含有重要文化价值，对于没有经历过这场重大灾难的后人来说，这几个数字带有历史震撼意义。

我几次到白水河都是严冬或早春，从成都平原往山里走，愈走山愈深、愈大，每次进山都看到雪，昨天去，耀眼的雪景又呈现在眼前。山上有的地方有树木，有的地方是灌木，有的地方是浅草，有的地方是光秃秃的悬崖。积雪依地势而定，有的地方薄，有的地方厚。树枝上、草叶上也挂着稀疏的雪。放眼雪景全貌，感觉山非常清秀。新落成的民居画廊在雪的衬托下，显得更加漂亮、新颖、夺目。

开车的赵师傅说："这雪还是小了点，再大些就好了，这些年越来越暖和了，小时候严寒天可以玩冰凌，现在难得看到。还是要四季分明，现在不分明了。"

我一边欣赏着雪景，一边回答赵师傅：是啊，雪再大些就好了！

（2011年1月12日星期三上午）

白水河畔桃花源

从四川彭州市出发向西北行,公路不是很宽,但很亮堂,两旁繁花似锦,漂亮的小楼房鳞次栉比。与公路平行的始终有一条河流,水少而白花花的大大小小的卵石遍布。一个多小时后,公路走完,桃花源到了,而河流源头未到。

这里的地形地貌,完全是一个睡着的"U"字,不封口的那方是去到彭州的方向,而这三方,全系高山峻岭,诸如九峰山、王家山。

山虽巍峨却不显恶势,因为有郁郁葱葱的森林;地虽贫瘠但不露困苦,因为一幢幢漂亮的别墅光彩夺目。

这个地方叫宝山村。宝山村名扬中华,但她却处在深山。

可以将宝山村叫"桃花源",她不是陶渊明的幻想,而是我们眼睛可见的真实情景。

然而,看这里的封闭状态、文化历史和其他自然环境,这里是绝不能成为一个如诗如画的地方的。且看那山,如果没有草木遮盖,是令人望而生畏的;且看那水,一遇暴雨,山洪汹涌可怖,一旦雨停,河里露出高低错落的被洪水冲刷得白白净净的乱石,要掬得一捧甘洌的水,只有俯身在卵石之中;且看那土,浅薄的土壤里夹杂着许多碎石,有的尖,有的圆,有的方。在这样的土地上耕作,可见多么艰辛。

看来,这个桃花源不是大自然与老天的恩赐,而是靠人力的创造。宝山的确有宝,但这个宝不是金子,也不是银子,更不是国家企业曾在这里开采的铜矿石,而是生长、生活在这里的劳动群众。是宝山人让"宝山"成为真正的宝山,是宝山人的智慧和血汗使这深山星光灿烂。宝山人是最大的宝!

在群宝之中,出现了一个让现实和未来惊叹的大宝贝,他的名字叫贾正

游历写真

方,他团结和领导宝山人与穷山恶水奋斗了近半个世纪。意想不到的是他几乎双目失明。很难想象,一个看不见险峻山崖的人却经常在陡峭崎岖的山路上行走,并指挥村民治山治水;很难想象,一个看不见方向的人却准确地把握了宝山村人生存、发展的方向。

宝山人睡半夜、起五更,改造贫瘠的土地,双手在乱石丛里碰磨、碰撞得血淋淋的痛苦劳动可歌可颂;宝山人重视生态环境建设,大力开展植树造林,为裸露、嶙峋的山穿上绿装的业绩光照史册。宝山人大力发展水电等工业使致富之途发生质的飞跃令人大加赞扬。

但是,最值得称羡、值得深思、值得传扬的是宝山人选择的发展道路。

20世纪80年代初,当全国各地普遍实行土地分散经营的时候,他们沧海横流,从实际出发,以贾正方为代表的全村村民紧紧团结在一起,坚持走集体主义、共同致富的道路。集体主义这根绳,把村民的心和手联结在一起。由此产生了巨大的无坚不摧的集体主义力量。他们改造土地、生产成倍增长的粮食、给秃山赋予绿色生机靠的是集体的力量,后来由农业迈入工业,实现农、工、商的完美融合也是靠的集体主义力量。

当代中国人如果说智慧珍贵的话,在宝山村这里得到了最好最高的体现。的确,在那个时候,除了智慧之外,必须体现英雄主义精神。优秀的智慧与英雄主义相结合,就会创造出人间奇迹。所以宝山人,不仅体现了了不起的智慧,也体现了英雄本色。

江南著名的华西村固然值得称道,但笔者以为,宝山村比华西村更令人惊异,更值得激动,更具有普适意义。试想,华西村文化、经济底蕴是多么深厚,地理位置是多么优越,交通条件是多么便捷。这些,宝山村是不可同日而语的,半个世纪前,这里除了穷山恶水还是穷山恶水。

本文其所以名之为"桃花源",是因为宝山村的景象几乎与陶渊明梦中的"桃花源"一样,如:"缘溪行,忘路之远近。忽逢桃花林,夹岸数百步,中无杂树,芳草鲜美,落英缤纷。……山有小口,仿佛若有光。便舍船,从口入。"

看宝山村地势,前临白水河,背靠大山。山顶可逐云彩,巍峨山峰下又生出小山,"5·12"大地震时,震下岩石被小山挡住。小山下,山坡渐缓,直达河底。这平缓山坡造的梯田,既是粮仓,也是居所。地震后,他们统一规划,把分散的农户集中起来,层次错落排列在平缓的山坡上。新建的房屋,家家成别墅,户户似"洋楼",一条条闪光的沥青路穿梭其间。再配上空气清新,绿树碧天,鸟语花香,岂不是真正的桃花源吗!高温季节,远道来的避暑人络绎不绝,就住在农户家中。谁不是择境而来呢?

这些是抽象的画面,再告诉读者一些具体的数据,宝山村民收入的95%来自集体,90%的劳动力在村集体企业务工,2007年户均拥有存款和股份20万元以上;村民的资金、工龄、职务、技术、劳力等均可参与集体企业入股,每年公司要拿出600万元给持股职工、村民分红,公司为每个职工购买了养老保险;在企业工作的村民,年满60岁实行退休,每月领取退休工资;按月实行医疗补贴,生病住院给予50%~100%的报销。在集体务工的村民既是农民也是工人,同时也是股民。村民职工人人持有股份,年年享受分红。2007年底,全村固定资产达到40亿元,拥有集体企业26个,全村年产值13亿元,年总收入2.1亿元,人均纯收入12322元。2008年"5·12"大地震村里财产损失一半,经过数年恢复性建设,如今村固定资产总额又达到地震前水平。

劝君到宝山村一游,渴望中国大地上有更多的村走宝山村的发展道路,集体主义、共同致富才是中华民族追求的正确目标和福祉。

(2011年9月24日星期六上午)

游九寨和黄龙的回忆

游九寨和黄龙，正是"汶川大地震"之前，即2008年4月。地震后说，真是幸运，游后才发生地震。在游九寨和黄龙之前，还游览了北川县的猿王洞。这个洞被大地震全部毁灭，不知道现在恢复没有。

时间过去了数年，很多东西都已遗忘，但对九寨和黄龙的总体印象却刻进了大脑的深处。

我感觉九寨的景色是一部童话，天真、活泼、幼稚。也许与时间有关系，正是春天，万物竞发。"人间四月芳菲尽，山寺桃花始盛开。"这深山里不像外面将进入夏季，春天才开始呢。满山遍野的枝条，都沾着嫩嫩鹅黄，其势茫茫，似乎整个天的颜色也改变了。这真是一个全新的世界。

我的心境被改变，激动、兴奋、感叹。这样的境地当是佳境了。从日常灰色、黯淡的生活环境，突然进入这新鲜的天地来，怎么不令人惊喜呢！

尽管后来又回到平庸的环境，但是九寨引发的惊喜难以忘怀。

与九寨相比，黄龙给我的印象更深。如果说九寨幼稚童真的话，那么，黄龙意味着成熟。隐隐潜藏着沉雄、博大的力量。

远望，那山峰，堆积着雪，在阳光照耀下，分外夺目。山的形态，犹如一只巨大的雄鹰，跃跃欲试，冲向天空。

黄龙的海拔比九寨高，达3558米。我是第一次登这么高的山。怕有高原反应，仰望着极顶，小心翼翼攀登。结果，没有任何不良表现，反而觉得神清气爽，精神饱满。

最吸引游人的是那些水池，依山势自然而成，或大或小，或方或圆，高低错落。水一概都是浅浅的。那水的色彩神秘，稠稠的，蓝蓝的，静静的，像一块一块碧玉液化在这里，捧不起来，只能观赏。是不是九寨的嫩绿蒸发的水汽凝固成这斑斑点点呢？是不是最蓝的天在最宁静时落下的露滴化合成一抹一抹晶莹呢？我想象中的天上的瑶池，就是这个样子呀。

看普通的水，欣赏她的动态美和博大美以及力量美，如山川高悬的瀑布，微风吹动的涟漪，滚滚东流的波涛，惊心动魄的怒潮，无风荡荡的浩瀚大海。

看黄龙瑶池，领略她的静态美。异常恬适，纹丝不动。像一个个美人，静静躺在那里，任你欣赏，任你陶醉。看得久了，你烦躁的心自然会平和下来。佛在哪里，就在这里。那池子里装的水都是佛的色彩，佛的心态，佛的神旨。

湖泊有时也很宁静，但是很单纯。黄龙瑶池的宁静有朦胧神秘之态，像一首典雅含蓄的诗，品之，余味无穷。

何谓黄龙？下山时，我看到，宽大的山坡上，流淌着水，而那山坡的色彩，呈鳞状黄色，像"龙"鳞一样。这是不是"黄龙"得名的由来呢？我暗自揣摩着。

（2011年6月26日星期日上午）

滨河路旁寻棋乐

是说成都市龙泉驿区滨河路。这路很长,当然不是指整个路上都能寻棋乐,而是指桃花仙子对面那一段。

一座比较空灵而飘逸的小桥把桃花仙子和这段路连接起来。桥很玲珑,那拱又很高很高,有些飞翔浪漫的感觉。

桃花仙子地面上有儿童乐园、茶园,如鸟林一样嘈杂、热闹。

与桃花仙子比,这段滨河路也不示弱。正是:桃花仙子赋诗意,滨河路上堪流连。

滨河路很狭窄,而车流滔滔,时有拥堵。个个司机都把喇叭鸣叫,这声音压住了桃花仙子那边的嘈嘈杂杂,感觉这边比那边繁华。

滨河路临河有台阶,宽不过一米多,每数米远植有榕树,遮天蔽日,树龄已有些岁月。也许是这些榕树凝聚了人气,观景者、乐棋者都聚集在榕树下。

滨河路里边,也有台阶,一排不高的民居,建在台阶之上。每户都是茶老板,为乐棋者提供服务。

里外台阶上摆满桌子、椅子。桌子上放着棋盘、棋子。或象棋,或围棋。

乐棋者,落座即呼叫:"老板,泡茶!"

一边呼喊,一边掏出两元零钞递给老板。

刚摆开阵势,忽地围满一圈人,多为苍颜白发者。

对垒者,大多也鬓飘飞雪。

对垒者举棋不定时,观者皆大呼小叫:"走车吧!"

"别走车,走马!""车马都不能走!对方是诱着。"

"那你说走啥?"

"来个闲着，走兵，看看对方的动静。"

有忍不住者，竟动手去移动棋子。

弈者紧急呼叫："你看就是了，来抓棋干啥！"

常言道："观棋不语真君子。"看来做个看棋的君子不容易。

到这里的乐棋者，守恒四季，春夏秋冬不变。数九隆冬，天气酷寒，对垒者和观棋者都不觉得冷。流涕悬空，皎如冰凌，自己却毫不知觉。酷暑天，额头汗珠如黄豆大，却罕有摇扇或离开者。

对垒者全神贯注，看者亦个个聚精会神，都把眼睛盯住那棋盘上一枚枚棋子。观棋者有潮涌时候，围了一圈、两圈，甚至里三层，外三层。围观者太多时竟站在车行道上，于是路过车辆大声鸣笛呼叫让路。然观棋者如痴如醉，听不见呼叫，车辆便堵塞起来，于是便引来电视台曝光。

一天，忽然来了两个弈者，一个是大青年，一个是壮年，带有计时器，看来是真刀真枪地干。压钞票，论输赢，50元一局。与某些麻将赌博比，这样的赌是象征性的了，因为象棋一局时间短则数十分钟，长则数小时。两个对垒者寂然不语，观者亦鸦雀无声。只听得按计时器和落子啪啪地响。真乃俗语说的"棋逢对手，将遇良才"。良久，一盘棋结束了，输者长叹一声，感慨某一步棋走错了；赢者微微一笑："一着不慎，满盘皆输。"围观者都舒一口气，纷纷议论双方哪一步很精彩，哪一步是致命的错误。

笔者亦是乐棋者，然惧失眠而养脑，上阵少，观时多。猛然发现一老者，并不弈棋，也不看棋，而是独自一人，泡一杯茶，静静坐在那里，凝望着纹丝不动的河水。老人银须髯髯，眼神炯炯，看来比身旁的榕树经历的风霜还要多。

笔者恭恭敬敬地问："先生何不下棋？"

老人扭过头望了望我："我在听棋。"

我茫然：何谓听棋？

"听那些观棋者呼喝的声音吧！"

"为何只远远听？"

"岁月不饶人，盛年痴棋过度，脑力大损，然兴趣不减，但为了修身，所以只有听棋，感觉弈棋的氛围了。"

我喜滋滋地说："先生，我们有共同的经历呀！你年长，向你学习！"

游历写真

"年轻时喜欢读贾题韬的《象棋指归》,有一二心得。一曰戒躁戒急,二曰布阵严谨,三曰力戒漏着,四曰算度深远。做到了这四条,至少可达中等以上水平。开局易,中局复杂,而残局是简单的深刻。"

先生很有心得,领教了!

(2015年8月30日星期日上午)

游 程 园

从洛阳市区出发到伊川县程园,距离不超过30公里。

2015年5月末,我到洛阳参加宗亲会期间,有幸与机械工业部原领导贾成炳夫妇一道,在洛阳市慈善职业技术学校理事长贾国瑞,校长贾国彪,伊川县县委宣传部原副部长、著名作家李耀曾,著名画家王永森陪同下,参观了程园。

"二程"的名字,早已刻入脑海,但没有想到这次却能目睹他们的遗迹。一个儒学爱好者,能有此遇心头甚喜。此刻天空飘下稀疏的雨,是来助兴吧。

程园由程墓和程祠两部分组成。这里安葬着"二程"。在传统文化几于中断的当代中国,恐怕知道"二程"名字的年轻人不是很多。"二程"是兄弟俩,其兄为程颢,其弟为程颐。"二程"在中国思想史上是两颗耀眼的星座,"理学"的建立者朱熹在"二程"学说的基础上,将"理学"演绎成庞大的思想体系,影响深远。

笔者扫视一座座古墓,一尊尊古碑,还有那静穆溢香的一株株古柏,心头忽然发问:许多帝王和历史大名人的墓地都被破坏了,这"二程"的墓为何还保存完好呢?

"二程"故居初建于宋徽宗崇宁二年(1103),明景泰六年(1455)皇帝下诏将程村命名"二程故里",并在程村东1华里处建石牌坊一座,上书"圣旨",下书"二程故里"。扩建房舍60间。后受战乱破坏,几毁几修。清康熙二十六年(1687)三月御书"学达性天"匾额,悬挂在程氏祠堂门首。光绪二十七年(1901)九月,慈禧太后与光绪皇帝路过洛阳时,慈禧太后手书"希踪颜孟",光绪皇帝手书"伊洛源渊"匾额,送程祠悬挂,至今仍存。

1963年,"二程"墓被列为河南省重点文物保护单位。1986年开始,伊川县政府决定加大保护力度,并于1987年新建山门、围墙,成立了"伊川县程园管理所",专门从事程园的文物保护管理工作。2003年6月,伊川县政府投资100万元实施了程园广场工程,修建了仿古牌坊、花廊凉亭、青石铺地,栽种了花草乔木,不仅使程园进一步得到了保护,还请海内外程氏后裔前来祭祖。

原来,"二程"墓地至今能保存完好,历朝历代政府给予褒扬是重要原因之一。

李耀曾先生告诉我们:程颐死后,后人在此建祠。程氏后人长年累月守护墓地与祠庙,并在当地繁衍生存,形成程氏聚居群,这里的行政村就叫"程村",可以想见,此地程氏后裔之多。

"二程"是有福气的,既有官方的力量护着,又有血脉的力量维系着,是以能得长久永固。

朱熹的墓地亦保护较好,难道这是上苍对"理学"的保护?难道是苍天告诉中华人,儒学不可弃,"理学"不可丢?

"二程"的最大福气,则是其三十一世裔孙程道兴。这个河南开封兰考的大企业家,2004年受伊川县邀请前来祭祖,与伊川县政府商定,投入巨资1.05亿元对程园进行扩建,建好后无偿捐给当地政府。程道兴先后到山东曲阜、安徽六安、嵩山少林寺和洛阳关林等地,反复考察古代书院、庙宇的修建规制。他还花重金,请来国内知名的古建筑设计专家,数易设计方案。项目负责人就是陪同我们参观的时任伊川县广电局长的李耀曾。

李耀曾先生解说:程园扩建后的名称为"程林文化园"。从西向东分为三个区域:最西边为程林祭拜区。穿过长长的神道和碑林,可以看到程颐、程颢和其父程珦的三座墓冢成"品"字排列。中间部分是程庙纪念区。这是整个文化园的核心区域,根据宋代建筑的特点,比照颜庙和孟庙的规格和形制修建。程庙为三进院落,中轴线上从南至北的建筑依次为华表、崇礼门、崇理殿、授理殿、藏书楼。各进院落设有配殿,中心院落中还设有方形泮池,象征儒家崇尚的学海无涯、学无止境的精神追求。最东边为"二程"书院区。

程道兴如此豪举,我想长眠在九泉下的所有程氏先人,都会感到无限欣慰;而在生的全体程氏后裔,都会由衷地击节赞赏、振奋;当然也会受到全社会的赞誉。

极富的人很多，而程道兴似的人极少。这需要文化觉醒，需要博大胸怀。我想程道兴给后人留下的这笔由一亿多元物质财富而转化的精神财富，它的价值是无可估量的。

如有更多的巨商像程道兴一样慷慨，当是文化建设的一大幸事。

行色匆匆，快游完程园了。想到"程门立雪"的典故就发生在这里，一个求学的学子立于大雪纷飞中，让人浮想联翩，感慨万端。

卑人先祖贾易与程颐有缘。贾易是宋代无为县人，嘉祐六年（1061）进士，程颐的门生，是"二程"学说的坚定捍卫者和传承者之一。贾易7岁丧父，其母彭氏以纺绩供其上学，有时予以零用钱，贾易不忍用，积得百钱，仍以还母。该事入选"共和国教科书新国文"第三册，第四十课。

多少先贤，创造了多少优秀的文化，闪烁着灿烂天宇的美好的精神。中华民族欲复兴，这些优秀文化和精神是无比珍贵的营养和资源，当代人如善于吸取，一定会转化为建设新时代的巨大精神动力！

（2015年6月7日星期日上午）

任市镇观音寺游记

2008年6月28日上午,四川省委党校教授、文化学者孙和平先生到任市镇考察民风民族等历史文化,我和县政协副主席、县委统战部部长李开文先生、任市镇主管文化的谭副镇长和打金钱板的文化干事老李陪同。看了国家级文物"陶牌坊",还参观了观音寺、江西庙。在观音寺消磨的时间尤其多。

观音寺距任市镇不过数里之遥,所在的村叫高桥坝。

任市镇上有江西庙,得人烟稠密和交通之利,观音寺与江西庙只隔数理之遥,相距如此之近,为何得以复兴发展?说明此地甚灵,有助长香火旺盛的历史渊源和山川异气。

这寺建于何时?女住持告诉我们:"那岩上记载有。"任市镇文化干事老李攀上数丈高的悬崖绝壁,依稀可见是"光绪二十四年"。但没有直接说是建成日期,而是记载的一次庙会盛况的日子,是不是建成后的"典礼"呢?

寺的新建虽然粗糙,文化含量低,但已初具规模。其功应归于那位女住持。女住持本姓杨,四川省达县人,来到观音寺经营近二十年了。她不仅靠信众的施舍修成了一座一座寺堂,还亲手植树。原来荆棘荒草,现在绿树成荫。杨住持原来在达县的真佛山,受派遣到的这里。问她有子女吗?她回答:"有四个,自己因为患了全身冰凉、医生不治的怪病,无奈出家到真佛山。五年不吃饭,吃的是真佛山的柏树果子。"我问:"是干了、黄了、裂开了口子那种果实吗?"她回答:"不是,是没有成熟的青色果。"又问:"冬天好像没有青色果呀?"她说:"不啊,冬天也有。"我说:"那东西很苦涩,太难吃了。"她笑着说:"吃着很香。"吃了五年柏树青色果后,病慢慢好了。

如果说这寺里隐藏着神秘和文化,我看就是这女住持了。柏树之果实能活命，能治病，如此单调，比"独参汤"还厉害，岂不神奇！这个女住持，瘦小体弱，没有香客时茕茕孑立，形影相吊，但她却毅力非凡，创造了一番事业。是什么给了她的力量？是她在漫长的日子里与无因无名之疾病搏斗凝聚一点一点的精神，还是来源于她对佛家的信仰获得的动能？我看是兼而有之吧。

问她的丈夫再娶女人没有？她说："没有，我们两个人双修，都断绝尘缘。"她丈夫对寺的贡献也很大，十多块公德碑都是她丈夫来雕刻的。一钻一钻，细细刻打，不知花费了多少时间和流淌了多少汗水。且都是无偿劳动。其情可嘉。

此寺除了女住持的身世神秘外，自然也赋予了另一个神秘：悬崖底有一清泉，汩汩不断。品之，甘洌醇爽，饮之，胜过"可乐"，犹神赐之水。我和李副主席将矿泉水倒掉，各装上满满一瓶"神水"，用来解渴清凉。更神者，泉水出口处旁靠绝壁矗立一石，状若莲瓶，上书三个大字："净水瓶。"是天公特意造设装泉里的水吗？"净水瓶"旁，一棵年轻的黄桷树绿枝苍翠，呈扇形，紧依岩壁。泉水、水瓶、绿树三物相配，这景就更加值得玩味了。

而这棵年轻的黄桷树，也是那女住持栽的。

（2008年6月29日星期日上午）

游历写真

从都江堰到通化记（之一）

2011年4月1日凌晨，在成都乘火车到都江堰，只用了半小时工夫就到了。比汽车快多了！火车站去年建成，宽敞亮堂，令人耳目爽悦。

接我的族人贾正侯，正月初曾有一次相聚。中等个，不胖不瘦，脸甚有轮廓，气色浅浅地红润，戴着黑色镜架眼镜，话音浑厚有力。

贾正侯驾驶一辆白色车，已经66岁，但是动作很大，呼呼啦啦，像个毛头小伙子。

贾正侯很健谈，在驶往市内途中，一边驾车，一边侃："我只有小学文化，命苦，经历坎坷，20世纪50年代进入温江地区行署做勤杂人员，后来自然灾害，精减人员，被下放到农村，放过十年蜂，赶菜花，赶槐花，随着蜜蜂飞，去了很多地方。80年代初，我奋而经商，敢到成都大街上推车卖菜，胆子愈练愈大，生意也愈做愈大。后来发财了，盖起了房子，手头还有上万的钱。当时有这个数目可了不得，不敢声张，怕枪打出头鸟。后来又受聘给彭州企业家贾正方搞管理，数年后辞职，自己办企业。汶川大地震时，被震倒了两个企业。现在还剩下一个，不景气，也要关门了。开的这个车子，地震时顶上也被砸了，后来修好的。钱是挣了不少，就是赌，输掉了。"

我很惋惜，问："输了多少？"他嗫嚅不答。

我又问："输了几十万？"

他说："几十万？有时一出手就是五六十万。"

"哦，打得太大了！"我惊愕地说。

"这不算大，还有比这大的。"

他嘿嘿地转了话题，说："我非常喜欢旅游、摄影。自己驾车，四处游。

最喜欢看与战争有关的故事和人物，喜欢看历史书籍和与历史相关的电视剧。到巴中'将帅林'去参观时，在里面看了一天，在北京军事博物馆也看了一天。说到历史上的重要人物和事件，我都知道。有时给别人出一些有趣的问题，如问华盛顿和华佗是哪个国家的人？有的人一时间答不上，于是就呵呵地笑。"

在小店里吃早饭时，他拿出手机，一张一张翻照片给我看，有年轻时候的，也有放蜜蜂时候的，还有与贾正方的合影等。

从都江堰到映秀镇只有11公里，路已经是高速，几乎全是洞，出了洞口，映秀镇也就到了。

贾正侯接到电话，有的族人在映秀镇停了下来，去看震源。

同车的贾正义说："我们也去看看。"

贾正侯说："回来的时候看吧。"

我也很想知道震源的模样，便说："还是今天去看，今天时间多，明天可能时间不多。"

贾正侯说："好吧。"

震源还保留着被震得歪歪斜斜的几栋房子，建有纪念馆，前面写着"纪念四川汶川特大地震一周年"黑体大字。在纪念馆对面的山上，建有祭坛，据说山谷里埋葬着许许多多地震时遇难的人和抗震救灾的烈士。远望，天地陡然一变，其气凝固，其色阴沉，氛围恐怖。我说："去'祭坛'看看。"贾正侯说："不去！我心不忍。"我们要赶到理县通化去，便匆忙离开了映秀。

2008年4月，我曾路过汶川、茂县等地，当时汽车在公路上奔跑，在车里看两边的山，异常险峻，很多地方没有草木，瘦骨嶙峋，山体结构呈竖状排列，比较松动，摇摇欲坠，不少地方有碎石长年掉落，顺坡落到山底。1933年茂县发生7.5级大地震，并在叠溪形成三十华里堰塞湖；1976年8月，松潘、平武曾发生了7.2级地震。这片方圆数百里的大山发生的地震远不止这几次。

2011年3月11日，日本宫城县以东太平洋海域发生9级地震，损失十分严重。最近几年，为何地震愈来愈频繁，震级也愈来愈高，这是什么原因呢？是地球自身运行的调节还是人破坏自然而惹怒了地球？

看震后的山，似乎更加松动了，悬崖峭壁上碎石掉落得更厉害了。有的地方立着牌子，提醒路人这里是危险地段。令人安慰的是，公路两旁的房子崭

游历写真

新，人气很旺，到处都在如火如荼地进行恢复性建设。

贾正侯因年岁较高，又有轻微眼病，长途开车有些疲倦了。他还对我说："昨晚为了和你联系，觉也没有睡好。"他问我："你会开车吗？"我答："不会。"后来才知道他问的意思是要我开车。他还叫同车比他大好几岁的贾正义替他开一会儿，贾正义说："我有十几年没有开车了。"贾正侯只好自己勉强驾驶了。我心里有些打鼓：不怎么安全。

穿了一个又一个洞，奇怪，一个一个的洞里都没有灯光。在将钻进又一个洞子时，突然，我见汽车右前轮向洞口边的石阶驶去，我惊讶一声，意识到将出事，脑里一片茫然，砰一声，汽车轮胎撞在石阶上。真是万幸，人没有受伤，只是轮胎撞坏了。

换轮胎，贾正侯拿出"千斤顶"，却不会使用，摆弄了半天也不行，交给贾正义，便将车子撑起了。看来拜师与不拜师不一样，贾正侯学车没有拜师，贾正义是拜了师的。后来一遇洞子，贾正侯就心慌，特别紧张，车开得极慢。

要到通化时，我们目睹正在穿入洞子的车子出事，三辆车撞在一起，粉碎的玻璃遍地，将一人撞倒在地，长长地仰卧在地上，一动不动，帽子飞出数丈远。可能都是洞子里没有灯光惹的祸。

午后，我们到了通化。贾正侯说："明天到理县去扫墓，有人愿意去吗？"我说："我陪你去吧。"

第二天凌晨，他叫醒我，匆匆起床，奔向理县。早上较冷，我要将车窗关着，他却要打开，原来是为了视线宽宏。一个多小时，理县城便到了。县城很小，但很新颖，很精致。四面都是绝壁，只有公路穿过的绝壁缺口。

贾正侯指着一处建筑介绍："那是碉楼，1949年前当地大地主、开明人士贾开敏建的，下面建有贾家花园。他帮助过共产党。评成分并不是地主，因为他很早就把地产处理了。"

贾正侯要祭奠的是自己的姐姐。公墓在县城背后，规模不大。贾正侯在里面找了好一阵，没有找到埋葬自己姐姐的地方。他对我说："你也帮着找，有名字。"我一个挨一个找，终于找到了。

贾正侯拿出纸和蜡烛，点燃，祭拜，竟伤感恸哭。我也恭恭敬敬行了三个礼。完后贾正侯说："你懂得起。"（意思是说我知道礼节）

离开墓地时，我拿出相机，照下了县城对面耸入云霄的绝壁。

理县城边有一条河穿过，贾正侯说原来河边空旷，后来筑实，修起了房子。

该吃早饭了，小店的稀饭很热很香，包子也鲜。饭后，我俩急匆匆返回通化参加清明祭祖活动。

（2011年4月6日星期三）

祭祖通化凝亲情

——从都江堰到通化记（之二）

4月2日这天，是通化贾氏家族祭祖的日子。相聚在这里的代表有四百多人，来自都江堰市、彭州市、茂县、理县、汶川县、北川县、平武县等地。

4月1日夜，大家围在一起，跳起"歌庄舞"。原来这里的羌族不少，少数民族喜欢舞蹈。参与舞蹈者多为少妇与中年妇女。我心里想，姑娘和小伙子都出去打工了吧。

舞蹈未尽，烟花飞空。崇山峻岭中，难得有这么一次比较盛大的活动，如果嶙峋奇险的大山有灵，一定会为此兴奋和激动。

2日上午十时，我和贾正侯从理县回到通化，与其他族人一道去往入川始祖贾鸿业的墓地。与整个山势比较，这里是个好地方，坡缓，阶梯性一块一块不大的平地，有草有木，最显眼的是核桃树，还有樱桃、杂树，形成了方圆数亩的绿荫，从汶川一路看来，这是很难得的风景。

贾鸿业的墓地就在这绿荫丛中，背紧靠山，前面一小片平地，再下一级阶梯，又是平地，相对的是一座突起陡峭而沉雄的大山。墓碑上刻着"始祖贾鸿业老祖宗之墓"。坟为新垒，碑为大理石新碑。估计当时是厚葬，后来被毁了的，因为贾正义说，他钻进去看过，说明至少是架了石拱的。

十一时，祭奠活动正式开始。主持人贾磊宣布鸣炮，然后为逝去的先祖默哀，接着为汶川大地震死去的亲人默哀。

哀毕，族人贾正义致辞。我在途中认识了这位体健的文化老人，会诗善赋，在途中他给我朗诵了自己的诗作。他还精通中国象棋，曾荣获都江堰市冠军。他的致辞着重于对贾氏先人取得的优秀业绩的赞美，以激励后人向先人学习。

据通化贾氏家谱记载，贾鸿业为明朝山西人。"明朝成化十四年（1478），川有黑水诸蛮反叛，孝感人张瓒督抚全川，奉旨讨贼，吾祖贾鸿业靖封将军。（贾鸿业）由山西武举入营，历官至黄州镇，才能素著。瓒因本籍乡宦，深知其贤，故奏调吾祖来川镇守诸蛮，威镇蛮方。因承办善后事宜，奏请发帑（tǎng）修筑城池成通化城，居焉。故后世之人以通化城主敬之。"

历史上，唐初置金川县，寻废，改置小封县，故治在今四川理县西，五代时移于今理县东，改名通化。也就是说，通化这个地方过去是县治所在地。贾鸿业在镇守通化城期间，曾上奏朝廷给予经费，对通化城扩建、维修、加固。一则是军事所必备，二则是居民居住的需要。

看来，是军事平乱使在湖北黄州任职的贾鸿业到了这个沟壑纵横、岭峦错落、气候干燥、植被稀疏的地方。后来由于镇守安定的任务永远留在了这个环境艰辛的通化城，繁衍子孙，成为一族，由通化逐渐向四周迁徙，以靠近成都平原为最多。不过五百多年历史，这个家族的人口已成千上万，分布在周边十余个县市中。

家谱中这样写道："康熙初年，蜀碧之后，子孙多趋腹地插业，而通化城祖宗庐墓所在，未敢轻弃，留家住守，凡一应衣冠文物，前朝重典，均留贮焉。至康熙之四十七年，理蕃府属之熊耳山崩，塞断孟董沟河流，忽大水绝堤坝，顺流之古城通化，威州尽遭淹没，人争逃命，灭顶濡首不及寨袭，凡属文物重典，及传家宝器具漂浮江海，不知所去。故予家始祖之宗图世册，祖训遗嘱并奉调于大明成化皇帝之敕旨、文凭、部札号纸尽失，唯上代之诰命慰留之……"

可见，通化贾氏家族在清朝康熙年间遭到了一次重创。"蜀碧"当指明末张献忠"血洗"四川的传说（实际是清政府加给张献忠的罪名）。"熊耳山崩"当指地震。据地震史记载，清康熙四十七年（1708）川西北全境地震。据四川通志："七月，茂州地震，叠溪平番城圮。"汉州志："四月，地震，七月大震，茂州尤至。"什邡县志："四月，七月，地均震。"绵州志："七月，蜀大震，茂州至塌城死人。"乐至县志："七月，地震，人多压毙。"三台县志："七月，地震，伤毙人甚多。"射洪县志："七月，地震，毙人多。"此次大震还波及广元、

游历写真

绵竹、中江等地。

贾正侯是这次清明祭祖大会的具体组织者，操劳了好些日子，费了好些心力，在此之前，他将大会的横幅、对联等告诉我，征求意见，问"要得不"？我听了后说："要得。"主持人宣布贾正侯讲话，贾正侯接过话筒，手有些颤抖，他大声说："大家好！"下面一阵鼓掌。他又大声说："大家辛苦了！"下面又一阵鼓掌。他接着说："准备工作做得不好，不周到的地方请大家原谅！完了！"下面依然是掌声。

总结性的讲话是贾正方，他是通化贾氏家族的灵魂，乃非常之人，非常之行。他双目几乎完全失明，毅力非凡，意志超群，被誉为中国的保尔·柯察金。1966年以来，带领彭州市龙门山镇宝山村村民，坚持走集体致富的道路不动摇，使宝山村这个十分贫瘠的地方发生了天翻地覆的变化，成绩卓著，享誉全国，他既是村党委书记，又是企业家。他是全国劳动模范，党的第十六大代表，2008年，宝山村的综合影响力在全国名村300强排行榜中排名第39位。贾正方不仅倾心走村民共同致富的道路，也非常关心家族文化发展和优秀传统文化的承传。他不仅是贾氏家族的一个楷模，更是中华民族的一个典范。

贾正方说："今天在这里祭祀祖先有特别的意义。汶川大地震，我通化贾氏家族遭到了重创，元气大伤。这几年没有搞集中性祭祀活动，因为在悲痛里集中精力进行恢复性建设，经过三年的苦战，我们又站起来了！被无情地震破坏的家园建设得更加美丽了。今天的祭祀活动，既要缅怀先人，更要纪念大地震时逝世的亲人，弘扬抗震重建精神，坚强不屈，继续奋进，创造新的业绩。"

贾正方还着重讲了续修家谱的大事。他说："家谱是一个家族的历史，也是社会发展变化的一个缩影，对文化的传承十分重要。要把今天人们奋斗的历程记下来，把汶川大地震贾氏亲人遇难的情况记下来，把通化贾氏家族出现的各类人才记下来，教育后人，启示后人。为家族增光，给祖国添彩！"

主持人贾磊最后说："正方大哥是我们的旗帜，我们大家都要学习他的精神。血缘一脉，情系千秋。祝愿我们通化贾氏族人的明天更美好！"

会中，还礼节性安排我和贾学海讲了话。我俩不过是说几句"八股式"的套话。

夜里，住在村民邹廷义家。进去一看，比较惊奇，室内装修很漂亮，跟外面山的光秃嵯峨状态形成强烈反差。我忽然觉得这里的村民不像我想象的那么穷。我问邹廷义,房子是地震后修的吗?他回答:"是地震前。地震后新修了一栋房子,在另外的地方。""看你们山上草木不生,修房子的钱从何而来?"我又问。

"村民们主要是靠经济作物,原来搞花椒、苹果,现在搞樱桃、核桃。就自己来说,除了搞经济作物外,还打工,年收入有三万余元。"我哦一声,原来是这样。

邹廷义还说,他虽然不姓贾,但是贾家的事就是他的事,每次贾家有活动他都要帮忙。为什么呢?因为他父亲原是江油市人,在当年张国焘的队伍过江油时参加了红军,后来在战斗中失散,找不到主力部队,流落在通化,被贾氏接纳生存、生活,为感其恩,将姓名改为贾长生,原姓名叫邹君成。高寿,活了88岁,2005年逝世。

邹廷义是高中生,教过书,精通木工活,设计房子为通化第一,能模仿古羌风格,在阿坝州内也少有。

他们使用的热能一是太阳能(家家屋顶都有太阳能装置),二是电能,很环保呢!

回转的路上,贾正侯为了我的安全,联系我坐其他人的车,但都是满载,我只好依然坐他的车。他让我坐后排。路上对我说:"为什么让你坐后排,怕车子出事,坐后排安全些。"堵车很厉害,从通化到都江堰市,足足花了四个多小时。贾正侯给我买了火车票,和贾正义一起把我送进候车室,坐一会儿后才离去。

我在火车上想,是什么造就了以贾正方为代表的通化贾氏族人顽强、坚韧、不屈不挠的品质,或许是险峻的大山形成的异常艰辛的环境吧。

(2011年4月8日星期五)

情融烟雨漓江中

这就是神往久久的桂林山水了。

昨日,一片飘云如我,掠过了阳朔。今日,被旅行社牵着鼻子,在歌舞、斗鸡、杂技和玉器店里兜了大半天圈子。恍然大悟,唉,我们不是也在被旅行社杂耍着吗!千里之外到这里来,享受的应当是山水的精粹、桂林风光的神姿仙态,怎么能把金子般的时间浪费在这些司空见惯的表演和商业的铜臭里。

于是,我抛弃了旅行社的车,独自觅漓江而去。想的是乘船,慢悠悠地感受一下漓江的神韵。

时近中午,老天下起了雨,愈下愈大,这桂林城、这桂林的山水和所有的游人就在烟雨迷茫中了。我就是在这烟雨迷茫中去寻觅漓江的。

到了江边,打问,开船吗?不开,因下雨,几乎没有客人。我问"的车"司机,有小船吗?就一人坐的。司机说:"有呵!"带我去吧。

原来不是船,是竹排!被烟雨锁在江边。我如一尾鱼儿进了竹排。怎么不是鱼呢,人在雨中行就是鱼,从遥远的地方游到这里就是鱼。

伐竹排的是个老者,鱼家之人。我问:"到江的中流去,你敢吗?"老者答道:"怎么不敢,我一辈子都在这江里游,不就是一条鱼吗?"

片刻,在宽阔的江面的中流,在风雨蒙蒙中,有一只竹排悠然飘摇着。游人虽有万千,但此刻此景,乘竹排而游,独迢迢远方的异客了。痴痴望霏霏的雨,望朦朦胧胧的处于梦幻般境界的山;又痴痴望碧碧沉沉、茫茫滔滔的水,身融于这山里水里,意化于这山里水里,神寓于这山里水里。

想这山这水呀,恬静、闲适、幽雅得永恒。它不就是偌大的一块玉吗!天公掉下的玉,自然生成的玉,多么静穆而又蕴含万古不朽之机的美玉!哦,山就是玉郎了，水就是玉女了。山与水的完美结合，出神入化的事儿就发生了。生生不穷，造化绵绵。美丽的大自然如天一样，是不老的。难怪这里的山和水，如此富有灵气，如此和谐，如此同一。若山不是玉郎，水不是玉女，这山水还有灵气吗？还会如此和谐同一吗？这里的生命如果有燥气，不应该属于这里的生命；人如得不到这里神韵的滋润，则不属于这里的人。

洒下的雨也是玉吗？是玉。山水之气，化而为雨。循环往复，这山这水，是永不枯萎了。

悠然地飘进玉郎和玉女的梦里。一只竹排和我，在漓江中，在烟雨中，在缥缈中，在神奇的宁静中，在大自然的平衡中。我心我意我神我魂，融于这山这水吧！永远。

（2004年5月23日星期日上午）

深山天籁声

游漓江时，是一尾鱼儿；进了张家界森林公园，就是一只鸟儿了。

到了这原始深幽的境地，一路风尘自然从翅膀上颤落，一身愁绪会泛化为一棵绿树，一片阴云忽然变为一蓬碧绿。

海的苍茫，苍茫的海，容不得你不把心袒露出来交给大自然。

融化吧！我身、我意、我神，在宁静和清纯的梦中。

巉岩的群落很庞大，交错斗角，崔嵬形怪。它的心灵是躁动的。然而，在无边的浓绿里，这活生生的群落竟然凝固了，只是把那不平的神气显露在外。极端的运动和极端的寂静发生碰撞，奇迹就出现了。这就是幻境了！加上虚无缥缈的云和雾，就是仙境了。静绿能制险峰，幽雅能消乖厉，这就是中国传统文化中的"柔能克刚"的精义了。

从人烟稠密处飞来的鸟儿是嗜好万籁俱寂的，鸟儿是不惧大山有多大的。我这只不跟着人潮赶的鸟儿，往那森森处钻。哦，听不到人声了。

愈往森森深处，愈寂静了。忽听得从幽幽中传来箫声。箫声静时，又听得姑娘与小伙子的对歌声：

> 太阳出来哥哎
> 晒大山呀
> 俺两个的话，金花银花
> 咿呀呀子喂
> 开呀得呀
> 咿呀喂子哟

太阳出来妹哎

晒大山呀

俺两个的话,金花银花

咿呀呀子喂

你一朵呀

咿呀喂子哟

太阳出来哥哎

进大山呀

俺两个的话,你说吗

咿呀呀子喂

太阳一过花就落呀

咿呀喂子哟

……

这箫声和歌声,似乎从无数座山的最后一座山中的泉眼喷出,在深深的沟壑里曲折婉转,在丛丛叠叠的翠蓝里过滤洁净,撞击我的耳鼓,慑服我的心灵,敲响我的魂窍。霎时,我似乎成了深山,箫声和歌声在我肌体的幽谷中不绝缠绕,从六腑、从五脏、直到心神的极地,然后悠然回转,迷漫过一片清风的束缚,酥酥地透出每一个毛孔。

这声音是大自然的律韵,通过大山的喉管唱出来了。这声音,难道不是天籁吗!

记住那只箫和唱歌人吧,晓菲、伊吉。

(2004年6月5日星期六上午)

登上灵岩叹境奇

莽莽巴山之中，有一个地方叫灵岩。

昨天，我和著名文化学者孙和平先生等一行，登上了灵岩。

此山海拔虽然只有1375.7米，但却是开江县的最高峰。立于峰巅，览"桃花源"似的粮田大坝，水乡毓秀。脚下山峰在辽阔边缘突兀而起，身心就在云空中缥缈了。

天很阴沉，有人说："将有雨。"上了山峰，俯视脚下半山，忽现云雾袅袅，又有人说："这肯定是下雨的征兆。"

果然，毛毛细雨就飘落起来。

山下无雨，上灵岩遇雨必是灵雨。可见灵岩之灵！雨雾朦胧，有些神秘的感觉。模糊的群峰，如狂放不羁的画，嵯峨纵横，犄角峥嵘，隐隐潜藏着巨大力量。原来正是如此，此境多异雷天气，暴雨狂风。古时新宁县的八景之一"墨池雷雨"就是这里。

灵岩极顶更有一奇，三县共拱，也就是俗话说"一脚踏三县"，即宣汉县、开县、开江县。群峰环抱里，建有一寺，叫"黑天池寺"。寺门联语甚是庄严气派：

维神声灵赫濯万物以长庶类；此地岗岭嵯峨襟三江而带五湖。

环视四周，南北山峦起伏，宛如伏龙卧云，庙居龙首，殿宇轩昂，碧瓦飞甍，雾霭飘绕。远望城乡车流，田野河道，迩于虚渺。此时此刻，晨钟暮鼓，梵音不绝，流水潺潺，圣鸟和鸣，心灵感悟油然而生，如临太虚，物我两忘。

从碑文可知，此寺兴建于唐代，名"佛爷庙"。历经宋、元、明三朝，香火很旺。明朝末年，"八大王"率领农民起义军入川，佛爷庙毁于战火。清初，新宁县（现开江县）一邱氏善士重修此庙，更名为"黑天池龙王庙"。据传，初建庙时，庙址并非此地，而是一个叫"鹿滚函"的地方，待材料备齐将动工时，一夜功夫，各种材料却不翼而飞到现在这个地方，于是依"神"定址而建；康熙时，京城失火，势大，举国呼救。黑天池龙王显灵飞赴京城参与扑火，"大显神通，所向即灭"。康熙皇帝得知"黑天池龙王"的功劳，欣喜异常，特地手书匾额"护国龙君"赐予此庙。于是香火更旺，信众云集。

庙倚绝岭，却有清泉涌出，井有两口，曰"外井"与"内井"；外井里的水饮用，内井作"求雨止雨"之用。古时见大旱或涝灾，三县乡民必聚于此"求雨"或"止雨"。人说此地龙王很灵，有求必应，要雨即雨，要晴即晴。现在看来，求雨止雨有些荒诞，但在科学不发达的古代，几乎是一项制度，董仲舒的《春秋繁露》里专章讲述求雨止雨的理论、规则和方法。

碑文中还说："庙废，圣水隐流，内井外井一同枯竭。重新建庙，动工水发，取之不尽，用之不竭。"我想"天池"，就是二井的抽象语吧。

龙王施雨管水，但水来源于天。天上有玉皇大帝，龙王受玉皇大帝派遣。这里，不仅请来了龙王，还请来了玉帝，在佛爷旁有一殿——玉皇大殿。"威坐天庭察三界恶与善；眼开日月正视人间冷与暖。"此联仙界意味很淡，关注社情民意很是迫切。一边是佛，一边是道，玉皇大帝与释迦牟尼相依相偎，和谐共处。两种文化经过漫长历史岁月的磨合，已经完全融合在一起。这是自然、文明如春风化雨般的交融。

从庙宇命名的变迁昭示着人们文化心理进化的过程，从单一"佛爷庙"到称"黑天池龙王庙"，现在叫"赫天池寺"。这个过程由简单到丰富，由粗糙到精准。"黑"变为"赫"不知在何时，也许在清初之后，也许就在当代。"黑"是对该地气候特征的概括，因夏季这方天空风云变幻，墨云突发，多雷电、狂风、冰雹、暴雨。而"赫"体现人们美好的向往，天是不能"黑"的，"赫"者，"红"也。

俗话说："好地形，庙宇占。"黑天池龙王庙居于灵岩之上，除了此地奇峰异岭，情系三县而外，它还是一座地理分水岭。岭下有个地名就叫"分水"，形成一镇，聚居数百户，一半为开县人，一半为开江人，人气甚旺，每天往来

游历写真

开县城的班车有三趟。为何说是"分水岭"呢？因为以岭为界，东直接流到开县，注入长江，流程较短；西流到开江，却不直接流入长江，而是曲曲折折流到宣汉、达县、渠县等市县，汇入洲河、渠江、嘉陵江，最后才流入长江。倒流数千里，历经山川险阻，终归大海。好个百折不回、不屈不挠的精神！这自然又是灵岩这座奇特的山对此地芸芸众生的恩赐吧！

据说，20世纪60年代国营掘煤，在灵岩山下打井，打一段之后，忽闻怪响，于是终止。近年，石油部门寻找石油、天然气，在灵岩山下打洞，两面"夹击"。打到数百米后，遇到流沙瀑泻。用水泥箍桶挡住再掘，又遇流沙瀑泻。只好罢休，尚有700多米未通。

这些，更增添了灵岩这座山的神秘感。

自然界有些奇怪的现象，一时难以科学解释，不轻易否定，也不轻易肯定，更不能迷信，让时间证明那些玄奥的东西。这就是我对奇怪现象的态度。

灵岩这山，除了庙宇、神灵、香火、草木、鸟鸣外，什么也没有了？错了！近看，开江县府有几个官员都生于此山此地，如曾任县委副书记的梁是田和现任县委副书记赵大力等；远看，这里诞生了两个豪气干云的社会界人物，两位名扬世界的自然科学专家。

革命家覃文，原名德武，字别（伯）秋，生于1908年。先在梁平、达县、开江三县边境的虎（城）、南（岳）一带，组织发动起义。继而在忠县黄钦坝成立四川工农红军第三路游击队，任政治部主任，与张逸民、罗南辉等领导了震撼全川的"升钟暴动"。后任中共四川省委军委书记，指导全省武装斗争，组织各地武装暴动，牵制敌人兵力，声援红四方面军。1933年9月15日，被叛徒认出被捕。面对敌人高官厚禄的引诱，毫不动摇，壮烈牺牲，时年25岁。

孙海泉，著名金石篆刻家，与张大千、徐悲鸿长时间交往，切磋技艺，彼此结下深厚情谊，互赠作品。如"大千三千"此印乃出自海泉先生之手，徐悲鸿先生常用的"东海王孙""徐"以及"悲鸿"之印皆是海泉先生的得意之作。日本侵略中国，海泉先生满怀民族义愤，一鼓作气篆刻了民族英雄文天祥的名诗"正气歌"组印，共60余方。此组印以古朴、深厚、凝重、苍劲的刀法展现出虚实相应、黑白对应、布局严谨、结构生动的画面，且朱文、白文相间，大小各异，既有秦玺汉印及钟鼎文封泥的韵味，又展现了吴昌硕、齐白石诸家之长，于稳健中洋溢着斗志昂扬的气势，让人强烈感受到艺术的激情和生命的希望与力量。海泉先生的爱国之情和富有时代的创新精神以及其艺术感召力，得到了我国当代草书大师于右任先生的赞扬。他亲笔给海泉先生题写了"正气歌"和"海泉治印"两件条幅。1988年海泉先生的这套"正气歌"印章被四川省博物馆作为国家二级文物永久收藏。

还有著名石油专家胡朝元，1956年毕业于莫斯科石油学院勘探系。曾先后在北京石油勘探开发科学研究院，大庆、大港、江汉、中原等油田任研究队长、总地质师等职。为中国石油、天然气开发利用做出了重大贡献。

离灵岩不远的永兴镇，还有一位和蔼可亲的科学家，他就是胡锦矗，是世界著名的大熊猫研究专家。熊猫在他头上有很多光环，如中国大熊猫研究第一人、国际公认的大熊猫生态生物学研究的奠基人、中国"熊猫教父"、研究"国宝"的"国宝"。

灵岩这个地方，从物产的角度看是开江县的不毛之地，环境封闭，条件艰辛。奇怪的是出的人才却是开江县最集中的地方之一。是艰难困苦、穷则思变激发了奋发图强的拼搏精神促使英才辈出；还是地灵人杰、天池一千余年寺庙文化的启迪与熏陶孕育了豪杰志士？我一时得不出取舍的结论。

匆匆去来，灵岩的神秘在我的脑海里留下了幻影，随着思绪晃动，愈来愈浓重。

（2011年3月1日至2日）

游成都市文化公园记

应友人之约，昨天游了成都市人民公园。

这几天成都晚上有小雨，白天浅淡的阴着，略显闷热，亦适宜户外活动。

成都市文化公园在琴台路。街道两旁全为不高大古色古香建筑，其色调与"琴台"之名和谐。然建筑内所容纳所经营者，食也。这却与"琴台"之名不相吻合了。当今中国，吃之昌盛，世界罕有。而吃在中国成都最盛，这也是举世皆知的。吃喝与玩乐相依相助。如果说吃喝与玩乐是两条黄虫，崇高典雅的文化就是"黄虫"面前的食物了。我想这里的"琴台"也是"黄虫"口中之物了。我前天再次参观了位于龙泉的郭沫若艺术院和巴金文学院，艺术和文学氛围似乎没有，而餐饮和娱乐甚是热闹，从醒目的招牌和正在举行结婚庆典的场面可以看出。这也应当是"黄虫"食掉文化的又一典型。忧哉，忧哉，文化危矣！

文化公园里汇集了数百种野花，供游人观赏。公园里的花草，是经过人工雕琢的，野花是自然的。把人文和自然的东西结合在一起，别有一番情趣。是的，这些野花不怎么醒目，他们是单薄的、脆弱的，是不惹人注目的，但细心的游人，可以透过夜花，感受山野的气息，想山里鸟鸣声声，溪水淙淙，想山里的纯洁和恬静。人的精神，返归自然片刻也好；人的浮躁的心情，在这里宁静片刻也好。我虽然从山里走出来，能认识很多野花，但此处汇集的野花，我几乎都未见过。只发现了我比较熟悉的"夏枯草"，顾名思义，这种草春天兴旺，夏天就要枯萎，而到秋天气候温和时它又萌发起来。该草属草本植物，多生长在田埂、河堤及湿润地上。其味苦，性寒，有消炎、利尿的作用。《保元药性》里说此草有散"瘰疬瘿瘤"等功效。与我同行的唐先生虽在商海、实业中拼搏、冲撞，但很有雅兴，一一细览。后来他对我说，午后他独自一人又去欣赏了一遍。这说明人的生活与爱好需求的多样性。看来，汇集野花的人是功莫大焉、善莫大焉了。我想，这样的展览并不能久长，最好是公园里劈出一方地来，垒成山的形状，种上野花野草，然后再不去管它。这可以达到人文与自然长期吻合在一起。

午饭后，我们这个群体中年岁长些的打起了麻将，我想到公园四处转转看看，于是悄悄离开他们。一路慢慢看去，有教拉二胡、吹笛子者，有卖云南香草者，有用电脑测人的疾病者，还有百货小摊，书摊……在教二胡的摊子面前，我站了良久，看几个童男童女正襟坐着，专心致志拉着、吹着，老师在一旁指点着，我内心赞赏着。然后继续往前走，忽然看见几个醒目的大字："十二桥烈士墓"。上前细看，原来有三十六位烈士。

刚离开"十二桥烈士墓"，忽然接到我们这个群体中高女士的短信，问我在哪里，我说了我的位置。问她们在哪里，答曰：在碰碰车游乐场。眨眼间就找到了她们。她和田女士带着各自的儿子玩耍。两个小朋友正在碰碰车上玩得欢呢！大概规定玩耍的时间到了，两个小朋友很快就出来了。跳青蛙这项活动很有趣。高女士的儿子在读初二了，大了些，不愿意上。田女士的儿子仅几岁，童真无忌，喜乐乐登上架去，先是被皮带束着腰，然后被横杆护着体，接着在笔立高高的铁架上做升降运动。升降过程中有停有顿，像青蛙跳动，所以叫"青蛙跳"。那"步行球"也很有创意，把小孩儿装进泄了气的偌大的球里，然后充气，封严，再把气球推进水中。小孩儿在气球里爬、滚、纵、跳，好不快活！田女士的儿子也进去玩了一回。

她们回到年长者打麻将的地方休息去了。我独自坐在湖边，看湖里游船慢慢游弋。这时天气有点变化，开始刮风，湖畔柳丝拂娜，白绿翻飞。风给湖里增添了生气，人们划船更快。欢声和着风，还有湖水中的波纹，从我的眼中，慢慢地弥漫到心的谷地。有一对情侣，一边划船，一边作轻轻的吻。这刹那间，湖水也感到了幸福。

（2007年10月7日星期日）

我游晋祠不寻常

未到山西之前，我就知道有个晋祠。晋祠与西周、晋国、晋水有关系，与我的血脉有牵连。对晋祠产生刻骨铭心记忆是在研究家谱文化的过程之中。

卑人姓贾，考查其得姓来源，乃周武王之幺儿唐叔虞的后代。我急切在《史记》中寻找唐叔虞的踪迹，真是有发现呢！

《晋世家第九》中记载："晋唐叔虞者，周武王子而成王弟。……武王崩，成王立，唐有乱，周公诛灭唐。成王与叔虞戏，削桐叶为珪以与叔虞，曰：'以此封若。'史佚因请择日立叔虞。成王曰：'吾与之戏耳。'史佚曰：'天子无戏言。言则史书之，礼成之，乐歌之。'于是遂封叔虞于唐。唐在河、汾之东，方百里，故曰唐叔虞。姓姬氏，字子于。唐叔子燮，是为晋侯。"

这就是"桐叶封王"或"桐叶封弟"的来历。所谓周成王"削桐"，是说他将一片桐叶剪为"珪"的模样，"珪"就是古代帝王或诸侯在举行典礼时拿的一种玉器，上圆（或剑头形）下方。

唐叔虞到山西当"王"后，励精图治，利用晋水，兴修农田水利，大力发展农业，使唐国百姓安居乐业，生活富足，造成日后八百年的风调雨顺，国泰民安，呈现出一派兴旺景象。后人为了怀念他，便建立祠庙，初名"唐叔虞祠"。叔虞的儿子燮父继承王位后，因境内有"晋水流淌"，故将国号由"唐"改为"晋"，这也是山西简称"晋"的由来。

当时唐地有贾国，唐叔虞的幺儿被封为贾国国王，这就是贾姓人得姓的由来。

时空尽管远去了3000多年，我感到并不遥远，好像先祖的神采就在眼前。无疑这是血脉和亲情产生的巨大魔力。

晋祠前是开阔的广场，左角落有一棵浓荫密蔽的参天大树，我举起相机将大树和晋祠正面拍摄下来。目光再向前伸延，是宽敞的汉白玉栏杆人行道，不止一道，而是三道。真乃气派和庄严并存。

看文字介绍，祠内有几十座古建筑，环境幽雅舒适，风景优美秀丽，素以雄伟的建筑群、高超的塑像艺术闻名于世。晋祠是集中国古代祭祀建筑、园林、雕塑、壁画、碑刻艺术为一体的唯一而珍贵的历史文化遗产，也是世界建筑、园林、雕刻艺术中心。未身临其境之前，并没有晋祠是"世界建筑、园林、雕刻艺术中心"的印象。看来，仅仅阅读文字远没有观看真实形象深切。

好些年前，我在研究家谱文化中，知道唐朝李渊、李世民父子与晋祠大有关系，其时李渊在太原做留守，起兵造反之前，李渊父子秘密到唐叔虞祠祭拜，祈求唐叔虞保佑起义造反成功。后来，李渊父子果然成功了，觉得很灵验，又是祭奠，又是花银子大势扩建庙宇，李世民还亲自撰写并手书的《晋祠之铭并序》碑，这篇碑文文辞华丽，气势很大，以政论和抒情相结合，通过歌颂宗周政治和唐叔建国的政策，着力宣扬李唐王朝文治武功，祈求得到巩固的政治；《晋祠之铭并序》是较早的行书碑，由于李世民雅爱王羲之墨宝，每日临池，深得其意。他的书法劲挺秀丽，后世认为是仅次于兰亭序的行书杰作。《晋祠之铭并序》以其极高的文化艺术价值受到历代文人墨客的仰慕和赞叹。其后"铭文"曰：

赫赫宗周，明明哲辅。诞天降德，承文继武。
启庆留名，剪桐颁土。逸翮孤映，清飚自举。
藩屏维宁，邦家攸序。传晖竹帛，降灵汾晋。
惟德是辅，惟贤是顺。不罚而威，不言而信。
玄化潜流，洪恩遐振。沉沉清庙，肃肃灵坛。
松低羽盖，云挂仙冠。雾筵霄碧，霞帐晨丹。
户花冬桂，庭芳夏兰。代移神久，地古林残。
泉涌湍萦，泻砌分庭。非搅可浊，非澄自清。
地斜文直，涧曲流平。翻霞散锦，倒日澄明。
冰开一镜，风激千声。既瞻清洁，载想忠贞。
濯兹尘秽，莹此心灵。猗欤胜地，伟哉灵异。

游历写真

日月有穷，英声不匮。天地可极，神威靡坠。

万代千龄，芳猷永嗣。

　　李世民不仅是扩建唐叔虞祠，而且在行政管理、军事部署上把"晋地"放在仅次于都城长安的地方。一位姓李的朋友问我："唐朝的国号为什么叫'唐'？"我联想到这个故事，推衍说，可能是李渊父子在起义前去拜过唐叔虞，后来成功，就取唐叔虞的姓为国号吧。果然，这次到晋祠，那个教授就是这样讲解的。

　　我有一个习惯，或者说个性，不论到哪个庙宇，不论遇到哪路神，都不搞形式主义的烧香叩拜，我相信心存善良、去恶远邪是一切宗教的意旨。佛家有一句话：心地干净就是佛。我相信这句话。个人的具体行为比形式更重要。善良还是要靠人自己来倡行，靠神仙也就是靠人自己，因为神是人造的。到了唐叔虞像前，我虔诚地行了三个礼，这不是对神的叩拜，而是对祖宗的尊敬，对伟大祖先的崇拜。我看到周文王、周武王的像并不魁梧，唐叔虞的像也不高大，就是几千年后的今天，我看到的贾姓人大都是这个样子，说明遗传具有稳定性，变异是很少的。过去在学校里学《遗传学》老师是这样讲的，事实证明也是如此。

　　唐叔虞的母亲是姜太公的女儿，周武王的妻子（也就是王后），叫"邑姜"。晋祠里为其建了一殿，曰"圣母殿"，为整个晋祠里最重要的建筑，是晋祠的核心。我的直观感觉是，"圣母殿"谨稳、静穆、端详，结构缜密，艺术高超，气势恢宏。圣母被当地人奉为晋水水神，所以修建了"圣母殿"，供人们在天旱时前来祭祀。为了保护圣母，大门外有栏杆围着，不能进入大门内就近瞻仰，只能凭着栏杆远远打望。圣母坐像居正中位置，高2.28米，凤冠蟒袍，端庄气派，周围有众多女官、侍女环绕。她们的动作姿态各不相同，神态性格都刻画得十分生动自然，是晋祠彩塑中最出色的一组人物塑像。

　　本想给"圣母"行礼，但凭栏看的游客成团，所以只好在心里敬仰了。

　　令人惊叹的是，在"圣母殿"左侧，有两棵古柏，植于北周，称为"周柏"，寿龄已达1500余年。老态龙钟，苍颜白发，满身沧桑。琢磨其神态，有怡悦，有伤感，有沉思，有期望。其中一棵卧倒，紧靠着另一棵，她的枝丫护着"圣母殿"的檐。很多游客依着古柏留影，我自然也留下了几张。她和唐代植下的一棵槐树合称"周柏唐槐",是晋祠中的一绝。

在"圣母殿"右侧不远处,有一泉叫"难老泉",也是晋祠里的一绝。难老泉是晋水的主要源泉。晋水的源头就从这里流出,水温保持在17℃。据说,唐代大诗人李白游晋祠,就是坐船从晋水来到源头"难老泉"的。1952年,难老泉每秒流量2个立方,太原第一热电厂,太原化肥厂的用水都取自难老泉。非常遗憾,由于不断挖煤,破坏了地下水系,1984年,"难老泉"老了,泉水断了,现在的水,是人工引来的。如果煤不断挖下去,今后晋祠还存在吗?晋水还会流淌吗?

晋祠的历史文化跨越了3000多年,很多朝代都在晋祠里留下了遗迹,她是中华3000多年来的缩影。著名文学家、历史家、考古学家郭沫若有诗云:"圣母原来是邑姜,分封桐叶溯源长。唐槐周柏矜高古,宋殿唐碑竞炜煌。悬瓮山泉流玉磬,飞梁芊沼布葱珩。倾城四十宫娥像,笑语嘤嘤立满堂。"这首诗就是这个"缩影"的写照。游秦皇兵马俑时,觉得很古老,看了晋祠,觉得更悠久。"五千年看山西,三千年看陕西",真是这样的呢!

晋祠,使我的思绪不断悠远和伸延。

(2011年8月1日星期一上午)

感受希拉穆仁草原

在去希拉穆仁草原的路上,我问导游小姐:那里是不是"天似穹庐,笼盖四野,天苍苍,野茫茫,风吹草低见牛羊"?导游小姐说:"不是,内蒙古有四大草原,最大的是呼伦贝尔草原,可见这种景象,最小的是希拉穆仁草原,并且草很稀疏、很浅。"

我有些失望。到草原的最大心愿,就是看无边无际的绿野和蓝蓝的天。看来这次这个心愿不能实现了。

我问:"为何不安排到呼伦贝尔草原呢?"导游小姐说:"那里离呼和浩特市太远了。"我又哦了一声。

驶进武川县,离我们去的草原不远了。沿途看到武川县的土质较好,原来这里是著名的"土豆"之乡,生长的"土豆"个大、皮薄、质量高,畅销远远近近。莜麦也是武川一宝,经科学化验,莜麦植物脂肪丰富,食后能分解出一种亚油酸物质,有防止和治疗高血压、动脉粥状硬化、冠心病等功效。2004年,武川县被西部12省市新闻媒体评为"中国西部特色经济最佳县""马铃薯之乡"。

看不到碧绿的草原,但看到了蒙古包群落,无疑,目的地到了。

到这里旅游,就是体验骑马驰骋草原。有点畏惧,但兴奋和勇气战胜了微弱的心虚。一个中年蒙古族妇女上前缠着我换上马靴,我不想换。那妇女说:"你穿着凉鞋,马跑起来要紧蹬马蹬,穿凉鞋不行的。"我只好换上马靴。妇人说:"租金40元!"我惊愕:"这么多,其他地方才10元。"妇人说:"那就20元吧。"我同意了。说:"拿一双最大的。"妇人拿来一双,穿上,大小正合适。而上马骑跨一圈需300元。

同行的一位女士，说过去骑过马，很不适应，不愿意再试。大家都劝她，终于将她劝上马。一位男士开初亦胆怯，说："先试一下，感觉可以就骑上一阵，不行就拉倒。"他蹬上马背一试，说："不行！"翻身下马来。我对他说："找一匹温顺的母马（心头狡黠地笑），保证无事。"这一句提醒，他答应了。管马的迅速给他牵了一匹没有脾气的马来。

　　一群人里，我最先上马。当年读《三国演义》，刘备骑白马我印象很深，于是选择了一匹白马。在马倌护骑的帮助下，我跃身上马。刚坐定，突然，我的马下两个蒙古族马倌护骑激烈拼打起来。没有听到吵嘴的声音，怎么就打起来了呢？离我太近了，担心殃及池鱼，急急叫扶我上马的马倌牵着我的马走远一些。好在短兵相接搏击一分多钟后，被他们的同伴拉开了。原来矛盾的原因是争你强我弱，争地位，争谁是老大。

　　我们的"骑兵队伍"出发了。我胯下的白马，并不与其他马拉开距离，非要紧紧与其他马挨着，以至于有时我的脚和与我并行的骑者紧紧擦过。我们一行八骑，另有两个马倌护队。马倌对我们说："马如果不走正道，向左走你就拉右边缰绳，向右走你就拉左边缰绳。要让马停下就正正地拉住缰绳。"

　　我的白马不怎么安分，偶尔去挑逗身旁的马，嗅嗅人家的嘴，粘粘人家的脸。这时，我便赶紧把它的头拉回。

　　有时快行，有时慢行。当马快行时，身体在马背上不停起伏，屁股落在马鞍上，隐隐地痛。我便双脚紧蹬马镫，让屁股轻轻落下马鞍，这样就避免疼痛了。

　　那个怕上马的同伴，骑在马背上，腰杆很僵硬，背直挺挺的，有些颤颤栗栗。看着他那模样，大家都哧哧地笑。后来，他慢慢适应了，还换了一匹较高大的马。

　　第一次骑马，自然感觉很新鲜，当马慢行的时候，就悠闲地抬头巡视远方。看蓝天，似乎低了很多，白云缱卷，凉风阵阵。我竟然哼起"马儿你慢些走"的歌来。蒙古族是马背上民族，近1000年前，成吉思汗靠一匹马、一张弓横扫六合，建立强大帝国，不仅威震亚洲，而且震撼欧洲，改变几多世界历史。可见马的力量是多么巨大。不过，人类需要安宁、和平，就让马儿永远这样悠闲慢慢跑吧。

　　行走了约半小时，下马休息，两个马倌趁此机会捞小费，问哪些人愿意狂奔。大多不敢，有三人愿意，讲定奔跑一次每人60元。于是愿意者上马狂奔起来，一两分钟时间，一大圈就奔完了。当然不是独自狂奔，而是马倌护理着。

接着大家又上马，如原来的速度，行进了一会，在一个地方停下，说是看沼泽，其实沼泽很不明显，只是地势低洼一些，土湿润一些，草密绿一些。主要目的是要我们消费。品尝奶茶、奶酪和小米都不要钱，这些东西都很可口，很香。特别是奶茶，跑马后有些渴，我喝了两小碗奶茶。付费的项目是那些蒙古族妇女给你穿上花花绿绿的服装，戴上蒙古族将军帽子，要你照相。拿给我戴的帽子是一顶王爷帽，我很惬意。我取笑骑马胆怯的那位同伴，说你那帽子的尖部是绿色的，大家哈哈地笑，他自己也笑起来。他取下帽子要求与我调换，我却不愿意。他说戴上王爷的帽子照一张相，我同意了。我自然也照了王爷相。还没完，那些蒙古族妇女抱了一只小羊拽进我怀中，要我搂着羊照一张。

在返回的路上，大家不停催马快跑，我的白马比较稳健，一直靠前，并领先两三次，有一次狂奔，但只有一瞬间。

下马后，不能迅速离开草原，因为安排晚上住蒙古包。离吃晚饭的时间还早，我们便踏进草原。正好有一牧羊人在放牧羊群。问有多少只羊群，牧羊人答有100多只。有的羊真大，像小牛一般。问牧羊人多少钱一只，答曰："七八百元。"真贵呀！又问牧羊人："一次放牧后，大约隔多长时间又可以放牧？"答曰："要看下不下雨，如果雨水多，草长得快，可以天天放牧。"我啊了一声，看来水真是生命之源啦！

有人的手挨了一下长得比较高的植物，感觉又痒又疼。这也是到高原留下的记忆吧。

吃晚饭时，看到草原落日，胭红如血。我跑到室外，拍摄下了几张，不管效果如何，也是留下一种感觉吧。

（2011年7月27日星期三上午）

清幽养子沟

离洛阳300余华里的地方,有一个县的美丽风景,不是江南胜似江南。这个地方就是栾川县。此县先后荣获全国卫生县城、全国文明县城、全国生态建设示范县、全国科技先进县等56项国家和省级荣誉称号,栾川还是全国低碳旅游实验区和首批中国旅游强县。

6月2日,洛阳市慈善职业技术学校校长贾国彪陪同贾成炳夫妇和我游览栾川县美景。

贾国彪说:"栾川的最大特点是干净、空气好。"贾成炳夫妇来自北京,那里雾霾重,自然神往这个地方。

这里有两个著名景点,一个是养子沟,另外一个是鸡冠洞。我们先去了养子沟。

6月1日下午大约四时许从洛阳出发,车到养子沟已近黄昏。国彪早已和景区联系,吃住都安排在农家乐。环境清爽、漂亮、卫生,主人也很热情。

晚餐很丰盛,样样都姓"土",以鸡肉为主,辅以土豆、玉米汁等,还有我记不住名字的野菜。当然很可口舒心,首先是感到很环保。在食品安全令人揪心的现实情况下,人们特别关注食品的质量。山里的东西,离大城市远,没有污染,哪怕粗糙一些,吃着也痛快。成炳先生连连说:"好!好!好!"

吃过晚饭,成炳先生说:"去溪水边走走。"

夜色朦胧,此日为农历十五日,月圆之夜,天空有薄薄的云,皎月朦胧。国彪是有心人,准备了功能较强的手电筒。

沿着溪水有平坦的水泥路,路离溪水约两米高。成炳先生说:"我来时就注意到这里的水很纯净。"

国彪用手电照射溪水，竟然看到三五成群的鱼儿，水太清澈了！因为水太纯净，感觉流淌的哗啦声也特别清脆。天籁之声并非都来自空中，这溪水里也有啊，这不是流动的天籁之声吗？溪水里大大小小不规则的石头，历历在目。这种情景，仿佛回到了孩童岁月。一群儿童，在白花花的溪水里嬉戏，打水仗，搬螃蟹。农家乐老板陪我们散步，我问："那些石头下有螃蟹吗？"老板答道："有啊！"

夜静生寒，水净生风。凉生两腋，渐浸肌肤。正有点耐不住的时候，成炳先生说："我们回吧！"大家都说："好！"

养子沟因唐朝巾帼英雄樊梨花在此养子、教子而得名。樊梨花扎寨当在山上，不称"养子寨"或"养子山"而称"养子沟"，我揣测是命名者着意于水，因有10多里长的溪流沟壑，平缓曲折，沿着溪流建有步游道，利于游人步行游览。

流水淙淙，鸟鸣声声。愈行愈感到环境幽静。时值初夏，草木葱茏。山陡峭入云，而人在峡谷里，感觉被重重翠绿淹没，然不觉窒息，反倒神清气爽，全身轻快。脆生生的鸟语开窍了大自然整个肌体里里外外的无数毛孔，清风缓缓弥漫在浓绿和深幽里，这会使你全身每个细胞兴奋起来。如果说碧翠翠的山是一架琴，清风就是弹琴者，淙淙溪流和鸟语就是清越悠扬的琴声，山间的月亮和游人自然就是欣赏者了。

成炳先生说佛的故事与清幽时空交织刺激，使人神更爽，兴更隆。

数里之遥处，溪流出现三级台梯，每级下面出现一个潭。潭自然不浅，但却能看到底。这足以证明水的清澈度之高。九寨、黄龙那里的水是看不到底的，因为那水蓝得太浓稠了。所以，养子沟里水的特点，就是"清澈澄净"，不染纤尘。这种情态，与幽静的山体、鲜滴滴的鸟语、能透过致密毛孔的清风完全吻合。那些无语沉静躺在溪沟里的石头，或大或小，一概为溜溜的圆，且雪白夺目，当是长年累月被澄净透明的溪水冲刷所致。溪沟裸露出的石板亦灿烂耀眼。

我每每斥责当代建设毫无中华文化元素痕迹。看来这里的建设者注意到了，三五步便可见脚下和两边山上镌刻着中华文化中的经典话语或古诗。某处过溪沟搭石凳，做成中国象棋形状；某处潭形如扇，命名为"御扇潭"，这些也具有中华文化元素了。

（2015年6月中旬）

游云阳县新张飞庙

《三国演义》中说，张飞被身边的人在四川阆中谋害后，将首级割下，送到东吴，吴人怕得罪蜀人，移送到曹魏。转来转去，这头颅却转到了云阳。还有一说是谋害者将张飞的首级带着投奔东吴，行至云阳，在船上听到吴蜀讲和的消息，便将其首级抛弃江中，为一渔翁捕鱼时打捞上岸，埋葬于飞凤山麓，世人在此立庙纪念。所以有"头在云阳，身在阆中"之说。于是张飞庙云阳有，阆中也有。我游的是云阳张飞庙，且是由原址飞凤山麓搬迁到盘石镇龙安村的张飞庙。

未搬迁前的张飞庙，对面的地名叫"汤口"，是云阳县旧县城所在地；新落成的张飞庙，对面的地名叫"万户驿"，又称"万户坝""旧县坪"。原来，这里是2300年前云阳县立县时的地址。当时的县名叫朐忍县。后来云阳县城搬到汤口，是因为北周政权军事斗争的需要。而这次县城和张飞庙的搬迁，不缘于烽火狼烟，而是和平环境里伟大建设使然，也就是举世罕见的"截断巫山云雨"的"三峡工程"的驱动。

古人云：在一万人中拔萃者可算英雄。历史家陈寿称赞张飞"为万人敌""为世虎臣"；小说家罗贯中描绘张飞"豹头环眼，燕颔虎须，声若巨雷，势如奔马"，当是英雄了。在社会黑暗、动乱的年代，张飞拔剑奋起，在惊涛骇浪中展示豪情壮志，更应该算英雄了。小说为了把他的性格和关公相映衬，将他塑造成了一个"莽张飞"，但听说实际上并不是这样，张飞不仅豪气冲天，勇武压群，而且还懂丹青描摹，是一位善画美人的画家。

原来的张飞庙临江屹立，飞凤山巍峨入云，林木荫翳，森严肃静。而对面县城背靠的山也比较陡峭。如巨龙般的长江莽莽从两山之间奋力奔突，一路呼啸冲向夔门。山势的险峻、江流的湍急和张飞的壮烈构成了一幅和谐的山水人

游历写真

文图景。

新落成的张飞庙，位于长江南岸大梁山下盘石镇旁。大梁山沉雄而无恶势，如龙逶迤，缓缓下江。江北是新县城驻地，甚是开阔。背靠的磨盘寨尽管险要，但把它和周围的地理环境联系起来，不过是辽远和广阔上的一只小碟。"高峡出平湖"，野性的长江在这里变成了温驯的绵羊。更与旧张飞庙环境不同的是，这里的长江上崛起了一架虹桥，即新建成的云阳长江大桥，把大梁山、张飞庙和磨盘寨、新县城连接起来。整个地理环境也达到了和谐统一。不过这里的和谐和原来那里的和谐有显著的区别，此地的特点是"缓和"，原来那里却是"险峻"。

环境变了，山、水、历史、人文景观和内涵也变了，旧张飞变成新张飞了。张飞是乱世的战火中诞生的英雄。为了人间永远的社会清明、太平幸福，不应该希望这样的英雄再现历史，只让他作为启迪后人厌弃遥远的金戈铁马、血雨腥风的文化陈迹吧！让张飞好好地俯瞰恬静温和的江水吧！

张飞庙始建于蜀汉末年，后经宋、元、明、清历代扩建，已有1700多年历史。庙内塑有张飞像，保存了汉唐至近代的珍贵字画、石刻约360幅，木雕217幅。张飞死后被封为"桓侯"，因此"张飞庙"又叫"张桓侯庙。"

张飞庙的搬迁虽然说不上是浩大的工程，但却是极其复杂费力的劳动。预计总投资超过1亿元人民币。不仅要求97.8%以上的木结构部件不得损坏，而且要求包括原址内所有设施、植物、栏杆、部分地下构件和馆藏文物等必须完好搬迁归位。因此在解体古庙的过程中，按照屋面、墙体、装修、大木、台基、基础的顺序依次对每一个部件进行了编号。据统计，拆除工作共涉及构件10万余件。复建时，对拆下的每一部件进行了防腐、防虫处理。同时，对126株古树、200余株花草也按原位移栽到新址。同时在新址上设计的一道18米高的现浇钢筋混凝土岩坎作为庙基，外表用岩石加以整饰，以恢复其原有环境风貌。2002年10月8日张飞庙旧址举行闭馆仪式开始搬迁工程，2003年7月19日，新落成的张飞庙举行开馆仪式，正式向世人开放。开馆仪式时大雨倾盆，难道是大梁山这条龙对张飞这个英雄的欢迎吗？

张飞庙的搬迁在文化保护和张飞庙本身存在的历史上都是一件大事。所以我对搬迁作以上简要记述，以备自己回忆，或备后人稽考。

（2006年8月20日星期日上午）

感受新三峡旅途

在四月的芳菲里，我又去了三峡。

春天快要离去，夏季即将来临，这个时候去游三峡多么美丽！

在万州上船，傍晚已过，轮船直趋宜昌。波光粼粼的江水和两岸的风光渐渐被夜色融尽。只有用心去感觉水的色彩、山的形象。

云阳新县城的轮廓隐隐约约进入了我们的视野，我给同伴介绍说：筑三峡大坝，搬迁县城，只有这里建得最漂亮。现在的规模为"三镇"合一，即原来位于下游汤口那里的老县城、著名的历史悠久的产盐地——云安镇，再加上原来在新县城这里的双江镇，人口已有15万。云阳新县城的规划比较整齐，疏朗爽目，错落有致，更有独特一景：从江边铺的宽敞的石梯扶摇直上抵最高地——磨盘寨，被称为"万步梯"。

虽然不能清晰地欣赏建筑群落，但此刻已是万家灯火，银花彩树，星河灿烂，闪闪烁烁，辉煌夺目。天空是自然的星海，银烛青光，碧玉流萤。俯瞰江流，看不清江面的真面目，只觉得天上星海和新城的灯火映在水中，天之景、城之景、水之景融为一体，摇曳荡漾，迷茫朦胧，如梦如幻。我突然想起《诗经》中"所谓伊人，在水一方""溯游从之，宛在水中央""所谓伊人，在水之湄"的美丽句子。连接盘石古镇的长江大桥成了一串花灯，与县城的星海构成开阔的"7"字形，更增添了梦幻的氛围。

夜渐渐凉了，水愈来愈静谧。微风悄悄从凉凉的夜里和静谧的水中透了出来，形成看不到但能感觉到的如蝉翼般的轻纱，向东南轻轻拂动。仰望太空，银丝般的弯月镶嵌在不高的西天。我对同伴说，从月牙的粗细可以判断这应当是初几的日子。同伴说："对呀，好像今天是初三啦！"聊这谈那，故事如脚下

游历写真

江流，滔滔不尽。

第二天清晨，船到了太平溪。非常遗憾，我们感受不到船过三峡大坝闸门的神奇和壮丽情景了。因为封航之后还未恢复通航，要在太平溪上岸后改乘汽车到宜昌。

我曾经游过宜昌的"三游洞"，感到洞中的景物很神秘，有钟乳石群观，还坐木筏通过暗河，值得一游。可引路的司机因为利益的驱使，却将我们引到了另外一个景点：龙泉洞。该洞也令人惊叹，洞里有钟乳石群组成的五个各自独立且风格各异的"宫殿"。每个"宫殿"的钟乳石都阵容庞大，千奇百怪，高低错落。有如竹笋者，或顺长，或倒插；有如银针者，或着地而生，或悬顶而挂；有如琴者，敲击，真能发出幽雅之音；有如龙者，视之，隐约有飞腾之象；有如佛者，慈眉大肚，向我们微微含笑；有如龟者，伏在那里，颐养天年，以图长寿永恒；有如丽人者，犹仙女下凡，挣脱人性的禁锢，让生命来一次自然而新鲜的释放和游历。大自然奇观使人震撼。

傍晚，我们溯水而上，由宜昌乘车到太平溪，再乘船达巫山，目标是奔小三峡而去。在船上也正好是一个晚上。

21日这天下起了雨，且下得不小。大宁河无门，却要收很贵的"门票"。这是大自然给巫山人的恩赐，旅游收入占了这个县财政收入的三分之一。环境出效益，环境决定人的生存状态。当然，山水的奇丽需要有游玩的文化意识和游玩的人群。如果古代的巴人生存到今天，他们不知有多少感慨。想当年因为环境恶劣，先是被强楚侵逼，后是被秦国征服消融。在那个科技文化落后的时代，人们的旅游意识怕是没有产生吧，特别是艰苦状态下生存着的巴人群。

大宁河我也曾游过。那时三峡大坝的闸门没有关上，河水源于大山的心窝，清澈，透亮。浅水处，水下的石子和小小鱼虾历历可目。小木船行走在水上，似乎在一片玲珑剔透的石子上滑动。但现在的水，是漫涨上来的江水，那颜色和主流的一样，深深的绿，稠稠的绿。只能看脸蛋蛋而不能窥视心灵的世界了。我心里暗暗说，大宁河多了些人文的成分而少了些自然朴素美了。

雨中旅游，别有风味。多了些梦幻，多了些遐想与诗意，人的感觉好像到了另一个世界。但具体的梦幻、遐想、诗意是什么，一时又说不清、道不明，只是一种模糊的心境罢了。在纷纷烟雨中，我心灵意象化的牧童，只好"遥指杏花村了"。雨雾给游人、游船和大宁河两岸的深山披上了神秘的面纱。好在我临时买了望远镜，搜索我曾经看到过的三峡猴。这些家伙，怕雨雾，藏在洞里，看不到影。山上的雾绕着不同体态的山也是一景，一幅真切的水墨画。山厚雾厚，山薄雾薄；厚处紧紧依恋不舍，薄处袅袅欲飞。有的雾着附在奇峰之上，造型叫人称绝，同伴连连呼我观看。

有人花了100元钱，在雨中大宁河的十多个景点留影。摄影师傅迅速制成了画册，在出大宁河时便拿到了。我觉得这样的纪念很好。早知能做成画册，我也会照的。欣赏照片，真是山美、水美、人更美。

游了大宁河回来，大家一致同意坐150元票价的"飞艇"到万州，这样可以当天夜里赶回家。

这次旅行便算结束了。大家性情相投，欢乐而归。愉快之外，还有点感慨：过去游的可称为"旧三峡"。中国人在宜昌三斗坪那个地方筑上大坝，锁住万万年来桀骜难驯的巨龙，三峡的风景为之一变，现在游的可称为"新三峡"吧。是水的姿态给了旧三峡雄奇、险峻，是水的姿态给了新三峡温柔与亮丽。新旧三峡有很大不同，我为那些没有看过旧三峡风光的朋友而遗憾。

（2007年5月3日星期四）

忽然嗅到桂花的芬芳

成都龙泉驿区有个沫若艺术院，离我的住居地很近很近，常常散步路过那里，也曾经到里面参观过。最近想写点关于郭沫若先生的文字，于是又想进去看看。

沫若艺术院左侧紧邻巴金文学院，门前林木成荫，并有驿马河缓缓经过，出大门斜行 100 余米，就是跨越驿马河的董家桥，右侧有龙泉驿城区最宽阔的"马路"——北干道经过，"马路"与艺术院中间隔有人行道和花草、树木。而对面就是花团锦簇、热闹非凡的驿马河公园。假如在沫若艺术院和巴金文学院前面的过道上架一座通往公园的人行桥，不仅方便人们往来参观，也会把两个景点有机地联系起来。

艺术院大门的横匾就是"沫若艺术院"几个"郭体"大字，褐色的底子，绿色的字；两边的对联是："德艺双馨与天地同在；才技并绝共日月争辉。"顶部盖着琉璃瓦。大门不是很气派，但略有古朴味。

院内有坝，可容数百人，四周亦植有花草、树木。

艺术院正厅，正在展出"中国画"，为周鼎等五位画家的作品。走马看了画作，上得二楼，有会议室，门开着；上得三楼，见数人在办公。

名曰"艺术院"，可能看不到关于郭沫若先生的更多内容。于是下楼，走出画展厅，正准备走过院坝出门，忽然闻到一股浓郁的芳香。

寻找，一簇夹杂着小白点的蓬勃绿茵进入我的眼帘，把近视的眼睛贴近，这就是桂花嘛！把脸凑近，鼻子对着细细珍珍的花朵，深深地吸，让花香进入肺腑，再入心脏血管，流布四肢百骸，使花香在全身流淌。

桂花的特点，就是香得很幽，来时缓缓地，悠悠地，在你的嗅觉器官里，也是缓缓地、悠悠地浸润着，就像春天的夜雨，慢慢浸入泥土的心里。

细瞧一朵一朵桂花，很珍小，每一朵都是对称的四瓣，着附在无数细小的枝条上，像着附的洁白的雪。看看地下，铺满了一层凋谢的桂花，也如铺了一层雪。

这些年，流行银杏树和桂花树，很多地方都把这两种树搬到城市绿化建设中来。为啥呢？我想都是因为他们的美吧。秋天，银杏满树金黄的叶子，灿烂夺目。叶子在秋风中飘散，像蝴蝶翻飞。而桂花，不仅那香沁人心脾，绵绵缠缠，还有那名也取得很好，"桂"象征着"贵"。

看来，沫若艺术院植配桂花树非常贴切，郭沫若先生不就是一个大贵人吗？先生尽管逝世了多年，但他的精神还散发着桂花般幽幽的香。

这些年，受到某种风潮的影响，社会上出现了贬低郭沫若先生的现象，并没有从历史、艺术、学术、民族贡献等社会影响的角度评价郭沫若先生，而是从"势利"的心态臧否大师，听说学界研究郭沫若的人也鲜见。

今年是抗战胜利70周年，中国将进行隆重纪念，在9月3日进行盛大阅兵，有近50个外国政要前来中国参观或参加阅兵仪式。由此联想到郭沫若先生，他无疑是中华民族坚强脊梁中的优秀分子，是二战时抵抗日寇侵略中国的优秀分子。他曾在日本留学，回到中国宣扬革命思想，受到蒋介石的追杀避难到日本，还讨了日本妻子，可是当1937年卢沟桥事变爆发后，他毅然离开日本，"别妇抛雏"，回到中国，加入抗战洪流。在途中写诗云：

又当投笔请缨时，
别妇抛雏断藕丝。
去国十年余泪血，
登舟三宿见旌旗。
欣将残骨埋诸夏，
哭吐精诚赋此诗。
四万万人齐蹈厉，
同心同德一戎衣。

（见《归国杂吟》之二）

游历写真

此诗充分体现了郭沫若先生的祖国情怀与民族情怀。诗的结尾很有气势和力量，号召全国民众团结起来，同心同德抵抗日本侵略者。

中华民族精神不能弃，坚决抵抗日寇侵略中国的意志不能丢。特别是没有经过那个时代后来人，当见贤思齐，继承和弘扬前人的精神，在祖国和民族需要的时候，拿出抛头颅、洒热血的气概，奋起抗御外辱。

郭沫若先生有很多可贵的精神，例如研究历史的学术精神、通过文学艺术唤起民众觉醒的艺术精神，但我觉得最为可贵的是他为了祖国和民族，不怕牺牲，勇于奋起抗御日本军国主义侵略中国的战斗精神。

郭沫若先生是一棵散发着芬芳的桂花树，是祖国和民族的贵人。唯愿沫若艺术院里的桂花树得到更多护花人的浇灌，让它长成耸入云霄的祖国和民族的富贵树、富强树。

（2015年8月29日）

有感于别具一格的东郊记忆

前些年，中国在企业发展战略上，某些方面实行"国退民进"，也就是让原来国营或国有企业倒闭破产，没有倒闭破产的进行改制，搞股份制公司，实在改不了的，干脆卖掉。

"东郊记忆"别具一格，利用原来的厂房搞文化产业。有些匪夷所思的是，竟然保留厂房原样，稍加装饰、美化，形成成都市"东区音乐公园"。这是改造后最初的命名，时间是2009年5月。

除了厂房不推倒外，还保留了许多当年生产的痕迹，如火车、钢管车间等。甚至有的分厂的牌子也还挂着，如"成都量具刃具厂"，还建有"东郊工业遗址博物馆"。

所以，艺术家们灵机一动，何不叫"东郊记忆"！以便勾起人们对那段历史的回忆，也非常切合新建构思和建成的景象。也许这个名称比"东区音乐公园"更具魔力而吸引公众，更名的时间是2012年11月。

成都东郊的工业值得记忆，建于20世纪五六十年代的红光厂成为成都老东郊工业区的一个标记，厂房林立，机器轰鸣，烟囱高耸，繁荣一时。此外，始于20世纪50年代末的国家"一五"计划重点工程建设，到20世纪70年代中国大规模的"三线"建设，再到20世纪90年代的"三线"企业大转移期间，大量工业企业迁址，一大批电子、机电制造等产业在成都东郊落户，成都也因此迅速成为全国大后方和国内三大电子工业基地之一。这里先后聚集了253家中央、省、市、区属规模以上大中型企业，近20万产业工人生活在这片土地上。

这个国庆节，侄女说："你喜欢文化，到'东郊记忆'去看看。"我问"东郊记忆"有些什么？侄女回答："是个公园。"到了才知道，原来是这样的。我仿佛记得，数年前，我看过"东郊记忆"打造后开业的报道，但后来淡忘了。

"东郊记忆"的前身是成都国营红光电子管厂（也称773厂），该厂始建于20世纪50年代，是"一五"期间苏联援建的156个项目之一，诞生了中国第一支黑白显像管和第一支投影显像管，曾有"北有首钢、南有红光"的美誉。21世纪初，成都市政府实施开展"东调"战略工程，对成都东郊老工业区内的企业实施搬迁，红光厂作为工业遗址完整保留，被确定为文化创意产业园区，由成都传媒集团投资打造。

而成都国营红光电子管厂曾多次改制更名，只有军品分厂尚存在，其他的厂都已破产清算。

说破产清算也许不光彩，但却更符合历史的真实。创新性利用颓废之地，以化腐朽为神奇之笔描绘出新的画卷，自然是值得称道的事。如果能获得成功，破产之晦气也就被新的喜气冲走了。

媒体称，建设者将工业遗存保护和文化创意产业相结合起来打造成新型旅游景区，成为成都市划时代意义的城市新名片。现已获得了"国家音乐产业基地"称谓。"东郊记忆"定位为"一基地、多名片"，未来将成为集音乐、美术、戏剧、摄影等文化形态的多元文化园区，成为对接现代化、国际化的成都文化创意产业高地。

现在说"东郊记忆"的成功可能为时尚早，但我在那里看到一种生气和力量。最大的特征就是到那里去的游人几乎全是年轻人，壮年、老年很少。人气虽然不像黄龙、洛带那样极旺，但也算很旺。玩法也出新立异，各种着奇装异服者，招摇过市，很吸人眼球，不时停住供游客观赏、拍照。其他地方要保护肖像权，这里却希望人们把镜头对着它。

假如能在"记忆"的基础上真正开辟出新境界，取得新的成就，那就是一件特别值得夸耀的事情。

（2015年10月5日星期一上午）

追寻

陈迹

巴山核桃

贾老汉嗜好土烟。当年田土没包到户，公家给每个农户划了点土地，但只划地而不划田，名曰"自留地"，很珍贵，每户不过几分地而已。这么如宝的几分地，贾老汉也要挤出一点种土烟。贾老汉的烟枪有两条，一长一短，长的留在家里早晚用，短的则随身系带出工干活，瘾来了即掏出吧嗒吧嗒几口。那短的烟枪上有一坠物，即烟枪嘴根处吊着一枚核桃。贾老汉吧嗒吧嗒地抽，那核桃一晃一晃。为何要吊这个核桃？也许是为了和他人的烟枪区别，以免烟老头们集会后调换烟枪；也许是贾老汉为了展示自己吸烟与众不同的风采，或者另有他故。

贾老汉吊这个核桃可不易，取数厘米长的钢丝置于砧上，以铁锤砸扁。再磨制成锋利的三角口刃，以此作钢钻，将核桃一极冠顶部钻个小孔。一个不中意，第二个仍不中意，做出第三个贾老汉才满意地笑了。找来丝线垂系烟枪上，试吸第一袋烟，那神气，随着烟雾在飘。

核桃本为油黄色，经烟熏和汗渍，变得晶亮光灿，能照出人影。可那丝线经不起汗渍，每年要换好几次。

有一次农活时，贾老汉吸烟后将烟枪放在石头上，人坐着休息。童子娃儿贾二黑与人打闹，一个退步，"嘭"一声，踩在核桃上。核桃碎了，贾老汉气不打一处出："你这个短命娃，踩在我心上了！"贾老汉要贾二黑赔。"咋赔法？""把你小拇指剁下一根！"贾二黑一听，怒目怪睁，与贾老汉大吵起来。后经生产队长调解方止。队长责成贾二娃赔一枚丝线穿上的核桃。贾老汉系上烟枪吊了几天，便弃之："不如自家的好！"

我问贾老汉："一个核桃有什么要紧，值得和二黑那样？"贾老汉硬邦邦说:"你娃晓得个屁,多少年了,那核桃就是你祖宗!"待贾老汉怒平了,我又问:"那核桃是个什么宝?"贾老汉缓缓地说:"什么宝?是我们巴山上的宝,都叫核桃,你比较看,那些膏腴之地的是不是这样?你娃才认几个'蚂蚁字',里面有的是经文呢!"

到底有何经文,贾老汉直到逝世也未诉说。但烟枪尚在。我心里想着,如果将其珍存,或许有一天会解破谜底。

细思细想细揣摩,核桃是个封闭的"田",难道是向往田,厌太多的山?外表像巴山人的肌肤,硬滑不沾雨露;壳厚实而硬,心肝糙糙地软,里面纵横的"十"字是山川,外面是道难以攀逾的峭壁;弯曲的纹像闪电像筋脉,相碰出的哗啦声是巴山人的朗笑。

整个的形象是什么呢?哦,这不是老贾老汉的缩影吗?多像他老人家的头像!

这样,或许我仍没有读懂贾老汉的经文。不过,我已将贾老汉系有核桃的烟枪肃然安之于我心灵的神龛之上。

(2007年7月)

长 江 梦

1977年秋，中国恢复了中断10年的高考，我带着试一试的心理，仓促赴考，竟然有幸上榜，到现在的西南大学荣昌校区读书。从家乡云阳盘石到万县，再由万县到重庆，像一尾鱼儿，去去来来，每次都行走在长江之上。

走出了簸箕大的那块天。从未出过远门，从未乘过轮船，从未到过大城市，许多山山水水一下涌来，令我心潮起伏，激动不已，恍如隔世。

我很幸运，有一次机会上了"三峡"号轮船，也就是毛泽东考察三峡时乘过的轮船。船上专门设了毛泽东考察三峡的纪念馆，并组织旅客参观。现在回忆起来，大部分内容已被时间的风雨蚀去，留在脑海的有两个东西：一个是静静地躺在桌上的望远镜，好像毛泽东会忽然举起它看长江两岸嵯峨的石峰、刀削的绝壁，看守望丈夫的神女和从神女身边飘过的白云。另一个是"截断巫山云雨，高峡出平湖。神女应无恙，当今世界殊"这些词句和笔力雄健的书法。整个长江最凶险的一段就在三峡，驯服这条野性的龙，是伟人们心头的一个梦。

有一次从万县到重庆，中途下起了雨。一船烟雨，一江烟雨，一山烟雨。似乎没有坐在船上，而是在烟雨中穿行。一个游子远行，举目无亲，肯定是孤独的。后来，这幕雨中行船竟然不时出现在我的梦中。在那段江面上、烟雨中，不是乘船到学校，而是乘船回故乡。我是不怎么想念家的，怎么梦里却会呢！可见故乡情、亲人情已融进了生命的精魂。不由你想不想，这是生命精神的自然律动。"飘飘何所似，天地一沙鸥。"杜甫这诗句就写在这段江上。诗圣经过这段江面时是在晚上，尽管微风吹着岸上的草，尽管天气晴朗、星月交映，但杜甫的经历是坎坷的，此刻的心境是悲凉的。古往今来，像杜甫这样的

"沙鸥"不知有多少。经历不同但心境相同的人生太多了。

瞿塘峡也是长江上令我梦绕魂牵的地方。儿时，父亲曾经给我们讲他在长江上的一次危险经历。当时父亲在船上谋生。小小篷船从云阳出发经三峡到宜昌去。过瞿塘峡时，天气突变，风云陡起。瞿塘峡流水的汹涌与狂风交汇，惊涛重叠惊涛，骇浪交汇骇浪。小小篷船怎经得起这等摧折！船被风浪左右，幸好没有撞在滟滪堆上。父亲说是神保住了他的命。长江航行史上有民谣云："滟滪大如象，瞿塘不可上。滟滪大如牛，瞿塘不可留。滟滪大如马，瞿塘不可下。滟滪大如袱，瞿塘不可触。滟滪大如龟，瞿塘不可窥。滟滪大如鳖，瞿塘行舟绝。"瞿塘峡两岸崖陡如削。夔门两侧的高地，南名"白盐山"、北曰"赤甲山"，夹江对峙，拔地而起，高耸入云，巍峨峥嵘。崖高500米、河宽只有百米，但流量多达50000多立方米每秒。峡江悬崖恰似天造地设的大门，浩浩江流被陡然一束，回旋如雪涛浪，迸发震耳喧啸。真是"两山夹抱如门阀，一穴大风从中出"。杜甫描绘夔门的水势为："众水会涪万，瞿塘争一门。"勾勒出瞿塘峡的江流潜藏的巨大力量。

瞿塘峡中的滟滪堆，俗称燕窝石，古代又名犹豫石。北宋《太平寰宇记》上说："滟滪堆又名犹豫，言舟子取途不决水脉也。"秋冬水枯，它显露江心，长约30米，宽约20米，高约40米，好似一头巨兽横截江流。此时，下水船可顺势而过；上水船则因水位太低，极易触礁。故有"滟滪大如象，瞿塘不可上"之说。夏季洪水暴发，一江怒水直奔滟滪堆，狂澜腾空而起，涡流千转百回，形成"滟滪回澜"的奇观。这时的滟滪堆已大部浸入水下，行船下水，如箭离弦，分厘之差，就会船沉人亡，故必须切记："滟滪大如马，瞿塘不可下。"当滟滪堆露出水面部分如牛、袱、龟、鳖一般大小时，那就更需十分警惕了。古代船民为消灾避祸，有投牛祭江的风俗。杜甫在《滟滪堆》中写道："巨石水中央，江寒出水长。沉牛答云雨，如马戒舟航。""沉牛"就是祭江。滟滪堆虽为夔门雄姿更添景色，但历史上，这里不知葬送了多少生命。中华人民共和国成立后，于1958年冬将其炸除，"滟滪回澜"成了历史的陈迹。"不知滟滪在船底，但觉瞿塘如镜平。"北宋诗人范成大的美好幻想被新中国变成了现实。

正因为父亲的故事，年轻时读杜甫的诗，总感到杜甫诗歌的精魂就在瞿塘峡。在这里，杜甫留下了许多千古不朽的名句："高江急峡雷霆斗，翠木苍藤

追寻陈迹

日月昏。""无边落木萧萧下，不尽长江滚滚来。""庭前把烛嗔两炬，峡口惊猿闻一箇。""高唐暮冬雪壮哉，旧瘴无复似尘埃。崖沉谷没白皑皑，江石缺裂青枫摧。南天三旬苦雾开，赤日照耀从西来，六龙寒急光徘徊。"从杜甫这些诗句里感到了瞿塘峡的雄奇、瑰丽和大自然在那里形成的无比巨大的力量。

　　三峡水利工程建成后，只有从杜甫等伟大诗人的诗歌里才能读到历史上瞿塘峡流水的汹涌澎湃。所以，古人描绘这段江流的文学艺术显得更加珍贵。

（2006年9月16日星期六早晨）

回忆云阳县盘石古镇

盘石镇在重庆市云阳县长江南岸,与云阳县新城隔江相望。修建三峡水库把县城变成了全新的,并且沿江边上行了数十里路,盘石镇虽然还在老地方,但依托原来的地方往山上移动了一些位置,所以盘石镇也是全新的。

第一次看到这个新的小镇,街道是水泥筑的,楼房也是水泥造的。街道两边的小树长得很苍翠。一切都变了,原来的小镇和现在的小镇是两个完全不同的小世界。

旧时的街道,宽的地方不过丈余,窄的地方只有二三米。路面全是狭长的石板铺成。一条独街,顺着大梁山脉,南北走向。与其说是街道,不如说是一条幽深的小巷子。整个巷子由一段平路和一段斜坡路组成,那段平路曲曲折折,斜坡却较为笔直,中间夹不多的石级。那些石板的颜色不一样,平路上的呈青色,斜坡上的黄中夹着耀眼的沙金。斜坡的末端也是小巷的尾部,有数十步陡峭的石梯。或站或坐在石梯上,可以看见长江滔滔东流。

在细雨纷飞中重新走那条小巷,一个孤独的游子回乡,黄昏时刻,有些寂寞,有些清冷,我想起戴望舒那首《雨巷》:"撑着油纸伞,独自彷徨在悠长、悠长/又寂寥的雨巷/我希望逢着一个丁香一样地/结着愁怨的姑娘。"我会遇到丁香一样的颜色,会嗅到丁香一样的芬芳吗?会不会遇到那个青年时代遇到的曾经借过我书籍的姑娘,像丁香一样忧愁,在雨中哀怨,哀怨又彷徨?

街道两边的房子,墙或为青砖,或为板壁,盖在房上的瓦皆为青色,大多是一楼一底。

这小镇,完全是为远远近近的山民修的。人们的日常生活用品汇聚在这里,油、盐、酱、醋、布匹,分门别类,你经营油,我经营盐,各显自家所长。铺铺相依，店店相连。铺铺店店里装的货物都不一样。

逢场天的时候，山民们向盘石镇涌去。其他场镇来的商贩在街道两边扯开摊子，街道就更窄了。站在高处看，只见狭长的滚滚流动的一片人头。岂止摩肩接踵，彻底的人挨人、脚挨脚、身子摩擦着身子，没有一点缝隙。夏季挤得一身臭汗；冬季，后颈感到人家鼻子的气一股一股冲出来，热乎乎的。有时人流涌潮，势弱的地方会倒下一片。偶有"扒手"，趁这个时候把罪恶的手伸进如泥塑般诚实的山民的口袋里，掏出几角或数元汗渍浸浸的钱。

平路连着斜坡那个地方，懒懒地转了一个弯。在"弯"的那个位置，有一个较大的国营食店。我在里面去解饿解馋不止一次。那面条里的浓浓的巴油香至今还可以在口中回味。还有那咀嚼着有肉质感的褐色的海带和咸咸的海带汤，也清晰如昨。

那数十步陡梯的尽头，是一棵至少有100年沧桑的黄桷树，如虬的树杆向四周伸去，撑起偌大一片天。望着长江，守着小镇，抵御烈日，挡住狂风。这是小镇的风景，也是小镇的象征。不知有多少到这里赶场的山民和过往的行人受到这棵擎天大树的恩惠。我也多次在这片翠绿的天下憩息养力呀。记忆最深的一次是20世纪70年代中期，我到云安镇求学未成回家。从长江上得岸来，饥饿、疲累加上失学的忧愁痛苦，我趴在那片翠绿下石梯上，一边喘息，一边怔怔地看着长江，很久，很久。我不知是怎样离开那片阴凉，怎样走回家的。

黄桷树下还有一个曾经令儿时的我看得发呆的古老的榨油房。一条街到底，就看见这古老的榨油房了。工人们全是"油人"，一身都是油亮亮的黄，只看见眼睛是青亮的。一条黄黄的木头悬在梁上，木头的一端捆有铁砧。这是撞击"油楔"的工具。不断地撞击"油楔"，黄色的油汩汩滴出。我看见两个工人，一左一右，荡秋千似的将黄金亮亮的东西把住，接着快速后退若干步，口里"咦咦"着，几步退完之后，突然同时大喝一声，把住那黄金透黄的东西撞上前去，只听得"啪"一声，铁砧撞击在"油楔"上。如此一次一次重复。

有的山民又把盘石叫作"盘沱"。那黄桷树下面就是一个"沱"，丰水季节，水会涨到沱里。在黄桷树下面朝长江再向左拐，有一条路通往江边，枯水月份要过一片很大的沙滩。沿着沙滩溯江而上，走不多远会看见一个巨大的石头横卧，一头向北伸向江水中。人们把它叫"牛尾石"。儿时听老人说，冬季江水少，在离"牛尾石"不远的地方，由南到北，有青色的"一杠"冲过江去，叫"青龙过江"，据说云安盐井的卤水就是这"青龙"。现在，因为水位升高，"青龙""牛尾石"和"盘沱"都看不见了。

多么古老的小镇，可惜我没有机会了解小镇深厚、丰富的历史和文化。这里看到的历史往事，如果没有文字或图片记下来，谁知道当时是什么样子呢。写这篇回忆的目的也是给后来的人留下点盘石镇的蛛丝马迹吧！

(2006年5月3日星期三下午)

想起年少读书时

那所小学叫云阳县柏木小学。我少年时在那里读书。

有一天上午下课后，我见操场边有一团人，并有喝彩的声音。从人头缝里看进去，原来这团人围着谯老师。学校里买进了一批连环画本，谯老师正在讲《侦察英雄安宝书》的故事呢！

几个八路军钻进敌人的窝里，抓住一个"喉舌"。归程中穿过铁丝网时，被敌人发现。安宝书为了掩护战友被敌人的子弹打断了腿。但敌人没有发现安宝书躲藏的地方。

听了这个故事，我很激动。最后战友们找到了安宝书。大家喊他"班长"的声音至今还萦绕在耳畔。真想有属于自己的连环画本啊。

一个星期日，我到了舅公那里。舅公姓魏，他是国营食店里的一名退了休的职工。没有儿子，只有一个女儿在遥远的大城市工作，父亲说她是学"鸟语"的。我想父亲说的"鸟语"，可能就是现在的外语吧。舅公那里是区所在地，有非农业人口居住，还有一条小小的街。沿街看物，惊喜地发现了一个卖连环画的地方！隔着玻璃看进去，五颜六色，一本一本叠垒在那里，太吸引人了。想买，可是没有钱，我灵机一动，向舅公借钱吧。舅公果然借给了我钱。我隐约记得是两元。

回到书店，买什么书呢？正好旁边有一个比我大的儿童，他说："你就买《智取奶头山》，保证好看。"

果然，是战争故事，小朋友喜欢，尤其是男娃。是说解放军在东北的林海雪原中追剿国民党的残余部队。其中一股敌人逃到形如女子乳房的奶头山上。山上有一大洞，可容纳数百人，并有一天然池，池里有泉，向上冒水，无论天有多涝，盛水的池子不会满；无论天有多旱，那泉水也不会干。上山只有一条路，曲折峭险，要登48级台阶才能到达洞口。叫人咋舌的天险。这些细节是一个生活在深山的蘑菇老人讲给解放军的。攻取奶头山，要有"飞人"从与奶头山靠近的那座山峰"飞"到奶头山那棵最高的树枝上。后来，是一个叫刘勋昌的英雄带着绳索，飞了过去。一个个解放军顺着绳索滑过去。山的前面有18名特等步枪射手佯攻。敌人哪里知道后面有刀捅来，自然是束手就擒。连环画上力大无穷的刘勋昌双手将敌人的司令许大马棒举上头顶，然后摔在地上。这个画面至今还令我记忆犹新。

小学快要毕业的时候，我看到了小说《林海雪原》，原来奶头山只不过是里面的一个故事。家在农村，放了学还要帮大人做事，我每天的任务是：先到塘里挑一担水回家，然后再到林子里割一背篓草喂生产队的耕牛。母亲很负责任，把生产队的牛喂得很壮，每次大队里评比谁的牛喂得好都是一等。我借到《林海雪原》这部书正是夏天。心里想，到林子里割草前先看一会书。怕母亲看见我带上书，我把书放在背篓底，然后放少许草遮住。割草的刀磨得锋利，背上背篓，右手提刀向林子里走去。天热，穿的短裤，慌忙中，那锋利的刀把我的右大腿外侧划了一道长长的口子。细长的伤痕至今尚存。

不久又看了《铁道游击队》，繁体字，慢慢猜，根据前后意思，大多都能猜中。许多繁体字就是通过这本书认识的。

接着是看《梁山泊英雄李逵》，配有画。李逵回家接母亲，在回梁山泊的路上，累了，渴了，李逵让母亲歇着，自己去找水。哪知这个时候窜出几只老虎。李逵找水回来，见母亲不在，只见老虎，不是老虎吃了母亲还有谁。挥起板斧，杀死了几只老虎。我感到李逵的杀虎图很美，用点灯用的煤油将作业本里的纸浸渍，这纸就变得很透明，然后覆盖在杀虎图上，将其蒙画下来。

那时没有电灯。夜里看书久了，母亲会吆喝，没有钱打煤油。于是等母亲睡下后，我悄悄把煤油灯拿到床上，轻轻划燃火柴点着。有一次，看着看着睡着了，煤油灯把蚊帐烧个洞。要不是及时醒来，会把自己烧着。

我把看了的一个个故事，在放学回家的路上，夕阳西下时，讲给同路的十余个小伙伴听，个个听得津津有味。现在那幅图景还在眼前！

少年读书真好。好在记性强，看了终生难忘。所以，少年能看到书也是一种福气。

（2006年4月9日星期日上午）

想起青年读书时

我庆幸自己在青年时代读到了《三国演义》和《水浒传》。这两部书的情节是多么吸引人！从这时起，我也养成了背诵诗词的习惯。

"一夜北风寒，万里彤云厚。长空雪乱飘，改尽江山旧。"这就是《三国演义》里的一首诗。那种意境和画面很美，我当时就记下来了，直到现在还没有忘记。电视剧《三国演义》里杨洪基唱的那首雄浑、壮阔、悠远、苍凉而震撼观众的主题歌歌词，也在看小说的时候就记下来了。"滚滚长江东逝水，浪花淘尽英雄。""青山依旧在，几度夕阳红。"这些横跨历史时空的美丽句子，能引发读者的无限思绪。当然，还有曹操与刘备煮酒论英雄那首诗，也令人终身不忘。当曹操手拿筷子，指着刘备说："今天下英雄，就是你和我呀。"曹操这话一出口，刘备惊吓得手中的筷子掉在地上，他心里害怕曹操知道自己要争天下，正在行使"韬晦"之计，过着种菜的生活。小说用诗概括了这个情节："勉从虎穴暂栖身，说破英雄惊煞人。巧借惊雷来掩饰，随机应变信如神。"曹操问刘备筷子为何掉了？恰好在曹操"说破"英雄那一刹那间，天空突然炸响惊雷，刘备说自己手中的筷子是被惊雷吓掉的。

当然，年轻时读小说主要是沉浸在故事情节里。只要是情节比较紧张和有悬念的长篇小说，就必然会进入如痴如醉的状态。初中快要毕业的时候，我借来《说岳全传》，在上课的时候，将书放在课桌下"二楼"上，被故事强烈吸引，头不知不觉长时间埋着，被语文老师也是班主任刘蔚青老师走来逮个正着，把书收了。这书是借的乡卫生院一个姓向的女医生的。一些日子后，向医生见我没有还书，便追问，同路的同学帮我回答："书被刘老师收了。"向医生对我说："你去跟刘老师说，书是我的，要他拿给你。"我找了刘老师，书没有拿到。后来，是向医生亲自向刘老师索要，物才归了原主。

初中毕业了，我选定学中医。当时盘算，学医有两个好处，一可以学技术，二可以学文化。中医必须首先将"药性""汤头""脉诀"熟读记诵。由读小说转到读无情节、无故事的枯燥科学技术文字很困难。当时痛下决心，再不看小说了！强制自己走进中医这座神奇的殿堂。我从"药性"开始，并弃易就难，即选最难背诵的药性反复强记。比较容易背诵的一种是："人参甘，大补元，止渴生津养胃元。"比较难记诵的一种是："人参味甘，大补元气，止渴生津，调营养胃。"这叫"保元药性"，一共有四百多味。我就是背的这种药性诗。给自己规定的任务是，在劳动之余，抽时间每天背一味"药性诗"。看似容易，实则较难。难在巩固，要不断反复温习，直到在大脑里刻有"痕迹"为止。为了记读方便，我将"药性诗"写在手背上，甚至写在小腿上，在休息的时候瞧瞧记记。后来，我拜万县市（现为重庆万州区）中医校的牟之沛（又叫牟沛然）先生为师。提着见面礼去到他家。他当场对我测试，问了我的文化基础，又叫我写字。牟老师说："基础还可以，字也还勉强。你和一般学医的不一样，他们是从基础开始，你已经掌握了一些基础，那就先背'杂症'。"背"杂症"是学中医中比较难的一关。厚厚一大本，要我六个月背记完。我背记了五分之二，时逢招生制度改革，我考学走了，但对中医的兴趣未减，和牟老师时有通信。他在信中对我说："你热爱中医很好，但古文是一道铁门槛，翻不过这道门槛是学不好中医的。所以你应该爱好古典文学。"于是，我爱好文学的兴趣就这样又被激发起来，直到现在仍未衰减。后来我读成都中医学院才知道，老师说得对，没有古文基础，怎么去读《黄帝内经》这部古老的医学经典呢！牟老师不仅是中医专家，还是书法家，篆、隶、真、草等各种书体皆通。给我的信都是毛笔书写，活脱遒劲，疏朗俊逸，行云流水，有王羲之之风骨，是很美的行书啊！现在我还保留着他给我的每一封信。

那时候的读书生涯回忆起来的确值得玩味啊，竟然能改变人的生活道路！

（2006年4月16日星期日上午）

读书与抄书

几天前我写了《想起青年读书时》一文,意犹未尽,现在接着唠叨,算是续篇。

青年时读书,我养成了两个习惯,一曰背诵,二曰抄誊。

背诵当然是盯住千百年来已经定位被公认的名篇,如《诗经》《唐诗》《宋词》《古文观止》中我认为优秀的篇章。下苦功夫背的第一本诗集竟然是毛泽东编选的唐宋明朝诗人咏四川的诗,书名是《诗词若干首》,实际上有70多首。1958年,中央在成都开会,时间较长,毛泽东在会议期间圈阅了这些诗。编辑出版的时候,著名诗词研究专家刘开扬先生作了注释。这个选本里有不少艺术登峰之作,如李白的《早发白帝城》《峨眉山月歌》,杜甫的《秋兴八首》,明朝大诗人杨慎的妻子黄峨那首《寄外》诗也是佳品:

> 雁飞曾不度衡阳,锦字何由寄永昌。
> 三春花柳妾薄命,六诏风烟君断肠。
> 曰归曰归愁岁暮,其雨其雨怨朝阳。
> 相闻空有刀镮约。何日金鸡下夜郎。

此诗表达了很深的别离伤痛,但来得相当自然。"曰归曰归愁岁暮,其雨其雨怨朝阳"更是全诗的彩魂。有人认为黄峨作诗的水平高过了其夫君杨慎。

这本诗集是同窗好友宋玉林送给我的,现在还保留着。保护书的"牛皮纸"封皮换了一次又一次。

习惯成自然。落日黄昏散步时要哼一哼,春花秋月闲休时要唱一唱。兴之所致之时，不知不觉就摇头晃脑起来。许多名篇，已融汇入我生命机体血液之中。

原来记忆力也可以培育和训练。后来发展到记诗词歌赋容易，记工作交往中人的名字较难。往往要数次相见，才能记住。穿梭大街小巷也难以记住名称，去不知向，回亦不知路，走一地，问一地。

我的记诵总是和动手相连，也就是做笔记。把自己认为优秀的篇章写下来。"二月雨／躲躲藏藏／趁夜色悄悄潜入土壤／盼了一冬的社员／早已在田野上守望／红灯一闪／银锄几晃，捉住了雨的翅膀……"当时认为这诗很美，就抄写下来了，铭记不忘。后来有了审美的眼光，觉得这诗不属于一流层面，洋洋洒洒，有些打油的味道。也证明对艺术的鉴赏是循序渐进的，没有审美的基本知识和阅读经历，是谈不上审美的。

有个成语叫"著作等身"，是说一个人写的文章多。夸张点说，我是"抄书等身"。粗略数来，大大小小的笔记本，有数十本之多。

20世纪80年代中期，我借到了当代著名作家贾平凹的第一本散文集《月迹》，感到他的散文有一种神奇的魅力，读了还想再读，再读了还不想还书。但书是图书馆的，不还不行。于是下决心抄下来。这本散文集是孙犁作的序，贾平凹自己也作了寥寥数语的序。他说，愿我的散文"像一只鸟儿，突然落在一棵老树枝上，使每一片叶子都悸动了，哗哗地，感到了身心的愉快"。

《月迹》的内容提要也极简单："本书是作者的第一本散文集。所收34篇散文，或是描绘自然山林之美，或是书写故乡儿时情趣，或是对个人所见所闻的咏叹息低回，都用笔细腻，色彩清淡，给人以纯朴清新的艺术享受。"

我用的是36开插图笔记本誊写，钢笔行书，蓝黑墨水。我喜欢碳素墨水，可惜那时市场上似乎没有。共抄写了219页。开头一篇是《丑石》，最末一篇是《访兰》。

写这篇文章时又把这个手抄本拿出来欣赏。红色的塑料，封首的图案还是广州市城里那个雕塑"五羊图"呢！怎么下面还有一株梅花，好像真实的雕塑下没有呀？

光阴似箭，屈指算来，这个手抄本有整整20年历史了。

除了这个手抄本外，我后来还买到了他的散文选本。

贾平凹的文学品类很丰富，有散文、小说、诗歌等，但我更喜欢他的散

追寻陈迹

文。我个人以为,他和余秋雨代表了当代散文的最高成就。二人都在"语体"表达方式上对传统有重要突破,余氏善于抒情,贾氏善于白描。对于非常平凡的经历或事物,经贾平凹那如魔杖的笔一点,就神奇和灵动起来了。

我还摘抄过一部书,是《西方文论选》,分为上、下两卷,1000多页,收录了古代至19世纪西方世界里许多著名思想家、哲学家、文学家、艺术家、评论家谈论艺术的文章,是高等文科教材,伍蠡甫先生主编。我对这部书也非常喜爱,用16开的大笔记本,眷抄重要观点。记了厚厚的两本。

这些东西和贾平凹散文集手抄本一起,静静躺在我的书橱里,有时忽然想起拿出,或复读,或玩味。其情其状,好像远远超越了文学和艺术本身。

(2006年4月22日星期六上午)

我心上的书

——写在世界读书日

我心上的书，是说我对书的渴望，对书的珍爱，对书的保护。

现在，尽管我的藏书已逾万册之多，但还是渴望得到我手中没有的好书，尤其是那些高雅的、呕心沥血的、令人心动甚至心颤的著作。

眼前，书是不乏的，大街小巷举目可以看见书摊、书屋、书市、书店，正版、盗版都有。甚至还有走门串户的书贩子，把书送到你的办公室来向你推销。但书价和整个物价上涨成正比，很贵；盗版的便宜，读了甩掉或将它不当个数可以，但我有收藏的习惯，让盗版和我长久相伴心里总不是滋味。因此，我还是将正版书买了不少，中国古代诸子的书几乎都买到了，西方的思想、哲学、文学家著作也有一部分，如柏拉图、亚里士多德、康德、黑格尔、莎士比亚、托尔斯泰等。

对书的渴望或许成了我的性格，并升华为爱好。

书是我生活与生命的磁场。

20世纪中期，我生活在农村，找一本书是困难的。书大都是借阅。一本书经过许多人的手，被折磨得不像书样，甚至残破不堪。我在《想起少年读书时》一文里提到的《铁道游击队》就是这个样子。拿在手中，像熬干了油的一棒渣，看不到开头，也看不到结尾。

书贫乏也有个好处，读完一遍之后，如果没有借到另外的书，只能又把原来的书拿起看第二遍、第三遍。《铁道游击队》和《林海雪原》都看了三四遍，故事情节记得滚瓜烂熟。

我最早得到很陈旧的线装书是在舅舅张家福家。少年时一次去他家玩，在楼上一角，我见有一堆黄黄黑黑的东西躺在那里，拿一叠起来问舅舅："这是什么？""是书啊！过去的书就是这个样子。"舅舅答道。我说："我要拿去看。"舅舅轻蔑道："小娃娃，你看得懂？"我说：慢慢看。"那你就拿去吧！"舅舅答应了！"这是我读过的书，但我不是那条河里的鱼，总是读不进，看了无数遍都记不住。我看你记性好，说不定会读出来。"这是舅舅讲自己年轻时读书的状态。我的表哥叫张邦全，也遗传了舅舅读不进书的特性。所以这书转移一个主人，既是我的幸运，也是书的幸运。数十年过去了，这些宝贝还占据着它们在书柜里的位置呢！它们是《幼学琼林》、"四书五经"啦！书的封面是黄黑相间的颜色。

有了数十册书，我在墙上钉上两个木桩，将一块长长的木板搁在木桩上，然后将书整整齐齐排列在木板上。有的书缺了封面，便找来厚纸配上封皮。山上的桐子树多，盛夏，桐子树结的果肥实起来，摘一个下来，用刀将青色果子的皮削去，咕咕冒出油来，这油很有黏性，用它来沾封皮很好。

我讨厌把书卷着看的人，我讨厌看书折叠书页的人，我讨厌随意抛掷书的人，这些不良动作都会损害书的寿命。

爱护书要像爱护自己的眼睛一样。

前些年，对淘旧书兴趣一时。弄到手的版本较旧的也有一批，其中有白居易的诗集、《康熙字典》等。当年出版的八个样板戏我都有，可算是有艺术价值的东西。马克思、毛泽东等领袖人物的著作，我仍然视为一宝。人类的生活与秩序远离光芒四射的精神巨人的照耀，必然坠入庸俗的金钱和物质的深渊而最终被埋葬。为了人类的将来，我们应不忘祭奠、崇敬伟大人物的灵魂。把书这个文化载体保存好，也含有祭奠、继承、光大的意义吧。

新版的书，我现在收藏的质量最优的书要算《中国通史》和《圣经》了。这套《中国通史》为范文澜和蔡美彪等著，人民出版社1994年版，精装本，共十卷，外有硬壳纸质书箱，书和书箱色彩均为草绿，并饰花纹，素雅恬淡。书页为很厚的铜版纸。每卷书前面有数页彩图，中间夹配的图为黑白色。字体厚重，排版疏朗，很符合我不喜欢字小的审美。装订也很考究，全套书价为580元。

我在数年前见过一个《圣经》的版本，封面为黑色压膜，上书魏碑体"圣经"二字，纸张薄得雪白，极有柔韧度，五号字体，一卷本。当时书已到了我手中，但有个朋友也喜爱这书，就拿给朋友了。谁知，后来竟不好买，我出差到成都市和广州市，曾与相关协会电话询问联系，但都因时间紧迫而未能如愿。踏破铁鞋无觅处，来得全不费工夫，正是如此。去年我回到故乡重庆市云阳县城，游了磨盘寨下山，见一地方有"基督"氛围，问有《圣经》吗？那人上楼拿下一本给我看，大喜过望，与我前面介绍的版本一模一样。为中国基督教三自爱国运动委员会、中国基督教协会2002年出版。就这样喜滋滋得到了想了几年的《圣经》。宗教并没有俘虏去我的精神，我是个文化融合主义者，各方面的文化我都不排斥，目的是吸收里面有益的成分。

床前明月枕边书，这是一幅图景，我在这个图景之中。我为沧海之一粟，没有卷起惊涛骇浪的能量，也不是一个纯粹的人，更不是一个成功的人，但我骄傲，我心中有书的神圣和辽远。我希望我对书的陶醉精神感染后人，感染亲人，感染朋友，感染与我一道工作和常有往来的对书没有建立起兴趣的人们！

（2006年4月23日星期日上午）

我读"四书五经"

"四书"指《论语》《孟子》《大学》《中庸》;"五经"指《诗》《书》《礼》《易》《春秋》。"四书五经"是南宋朱熹编辑古代文献时定下的名。

我首先读的是"四书"。巴蜀书社1986年2月影印版,保持了原有的古朴风貌,厚厚的一个小本。我为什么购买"四书"呢?可能是有求知的欲望吧。

购买的具体时间已遗忘,但是买来后,十分珍爱,并不时阅读。1991年冬,我患了重病,两度进医院,前后住了数月,其间下了几天大雪。躺在病榻上十分无聊,便慢慢咀嚼"四书"。越读越有兴致,感到里面有许多话语对于修身立人大有好处。如"己所不欲,勿施于人""知之为知之,不知为不知,是知也""君子欲讷于言而敏与行""政者,正也,子帅以正,孰敢不正""不义而富且贵于我如浮云""逝者如斯夫,不舍昼夜"等等,太多太多,对指导人的学习生活很有裨益。

后来,我又买到了杨伯峻先生的《四书译注》,16开本,排版很疏朗,字也很大,便于阅读。我后来研究孔子,就是翻阅这个版本,不知翻了多少遍。因为不是线装,翻阅的次数多了,难保书页散架,于是我用铁钉打孔,用线将书页重新牢牢装订。

在"四书"中,读得最多的是《论语》《中庸》《大学》,读《孟子》次之。在阅读过程中,我忽然将孔子和毛泽东两个文化巨人联想在一起。撇开政治的因素,毛泽东也是中国文化的集大成者。我写了一篇比较两人的文章《孔夫子与毛泽东》,认为孔夫子和毛泽东是中华文化的两条大河,一条平静的流淌,一条滔滔奔涌;气质上,一个以阴柔为主,一个以阳刚为主。

一次出差到成都,在书店里发现了中华书局出版的《四书五经》,一共三册，我如获至宝买下来，这样几种文本就全了。

而《诗经》，我买了好几个不同的版本。因为爱好写诗，在读《诗经》上也花了不少功夫，并将里面经典的篇章反复诵读，达到背记。

《周易》也买了好几个不同的版本，后来作为研究阅读的是台湾著名学者南怀瑾的《周易译注》。在研读《周易》上，也花了不少精力。

《书》《礼》《春秋》只是泛读，没有花太多的工夫。

我的体会是，读书贵精忌泛。特别是对厚重而古老的经典，必须反复阅读，方有收获。读得久了，才能理解，才能记住，才变成了藏在自己身上的东西。浮光掠影的泛读，就像跟着旅游团看风景一样，名胜是看了，可是能永远记住的不多，这样便没有多大收获。

在阅读理解的基础上，我写了大量关于孔子文化的文章，如《我对"中庸之道"的新解》《我对"中庸之道"新解的补充》《谈政治的孔子与文化的孔子》《把孔学向世界传播》《孔子和孟子的比较》《孔子和董仲舒的比较》等长篇文章。

（2011年5月19日星期四上午）

飞鼠洞考察记

2005年5月2日上午，我去考察了飞鼠洞。

明朝末年，社会矛盾激化，各地农民纷纷起义。其中有两支力量较为强大，一个是李自成，一个是张献忠。1644年，李自成攻入北京建立永昌政权，张献忠攻入四川建立大顺政权。也就是在这个时候，满族人入关进攻李自成，以至于动乱和战争不断蔓延。从1627年陕西的农民起义到1681年清朝政权平息"三藩之乱"时间长达半个世纪。张献忠在湖北和四川往来数次，云阳县是必经之地；这里又是后来李自成失败的残部"夔东十三家"的重要活动区域之一；"三藩之乱"的战火，四川也未能幸免。

在这刀兵四起、烽火连连的恐怖时期，人民惨遭涂炭。据我贾氏家谱记载："吾族人众，存者不过百之二三。"我的先祖贾贞就躲藏在飞鼠洞中，侥幸得生。

飞鼠洞位于今重庆市云阳县盘石镇永兴村三组，距盘石镇约两公里。大山从沟壑崛起，极是陡峭。一条公路顺着溪沟绕山而上。

飞鼠洞的具体位置在哪里呢？应找一个向导。司机帮我们问，遇一姓杨的石匠。杨石匠极其热情，说："我也喜欢看奇怪的地方。去年我去看过飞鼠洞，是一个下雨天，可惜没有找到。这里有一户人家，女的就姓贾，2002年躲移民搬迁的时候，就去钻了飞鼠洞。我帮你去喊一下。"

原来，这户人家的男主人叫周公权，女主人叫贾国秀。住房傍溪沟不远，背靠公路。杨石匠将贾国秀叫了出来。贾国秀说："我要带娃娃，腿有关节炎，山好难爬，我叫我男人回来给你们带路。"周公权正在溪沟对面给人家建房子，贾国秀喊："周公权，我们贾家有人来看飞鼠洞，要修家谱，你快回来给他们带路！"

周公权很快回来，拿起一把长把刀，以便途中砍荆棘。从他们的屋后即公路上出发，上山向北斜行。坡度陡峭，近90度，人面几乎贴着山面。九曲小路，牛羊踏成，坎坎坷坷。渐渐地，小路消逝，人扎入荒草灌木中。周公权和杨石匠走得极快。我累得汗如泉涌，从额头流进眼里。为了保护眼睛，必须不断地揩汗水。

周公权边走边说："数年前，国家勘查队去看飞鼠洞，也是我带的路。"

飞鼠洞离溪沟并不远，仰望，大山耸入云中。上了几个台阶后，折回向南行数十步，周公权说："飞鼠洞就在前面了！"但荆棘阻碍着前行。周公权拿起刀，劈开了一条路。一边开路一边说："这片山滑过坡，草丛中有洞穴，千万小心！"

穿过这片荆棘，飞鼠洞到了。洞前是台地，约有4米宽，支撑台地的是峭壁。台地里边悬崖突兀。飞鼠洞就位于悬崖之根。洞有两个，一个洞呈圆形，空间一米有余，不深。人虽能入洞，但不能探其就里。另一个洞与这个圆洞平行，不规则，人亦不能深进。两洞之间有下滑的岩石隔开。洞前皆有杂草、马桑树、夜合树等。

周公权说："原来，这个洞门很高，人可以站着进去。1982年，因久下大雨，这片山滑坡，山岩倾斜，飞鼠洞里的情况就不是原来那个样子了。"

原飞鼠洞台地下不远的地方，住有一户姓牟的人家，因为山体滑坡被政府动员搬走了。

周公权说："这里是进洞，还有出洞。"

我问："出洞在哪里？"

"就从这个台地过去！"

我说："要去看看。"

"好，去看嘛。"

在荆棘草丛中夺路，更是难行。

终于到了出洞口的地方。这里却比进洞那里平得多，宽达数亩，有桑、竹、油桐等植物。竹林靠着山岩，出洞口就隐藏在竹林遮着的不规则的石崖上。手撑竹子或拉着黄荆等灌木，攀上一个石坎，就到了洞前。人面向洞，洞口左边有一簇马桑树。洞口亦呈圆状，空间不足一米。人已不能入内，同样是因为滑坡挤压了原洞的空间。

从进洞到出洞的距离，约有 1.5 公里。

周公权说："我小时候，与小伙伴从出洞这里往里钻过，里面较宽，走一段路后要向溪沟这个方向转折。他们害怕，没有带照明器具，大约走了半小时就出来了。"

与出洞口平行 100 余米处，有一座很小的庙，叫佛爷庙。就是周公权他们恢复的。有一条小路通达山底公路。从公路到进洞口，大约要 20 多分钟，从进洞口到出洞口空所需的时间大致差不多。离飞鼠洞不远的山上，有较宽的台地，叫核桃坪。

出洞口前面的平地在中华人民共和国成立以前，住有傅姓、胡姓、余姓三户人家。中华人民共和国成立后，这三户人家迁到了环境较好的地方。

我在进、出洞口都拍下了数张照片。

据家谱记载，当时与先祖贾贞一起躲避动乱的还有一个人叫张四。白天出来采野果果腹以维持生命，晚上进洞过夜。社会安定后出来，两人娶的冯姓亲姐妹，姐姐嫁给先祖贾贞，妹妹嫁给张四。张四短寿逝世，其妻子再嫁给先祖贾贞。

我小时候听大人们说，有一次，先祖贾贞和张四出来，听到长江里有纤夫拉船的号子声，他俩以为还在动乱，又躲了很长时间。由于出来的时间很晚，比较好的地方已被别人"结草"占有，所以只好到了"古桑"这个当时也是一个滑坡的地方。

了解了先人的经历，不禁扼腕叹息，先人的经历是多么曲折艰辛，环境是多么恶劣。发展到今天，不知经过了多少困苦。莫说学文积智、育人建功，就是繁衍人丁、维持生存也是举步维艰的。

去看飞鼠洞这天的阳光较烈，最高气温达 30 度。跟着去的有我大哥的外孙贾昌俊、孙女贾婷婷。他俩才十一二岁，很有兴致，比我也走得快。让他们从小了解一些先人的苦难历史，不是没有意义的。

（2005 年 5 月 6 日上午）

贾家祠堂考察记

贾家祠堂位于今重庆市云阳县盘石镇古桑村古桑坪。以此地古时多桑树而名。

南仰凤凰头[①]，北望长江，西靠大梁山，东对核桃山。贾家寨即屹立于祠堂所背靠的山梁上，遥遥相望，相距约1.5公里之遥。

中华人民共和国成立后，祠堂被作为古桑村的小学校，但祠堂原貌尚存。1975年，以祠堂作学校不像"样子"为由，将祠堂撤毁新建教室。因而现已看不到祠堂旧颜，只有北面有部分石头墙尚存。

60多岁的原任古桑村支部书记贾肇中与68岁的贾名涛老人回忆了贾家祠堂撤毁前的状况。

整个祠堂占地面积约4亩。建筑为"四合式"。大门两侧，一对雕刻精致的石狮矗立，石狮旁，各有一棵四季翠绿八月喷香的桂花树相依。进大门行数步，即是"天井"，井内有池，鱼游水中；"天井"左侧有一黄桷树展翼遮阴，右侧砌有栽植花草的花台。驻足观正殿，三根马桑巨柱，均匀间隔，立于阶沿，以支撑正殿之盖。"天井"背后是数步石梯，登上台阶，可进正殿。回头看，进大门头顶为戏楼，左右两侧亦建有楼，叫"走楼"，底层两边靠面壁的房屋设有圆门。回首正殿，殿内面积近300平方米。正殿却没建楼，有空阔、庄严之象。

祠的背后有一片荆竹林，很茂盛。祠外右边，有一棵很大的紫荆树护住祠墙，左边是一片坟地。

祠堂大门前自然有台阶，台阶下是坝子，坝边有郁郁苍苍的刺柏树围住，

---

① 凤凰头：山形态如凤凰之头。

呈半圆状。刺柏树比较古老粗壮，参入蓝天。

立于大门前台阶，面向东，一棵摇钱树给坝里风景增添了色彩。

如今的贾家祠堂，已成为"古桑村校"。占地和格局与原祠堂差不多，门前台阶上有树，但只有一棵，不知其名，生长在面对大门的左侧。天井不复存在，成了一个平坝，坝里仍然砌有花台，一株桂花树生长其间。其余原来的建筑，都已不见踪迹。四周景物变化极大，祠外坝子虽存，但生有浅草，坝外翠竹稀疏，民房错落，两边是田。祠后亦是竹林，但不是荆竹；右侧为地，左侧有农户相连。

据《贾氏族谱》记载，祠堂于道光壬午年（1822）六月二十二日子时奠基始建，冬季完工。"携手登山，见乎苍苍，古石矗于北，潺潺清泉涌于南；出没隐见若远若近者，插旗山也；西南以望，林壑尤美，蔚然而深秀者，凤凰山也；起伏十余里，其形横亘如屋梁者，志所载大梁山也；山回脉转，穴星特起如覆钟然形家所谓老阳穴者，贾氏之祖茔（茔：引者注）也；庐舍参差，鸡犬相闻，环绕而居者，贾氏之族人也！中则贾氏之祠堂在焉。"（见《祠堂记》）谱中专录一诗赞祠：

> 耸翠层峦接凤凰，古桑浓荫武咸堂。
> 昭昭世泽深盘水，赫赫宗功峙大梁。
> 灯盏日同千古照，核桃风送万年香。
> 地灵应卜先灵妥，裕后克增寝庙光。

这首诗题为"赞祠堂"。有趣的是，这首诗的引言写道："丙寅春，余先严杏裁公膺，覃（或为'贾'字之误，引者注）府聘馆于祠，多士萃于一门，信可乐也！课暇闲步堂外，见夫祠之严丽，山水朝拱，足壮大观，因拟七律以志其盛。惜稿失。予仅记有'灯盏高悬千古照，核桃不老万年香'二句。今闻嗣君等续家乘，爰取先严之意，仍步原韵，补续成篇，以致颂，以见贵祠形势之胜，洵足以妥先灵而荫后嗣云。"

可见，当时贾家祠堂的环境是优美的。

（2005年5月7日星期六上午）

贾 家 寨

这个夜，又是雷与风雨并作。这些日子，气温比往年较高，往往都是16摄氏度至28摄氏度，夜里多风、雷、雨。明天就是2005年的"五一"节了，我该去看看贾家寨了。

贾家寨在今重庆市云阳县，位于长江南岸一个称作"大梁山"的脊梁上，俯望长江。山脊梁下行尽处是新搬迁坐落在长江边的张飞庙，对岸为新县城。贾家寨、张飞庙、新县城基本上可以连成一条直线。张飞庙与新县城仅一江之隔，与贾家寨直线距离不过两公里之距。

我的故居，一个翠竹和碧柏遮掩的地方，离贾家寨仅一公里。可童年时，几乎每天都不经意地望到贾家寨，但从没有靠近它，从没有认真去观望它。当然许多人都和我一样。古人用血汗创造的文化就这样在茫然、愚昧、无知里逐渐黯然失色以至于荒芜和消逝。今天我去看贾家寨，自然是一种文化的觉醒，一种责任的驱使。看似简单，其实迈出这一步犹如翻越了苍茫高山，山这边是混混沌沌，山那边是"唯见长江天际流"。

随同我去的是几个孩子，年轻人都打工走了，在家的老年人对这些无兴致。我想在这篇文章里应该记住几个孩子的名字：贾昌俊，我侄女之子，12岁，聪明好学，与我比赛成语不相上下；贾婷婷，大哥的孙女，11岁；贾昌文，大哥的孙子，4岁。跟着我们的还有一只小黑狗。

白天却是好晴天，惠风和畅，阳光如花，绿草散发出的芳馨和清脆的鸟鸣透肺舒心。

很快便到了贾家寨的寨门下。寨门前大约两米处，被不知何时垮下的寨墙拦住，因而进寨门要稍作绕步。

寨门尚完好无损，高两米有余，宽一米有余。细看，并无文字记载。寨门的石工活较为细致，再看寨墙所砌条石，则比较粗糙。

走进寨门数步，面对长江，右手边是一幢小瓦房，有失火焚烧的痕迹。住着一户人家，户主名叫贾肇焕。房门关着，人可能赶场去了。房侧后有猪舍，喂养着两头肥猪；房前有竹数蓬，水池一口，由人工砌成，石工活比寨墙精细。池里有水有鱼。水池西边灌木蓬勃，有一棵比较古老的杨槐树倚寨墙独立。从寨门至杨槐树的寨墙无损。寨门在南角靠西。从山势看，这当是后大门。

经过房屋阶前，有小径，偏东行，有一侧门出寨下山。撤去了寨墙的地方长有荆棘、灌木。向北偏西斜行，又见一水池，却比先前看到的大，水也比那池子的清澈。小时听说贾家寨水池里有一股泉水上冒，是不是这口池呢？泉眼在哪里？看不到，在水里吗？池的四周仍然是条石砌成。水池四周，南边多柑橘树，东面有油桐等杂树，西面与北面是灌木、茂草。

向北行，从草丛里扑腾出一只野鸡，尚不能飞，小黑狗追了上去，野鸡隐入荆棘。继续向北行，草丛里扑哧一声，一只野鸡向北飞去。

北端尽头寨墙荡然无存。前大门应该在北端，此处寨墙既毁，北大门自然也看不到了。

整个贾家寨，南端绕西三分之一处，寨墙完好；南端绕东二分之一处，寨墙被毁；北端绕西面四分之三处，寨墙无存。寨中部宽约100米，两头窄，呈梭形状。四周虽无悬崖绝壁，但两边的坡很陡。不险峻，却沉雄。四处搜寻，不见一个文字。

沿着山脊，离此寨数百米处，竟有一小寨，南北两端寨墙尚存，东西两面寨墙被毁。

看了贾家寨，低眉思索，贾姓人为什么要建贾家寨呢？筑这个寨子肯定付出了极其艰辛的劳动。砌寨墙的石头据说就是从我的故居那里开山打石抬来的，这个苦力运输路程并不近呀。很明显，这不是一座家族文化象征的寨子，也不是主持族务活动的寨子。这应该是一个用于军事战斗和规避战乱或社会动乱的寨子。寨墙上那些方形的口子，不是炮眼是什么呢？小寨与大寨就像，子与母相连，堪称子母寨，相互呼应，相互依托。何况，贾家寨与新县城背靠的磨盘寨（状如磨盘）这个极其重要的为历代兵家必争的军事险地遥遥相望，遥相呼应。还有，在东面相对的大山的脊梁上，也有一寨（名叫谭家楼子）与贾家寨直接相对。这两个山梁蜿蜒上行尽处入云霄连为一体，那里叫"凤凰头"，离"凤凰头"不远处也造有一寨，叫"丁家楼子。"这几个寨、楼相互依连，互为攻守。现在的谭家楼子面对贾家寨一方的南角缺损，儿时听说，是当时双方建成后，相互试炮，被贾家寨这边的炮打缺了一角。

这几个寨、楼大概都建于清朝嘉庆年间，大致在公元1798年前后。当时川、鄂、陕交界的大片地区，百莲教发动农民起义，很快遍及湖北、河南、四川等省。清廷震动。乾隆皇帝退位后，嘉庆皇帝为了镇压白莲教起义，采取了三条重要措施：一是诛杀大贪官和珅；二是招募汉人办团练，因为朝廷养着的八旗、绿营兵腐惰无力；三是组织、号召白莲教活跃地区的民众在关隘处和险地修筑寨堡，防御起义军的进攻。嘉庆这几招很见效，终于平息了白莲教的起义。

我想，当时民众造堡筑寨是积极的。因为他们已经在明末清初经历了一次长达半个世纪的社会动乱，先是农民起义军张献忠、李自成（残余部队）在四川等地和政府军战斗，后是清军入关占领整个中国。腥风血雨，人鬼不辨，敌我难分，民众死亡极其严重。

有了寨堡，动乱时可躲避其中，可以抵御小规模的入侵势力，从而避免很多不必要的牺牲。

立于贾家寨上观看，整个大梁山脊源于"凤凰头"，莽莽蜿蜒，缓缓下江，其形如龙。再看山的两边斜面，半山以下坡度甚缓，梯田层层，盛水盈盈；每块田都是半个椭圆状，如龙之鳞。而脊梁至半山，郁郁葱葱，植被可佳。我暗暗感叹：大梁山真像青龙下江。

去吧，这些地方的民众不应该永远封闭、落后，有作为的新一代应当在广袤的大世界里去开拓，去拼搏，去创造！应该融汇入社会的大海洋！

（2005年5月5日上午）

松林垇与红椿沟

松林垇那个地方，安葬着云阳县贾氏族人贾明高和贾伦等祖先。贾明高为始迁祖贾义著的九世孙，是一个秀才。贾伦是贾明高的曾孙，其父为贾思风，其祖父为贾承德。贾承德乃贾明高之子，也是秀才。贾伦在明朝末年动乱时投军到当时明朝政府军李占春将军的部下，在涪陵、万县等地作战，因战功卓著，被提为李占春的副将。

红椿沟是明朝末年动乱时贾俸先祖躲藏的地方。贾俸是贾明高次子的孙子，和贾伦是堂兄弟。

2005年10月4日上午，我和贾载云、贾载明（与我同名，年龄比我略大）从云阳新县城出发，驱车过云阳长江大桥，经盘石镇，上杨家山到凤鸣镇，然后到了第一个目的地——松林垇。

这个国庆节多雨，我们寻根这天是阴天，路湿而不滑。

此地易寻，离院庄乡一两公里，在万县至云阳县的主干线公路旁十余米的地方。所谓"垇"，就是一座土山。三方是平缓的土地，东边陡一些。土山上柏树苍翠。其中还有几棵"刺柏"，像倒立的毛笔，很秀美。遍地绿草，很茂盛。有好几座坟墓，其中一座葬的现代贾姓人。由于历史久远，贾明高、贾伦先祖的坟墓早已不存在了。但我们找到了这个家谱上记载的地方，心里就踏实了许多。

庄稼地里的红苕呈现绿油油的长势。此地土质滋润肥沃，隐隐有生气。雨后空气清新，令人神爽。

站在土山上瞭望四周，民居星罗棋布，很开阔，很厚实，是广袤的浅浅的丘陵。此地无疑农业生产条件很优越，可谓鱼米之乡！

我贾氏族人于明朝早期（朱元璋逝世之后）从武汉汉阳迁到云阳等县，始迁祖贾义著选了一个很好的生存环境。明朝末年动乱之后，云阳贾氏族人主要生存在盘石镇的古桑坪（原革岭乡的古桑大队）和外郎乡的梅家山以及凤鸣的马岭等地，都赶不上这里的条件好。明朝末年的动乱不仅使我云阳贾氏家族遭受惨祸，而且使生存下来的寥寥四个祖先脱离了原来较好的生存环境。

松林坳的行政区域属于云阳县院庄乡五同村四组（四队）。

看了松林坳后，时间已接近12点，我们到贾载明的妹夫（姓田）、妹妹家吃了午饭，然后向红椿沟驶去。

事先并不知道红椿沟的具体地点，问了赶场的好几个农民，他们都说只有个"红通沟"。我们问那里附近有贾姓人吗？他们说有。地点在院庄乡与外郎乡交界的地方。我们想，贾俸的后代就是住在那一带的嘛，极有可能就是红椿沟。时间久了，人们可能有读走音的情况。"椿"与"通"韵母相同。走拢那个地方，远没有贾贞躲藏的"飞鼠洞"那么险要，离红椿沟不远是大峡谷，我怀疑方位还要靠东。但当地农民说："过去这片山都是红椿树，所以叫红椿沟。"看来，这里就是红椿沟了。虽然这里不险要，但那时一定人烟稀少，山深林老，且峡谷临近。可以推测，贾俸先祖不会躲藏在一个地方不动，而是移动的。或许有时在红椿沟里，有时会深藏到下面的峡谷里去。

从院庄乡出发到红椿沟，也只需数十分钟的时间，连接里市乡的公路经过此地。"L"字形的两座山形成了"沟"。"沟"顺着"L"字的"竖笔"伸延到峡谷。沟旁是一湾稻田。现在看"沟"，不宽亦不深，一条山洪泻去的路径而已。形成"竖笔"的那座山的对面仍然是山，但有一个很宽阔的斜坡，斜坡上住有几户人家。据住在斜坡上的农民说，对面那山上住有一家贾姓人。

红椿沟的行政区划属于院庄乡存元村六组（六队）。

贾载云带有相机，对松林坳和红椿沟都拍了照。作为重要档案，将纳入我们正在组织编修的家谱。

（2005年10月8日星期六夜）

寻觅血根

去年夏天，本家一位长者给我来信说："家谱是不可不修的。这地方，没有修家谱的家族已经不多了。再不修，后人一点根根底底都不知道。"

说来惭愧，过去对本家族发展的历史知之甚少。打电话问长者："您知道我们这个家族的来龙去脉吗？我们的始祖是谁？"长者说："不知道啊，明朝末年政治腐败，农民李自成、张献忠等起义，后来清人入关统治中国，谱牒在动乱中散失了。"我哦一声，缓缓放下电话，心头怅然顿生。

叫家兄复印中华民国三十五年（1946）编纂的最后一部家谱的综述部分寄来细读，其中有一首诗令我眼睛一亮："故洪都兮再新昌，刘基更兮到汉阳，洪武衰兮入蜀荒。"这首诗的意思是说，我族先祖从现在的江西省南昌市迁移到现在的江西宜丰县，再迁到武汉市汉阳，最后迁到重庆市云阳县。用几句易记诵的话，口头流传，比写在纸上可靠，这是先祖的精明。找到了迁徙路线，我兴奋了一阵。但还是不知先祖是谁。一个姓氏群体是一棵大树，大树分许多枝、许多丫，我们属于哪枝哪丫呢？

不知根底，总觉空虚。应尽最大的努力寻觅血根。先到古老的源头，或许有所发现。

《二十四史》是海洋。在海洋里捞针，看到了周文王、周武王、周成王、唐叔虞、周康王，看到了贾公明！哦，原来，我族人竟是周文王后裔。多伟大的祖先，心里有些快慰的感觉。懂点历史的人都知道，周文王、周武王推翻商朝，建立周朝，是古代伟大的帝王，连孔子也很醉心于周朝的文治武功、礼乐制度，在春秋动乱中，喋喋不休地要"恢复周礼"。唐叔虞乃武王之子文王之孙，贾公明是唐叔虞的小儿子。成王封小弟唐叔虞于唐国，成王的儿子康王执政后，封贾公明于贾国。"周"是朝代的名号而非姓，文王本姓"姬"。所以卑人本不姓"贾"而姓"姬"。姓氏或以国为姓，或以官职为姓，或以植物、动物为姓，贾姓就是以所封的"贾国"为姓。现在许多的姓都不是"根本"的姓，例如，历史学家范文澜在《中国通史简编》里说："黄帝共有子25人，其中14人共得12姓。"树长大了，枝叶繁多，赋予不同的姓就是注明不同的符号，以利在交往中辨别。据姓氏专家介绍，现在中国前一百家大姓里，绝大多数都是黄帝的血统，如果不标上不同的符号，那"姬"姓人也就太多了。

关于唐叔虞，历史典籍里记载着神话般的传说和有趣的故事。《史记》里说："晋唐叔虞者，周武王子而成王弟。初，武王与成王母会时，梦天谓武王曰：'余命女生子，名虞，余与之唐。'及生子，文在其手曰'虞'。"这个故事很神化，手上竟然有"纹"像个"虞"字？于是命之为"虞"。同时，《史记》里还记载了著名的"剪桐封弟"的故事，这个故事在《吕氏春秋·重言》《说苑·君道》里也有记载。成王年幼时，有一天和弟弟叔虞一起玩"剪纸"的游戏，将一片梧桐叶剪成"珪"的形状交给了弟弟说："我就用这个来分封你吧。"几天后，周公请求成王选择吉日封叔虞为诸侯，成王说："我和他开玩笑呢。"周公道："天子无戏言，天子说出的话，史官要如实记载它，乐工要唱诵它，士大夫要传扬它。"于是，周成王把唐封给了叔虞。

"唐在河、汾之东，方百里，故曰唐叔虞。姓姬氏，字子于。"（《史记·晋世家第九》）

当时的唐地，位于今天的山西省翼城县，当地的百姓多是尧的后裔。叔虞到达唐地后，不辱使命，发展农牧生产，兴修水利，逐步使当地的百姓过上了安居乐业的生活，受到后人的赞誉，唐太宗曾在《晋祠铭并序》中极力颂扬和推崇叔虞的治国方略和德政。有一年，唐地发现一种二苗同为一穗的禾谷，叔虞将它作为国泰民安的祥瑞献给成王，成王将禾谷转赠给了正在征讨东夷的周公，周公在军营之中写下了《归禾》与《嘉禾》，记述和颂扬此事。遗憾的是，这两篇曾被收进《尚书》的诗文已经轶失。叔虞似乎还是个能文能武的全才，史书上为我们留下了"徒林射兕（sì）"的故事，徒林在何处难以考究。兕就是雌性犀牛，叔虞射杀犀牛之后，用它的皮制做了一副铠甲，这件事直到多年以后仍被他的臣子们津津乐道。

我在谱牒文化里看到，杨姓人、何姓人、韩姓人、唐姓人、温姓人都是唐

追寻陈迹

叔虞的后代，发展都较昌盛，皆在百名大姓之列。

在寻觅血根的过程中，我忽然感到，四五千年前的古老历史似乎并不遥远，先人们的形象好像就在我的眼前。而在没有这个追寻之前，我脑海里的上古、三代、春秋、战国是极其荒远的。是什么神奇的力量把这时间和空间浓缩了？我想，是血脉的作用吧！血浓于水的深刻含义就在其中吧！寻根辨血，联系亲情，小而言之，是家族之情；大而言之，是民族之情，因为我们都是炎黄子孙，细胞里有相同的等质的基因，心脏里有同色同性的血液。我们应很好地运用"寻根热"之长，凝聚民族力量，奋发民族精神，增强中华民族在世界大家庭中的竞争力，这才是最最重要的。

周文王的先祖是谁？《史记》等历史典籍里记载得十分清晰，上溯而去就是这些赫赫有名的历史人物：后稷（弃）、帝喾、黄帝。

后稷对中华民族农业发展有重要贡献。

帝喾和黄帝是传说中历史上伟大的贤君。

《史记》有一段话，大意是：周后稷（弃），名弃。其母有邰（tái）氏女，叫姜原。姜原是帝喾（kù）元妃。有一天姜原到野外，看到巨人的足印，感到惊奇和高兴，想上前去踩巨人的足印。于是就去踩。踩时感到身体颤动，像受了孕一样。怀孕期满后，生了个儿子。姜原以为是不祥之兆，就将其抛弃在一个狭小而很深的巷子里，但牛马路过时都避开而不践踏；再准备丢放到山林中去，谁知遇到山林有多人路过；最后移放到一条结冰的水渠上，飞鸟却以翅膀去抚护着他而后又用翅膀将其举起。姜原以为是神灵在帮助，于是收养让其长大。由于当初要弃之，所以名叫"弃"。

"弃"小的时候，其气质似有巨人之志，喜欢做游戏和种树、麻、菽等。长大后，喜欢农耕。而且创造性地运用科学种植的方法。其他农民都效法他。帝尧知道后，让他当农师，使天下的人得到了好处。帝舜说："弃，黎民始饥，尔后稷（弃）播时百谷。"（《史记·周本纪第四》）由于"弃"对农业发展有重大贡献，所以帝舜将邰这个地方封给"弃"（现在的陕西武功县西南的古邰国），号曰"后稷（弃）"，姓"姬氏"。

《史记》等典籍还说，帝喾是后稷（弃）的父亲。

帝喾，名俊，号高辛氏，是黄帝的曾孙、玄嚣的孙子，父亲叫蟜（qiáo）极，颛顼是他的堂房伯父。相传帝喾生于穷桑（西海之滨）。喾少小聪明好学，十二三岁便有盛名，十五而佐颛顼，封有辛地（今河南商丘），实住帝丘（今濮阳），三十而得帝位，迁都亳（今河南偃师县西南），在位七十年，享寿百岁。死后葬于今商丘市城南23公里高辛集遗址西北100米处。

著名文学家曹植曾作《帝喾赞》以颂之："祖自轩辕，玄嚣之裔，生言其名，木德治世。抚宁天地，神圣灵宾，教讫四海，明并日明。"

传说帝喾有四妃，长妃就是前面说的姜原。次妃简狄，是有松（今甘肃高台县）国君的女儿。相传简狄在娘家与其妹建疵在春分时到玄池温泉洗浴，有燕子飞过，留下一卵，被简狄吞吃，后怀孕生契，便是商族的祖先。三妃庆都，相传她是玉皇大帝的女儿，生于斗维之野（大概在今河北蓟县），被陈锋氏妇人收养，陈锋氏死后又被尹长孺收养。后庆都随养父尹长孺到今濮阳来。因庆都头上始终覆盖一朵黄云，被认为是奇女，帝喾母闻之，劝帝喾纳为妃，后生尧。现濮阳有庆祖，原名叫庆都，立有庆都庙。四妃常仪，聪明美丽，发长垂足，先生一女叫帝女，后生一子叫挚。挚与尧继承了王位，做了帝王。帝喾非常喜欢爱音乐，他叫乐师咸黑制作了九招、六列、六英等歌曲，又命乐垂作鼙鼓、钟、盘等乐器，让64名舞女，穿着五彩衣裳，随歌跳舞。在音乐起鸣之后，凤凰、大翟等名贵仙鸟也都云集殿堂，翩跹起舞。古时认为只有德行高尚的人才能招来凤凰。

帝喾好巡游，他东到泰山、东海；东北至辽宁；北到涿鹿、恒山、太原；西北至宁夏、甘肃；西南至四川；南到湖北、湖南。他几乎游遍五岳，参观了女娲、少昊、黄帝等留存的遗迹。

《史记·五帝本纪》对帝喾做了综述："高辛生而神灵，自言其名。知民之急，仁而威，惠而信，修身而天下服，取地之财而节用之，抚教万民而利海之……日月所照，风雨所至，莫不从服。"可知帝喾也是一位恩惠雨露、兆民诚服的伟大帝王。

顺流而下，追自明朝，贾姓人是值得骄傲的，出现了灿若群星的人才，不仅在政治管理、文化教育、经济、军事领域产生了影响深远的人物，在科技、学术、文学艺术等领域也产生了巨星人物。还有被毛泽东誉为"英俊天才"的贾谊、勇武绝伦的儒将贾复、大学者贾逵、大谋略家贾诩、著名诗人贾岛、政治兼地理学家贾耽、古代少有的农学家贾思勰、古代著名数学家贾宪、古代著名水利科学家贾让、贾鲁等。

历览先人创造的业绩，心潮澎湃，热血沸腾，久久难平。

（2005年1月8日星期六）

追寻陈迹

人过留迹

俗话说："人过留迹，雁过留音。"这是说人和鸟在路过的地方会不经意地留下痕迹和声音。我要说的是四川省开江县长岭镇李氏在移民迁徙过程中留下的人文印迹。

美国是一个移民社会，中国更是一个移民社会。古往今来，我们中国不知经历了多少次移民。对现在很多中国人最有冲击力和震动力的当然是时间相距不太遥远的明清两朝的移民了。

在迁徙的过程中，人们为了不忘原来的生存之地，或以物传，或以口传，或以诗诵，或以文载，或以碑记，千方百计留下"印记"昭示后人。以便后人知其根底，究其源流。

在开江县的长岭镇，有个地方，方圆数十里，浅丘地势，田多于地，盛产水稻。浅丘里有一条宽敞而平缓的槽，叫"广西沟"。听这名字很奇，四川怎么会冒出个"广西"来！原来，这里住的李姓人是从广西桂林迁徙来的。

在平坦的地势上，涌起一座土山，形如卧马。古时山上建有一寨，叫"养马寨"。广西桂林来的李氏人背靠卧马，修建祠堂。祠堂右侧，有五个并列的土丘亦形如马头。20世纪50年代，祠堂被废。但李氏人至今还清晰记得祠堂大门两边的联语：

> 来自广西中华连绵传万代；
> 定居川东庙貌巍峨壮千秋。

不但地名叫作"广西沟"，建祠堂写对联也道明"来自广西"。

不仅如此，他们还留下了两个很有趣味的传说。一个故事是说从数千里之外来到四川，跋山涉水，风餐露宿，千辛万苦。看远方，夕阳山外山。苍茫的人，苍茫的山，苍茫的路，何处是归属？走啊走，累了，渴了，前面有一口井。稍停休息，取水止渴。拿出碗，颤颤走到井坎，蹲下弯腰取水。谁知，那井里好像有一股引力，碗从手上滑落到水中。他们感到冥冥之神要留他们在这里。所以决定，不走了，就在这里安身了。

另一故事是现在"广西沟"有一个田的名字叫"花大丘"。名字由来是李氏人刚来时用花布换的这个田。

斗转星移。这些年，中国民间兴起编修家谱的热潮。"广西沟"李氏人也开始进行这项有益于子孙、有益于社会的文化工程。

祖先是什么时候到的四川？祖先的名字是什么？祖先血脉来源是哪里？从上面那些文化符号里还不能回答这个问题。李氏人冥思苦想，眼前突然一亮：墓碑！看看上面有无记载。沿此思路寻去，铁鞋踏破。真乃幸运，有重大收获。他们的先人是有心人啊！文化意识是多么强烈呀！在先祖的墓碑上，竟然记载着当时从广西来的基本情况。分三批次入川，第一次是康熙三十二年（1693），第二次是康熙三十四年，第三次是康熙三十六年。并详细记下了从哪里来，每次入川人的名字。前两次要多些，最后一次要少些。现在"广西沟"李氏人沿着先人留下的印记寻到广西桂林，很容易就找着"根"了！嘿，那里还有亲人。300余年过去了，亲人的体形、长相、音腔竟有许多相同的地方。狗也能辨闻血缘——不仅不对他们汪汪叫，还表示亲昵呢！

最惊喜的事情还有，原来"广西沟"李姓人取名的字辈排行也是从广西桂林那里编排好后送来的。

当代中国，成千上万的农民外出打工实际上是无声的移民潮动。中国的移民还在继续。人们在迁徙以及编修家谱等文化典籍的过程中，增强文化意识，留下各种各样的文化符号，对后人有莫大的好处。

（2005年6月11日）

芳馨

茉莉

茉莉花三章

（一）茉莉花碎雪

一簇簇绿荫上皑皑花朵，不是白雪点点吗！

是凝固的碎雪，又重新分解的碎雪，是冬天大冰雪人的精灵。

当夏季愈走愈烈时，当春天的百花全化为泥尘时，碎雪便悄悄地附于茉莉繁密枝头，浓浓绿叶中，先露出碎米点儿，不几天成了骨朵儿。膨膨的，胀胀的，点点滴滴，密密匝匝。是我的露珠儿，泪珠儿，眼珠儿，心肝宝贝儿。那大冰雪人的精灵儿，眨眼间变成了许多小精灵儿。

奇！奇！雪性的茉莉却喜欢阳光。阳光愈烈，碎米点儿，骨朵儿愈多；奇！奇！雪性的茉莉花又恼阳光，待那烈烈的阳光远去得无影无踪，夜晚拉起帷帐之时，那些雪骨蕾才抑制不住内心的激动，舒缓地、恬静地、悠悠地开启心扉。哟，幽香入鼻，沁肺，滋心，润神，透全身每个毛孔。那过程，亦是缓缓的、恬静的、慢悠悠的，含蓄委婉得像经过无限幽长管道而来，细腻，均匀，如丝如缕，绵绵不断。其芳馨，浓而不淡，淡而不浓；厚而不薄，薄而不厚；无阳光之燥气，无月光之稚气，无四时之杂气，真乃天地极极之真气。

茉莉花给你的是一股幽香，韵味深长，那沾雪点、挂花蕾、绽雪花也非常节制，真是芬芳、秀色、福气，生命皆悠悠绵长。雪点、雪蕾、雪花排好了次序，一批一批打点，一批一批出蕾，一批一批绽放，直从春季绵长到冬季。此性此景此情，他花岂及哉！

茫茫世界是矛盾的。茉莉花的矛盾是为了追求美的纯粹。为纯粹生，为纯粹死。弃浮阳，取真经；弃污秽、取纯洁。如此炼成正果，身似雪而心胜于雪矣。

笔者是茉莉花痴，夜间，常置身于茉莉花旁，让一阵阵花香袭来。痴痴处，神兮魄兮，飘飘然兮，恍兮惚兮，似觉有无数只幻化的雪蜜蜂将我围困，将我消融。

或者，在睡觉前采撷数朵花儿，放在枕边，让幽幽花香催我入眠。

想那茉莉花乃雪花碎了再生，化了再碎，亦如炼丹之苦之难。

今再采撷数朵花儿于梦前。但愿花朵儿飘进梦魂。让我的梦魂成为碎碎的雪花点儿。不要醒来，永远飘着洁白，永远飘着馨香。

（二）茉莉花蕊虫

我养茉莉花十余年了。入夏，茉莉花一批一批挂蕾，一批一批绽放。多么温馨芬芳的茉莉花儿，却常常遭受害虫的侵袭。最令我痛恨和尴尬的是"茉莉花蕊虫"。这贼虫的名字不是学名，我对植物虫害素无研究，是我自个儿根据贼虫寄生的部位而命名。

立秋刚过，贼虫便悄悄来了。最初，哪见贼虫踪影。是我珍爱茉莉花，茶余饭后摆弄，查看有无花贼。一天突然发现，有朵花儿异样：该绽而未绽，蔫着，附有黄色针尖大颗粒状堆积物。两朵、三朵、四朵、五朵、六朵……呀！了得！是大青虫吗？没有啊，且大青虫是专食绿叶的。"何方蠡贼？大胆，敢伤我花儿！"我心里骂着。左瞧右瞧，翻过去，翻过来，除了那黄色针尖状颗粒堆积物，什么也没有，我困惑了。

雁过留音，虫过留迹。我找来放大镜，掐下一朵细搜寻。正心凉时，猛然发现，花蕾底部一小圆孔，针尖大。我心头一颤，奇巧，莫非与贼虫有关？

我放下放大镜，用尖尖指，小心翼翼一瓣一瓣剖开花蕾，直达心肝。哦，奇迹出现了，一条虫子蜷缩着，绿中透白，细米粒大，嫩柔得不能再嫩柔。"孽子，总算找到你了！"

我惊叹这贼虫的工夫、本事，得道之深，常人不及。那针尖大圆孔一概在花蕾下方底部而不在上方尖部，这是有利于隐蔽。大青虫食叶，它却食花，且不是食的花瓣而是食的花蕊。原来，那黄色针尖大颗堆积物是贼虫的代谢产物——粪便，不像一般的粪便是黑色而是呈黄色透明，乃食花蕊之故。赏其色而吸其营养，可谓最贪馋最腐败的虫了，非钻入心脏之蛀重不敌呀。曰茉莉花蕊虫，是名副其实的。

发现了目标，便将病蕾通通掐下，成齑粉，不让其传染蔓延。

这贼虫是怎么去到这温柔富贵乡的呢？我细翻检每一片绿色，又侦视每条枝干，再细搜每一朵花，没有发现一点蛛丝马迹。而那些玲珑的花蕾儿，仍一批一批地病着。以开头那激动的办法，到头来岂不没有一朵花儿。

是少了阳光吗？将花盆端到阳光下直射暴晒，徒劳；多施点肥吧，仍是徒劳。

我愤懑了，拿起药，劈头盖脸向花盆喷去。一天之后，那些绿叶片全焦枯了，在后来，虽不见病蕾，但所有的花却蔫着。两败俱伤，让我生投鼠忌器之忧。

白天难发现贼重，夜晚又如何？于是点燃蜡烛照之，仍怏怏而返。

茉莉花蕊虫奈何?!

（三）沧桑茉莉

在温暖的春光里，我向茉莉凑近，细细看它干枯的小枝条，啊，有绿色的东西冒出来了，只有碎米粒那么大。茉莉开始发芽了！

每年这个时候，我就这样注意着茉莉的变化。要不了几天，它就伸出了嫩芽，很脆弱，似乎轻轻触到就会落下。气温一天一天升高，嫩芽展开成鹅黄的叶子，到阳春鼎盛之时，就是一蓬碧绿了。

茉莉在发达叶子的同时，也在静静地酝酿开花。茉莉有一个特点，最喜欢火热阳光与充足的养分。这些条件达到了，茉莉开花就很旺盛。但我喜欢的还是晚春和中秋的茉莉花，温度不凉不火，茉莉花蕾慢慢地绽开，花的香味慢慢地散发，绵长而悠远，在你的气息里，久久不去。酷暑时候的花儿，开得很快，香味也很快散去了。天气缓和的时候花香很清纯，天气暴烈下的花香带有一股冲劲和杂气。看来，世间之物，平和平静的最为持久。

茉莉的花期较长，可以跨越春夏秋三个季节。冬季是茉莉痛苦的日子，寒冷使它的叶子枯黄,霜雪使它的黄叶凋零,西风使它在数九隆冬里战栗。但这些都不足为惧,茉莉收敛气息,紧闭门户,抑制活力,韬晦冬藏。只待春天来临,它自由的生命又展现出来了。如此循环往复,春姿永在,花开不息。

每搬家一次,茉莉也迁徙一次。要说它的生存环境,最早住的那个地方最好。居室在最底层,前面有小院落,葡萄架旁有花台,我养的茉莉就在花台里。可以想见,茉莉这时候很幸福,垒着它的土层很厚,它的根须强劲,可以扎到更深的地方。几年之后,我们搬到一幢新楼第四层。其余的花都舍弃了,只把茉莉带去。新居只有阳台而没有花台,茉莉只有屈居花钵里了。花钵与花台相比,天壤之别,护花的泥土有限,生存的空间极小,有心使根须伸展,却被坚硬的钵壁挡住了。好在处地较高,空气流通,阳光丰富,再把营养跟上,茉莉还算活得精神。

1996年,又一次搬家,住进了二楼。因为社会上盗贼十分活跃,家家户户前前后后的窗户和阳台都装上了防护栏。我把茉莉放在后阳台上,阳光照抚的时间很短,且只能见到下午衰萎的太阳,更有防护栏挡住了部分阳光,所以,这茉莉的生存环境就很恶劣了。浇水、施肥不起作用。阳春虽到,发育迟缓,枝不粗壮,叶不茂盛。以前花期很长,现在的花期很短;以前花要开七八批,现在只开二三批。花朵稀少零落。后来,竟不发芽了,不长叶了,更不开花了,茎秆也枯萎了。可怜,茉莉死了。

还有一株存活着,但也岌岌可危。我想将它迁移到一个好地方去。给它自由生存的空间,使它再一次获得生机,再一次张扬生命。

(2008年3月1日星期六上午)

七月雪梦三章

（一）落雪

地上没有风，天上有很厚的银白色的云，似乎可以拧出水。在三九四九的日子里，这样的情景是很容易下雪的。

果然下雪了，悄悄地下了。

清晨，我漫不经心地走，一个银白色小点一晃，落在我的肩上。我一惊，是雪！抬头仰望去，一点一点的小影从高高的天空悠然滑落。

难得见雪。今见雪来，怎不兴奋！哦，这雪花花儿，翩翩飞翔着来，争先恐后着来，熙熙攘攘着来。这哪里是雪花花儿，这是雪蝴蝶儿！雪蜜蜂儿！

一只只雪蝴蝶儿、雪蜜蜂儿隐入我的袖口和眉睫；一只只雪蝴蝶儿、雪蜜蜂儿停在我的魂窍。

融化你我他和整个世界。

我木然在雪花翻飞之中。这世界，多一点清醒也好。

（二）雪笛

昨夜，梦中，我行走在雪地之上。

没有飞禽走兽，无草无树无流水，只有皑皑白雪起起伏伏铺着。

望不到边际的雪，更衬托出踽踽行者的孤独。唉，寂寞踏雪人！

这雪，沉默得可怕，似乎会发出裂帛之声。

惶惶而去，忽然翻过一个山岔口，飘然进入一个幽谷。如窟状，口窄而内阔，隐隐有淙淙流水。

正彷徨时，眼睛一亮，前方何物？一奇女丽人，款款挪动金莲，与我擦肩而过。良久，回头看，丽人坐在雪地凸起出，起纤纤素手，轻轻举横笛于芳唇。

突然，雪谷里生出异样的声音。是天籁吗？分明是芳魂清灵在颤动。不是天籁吗？其神其气其音，分明与雪谷和谐。莫非丽人是雪孕生，雪魂、雪魄、雪心、雪骨。笛子也是雪孕生的，孔窍自然也是雪的了。美妙的声音，是雪的灵感在流淌，袅袅在谷中回旋。良久，戛然而止，梦遂断。

（三）雪鸟

雪，一连三夜。

以心游雪，在大山深处。"咔—咔—咔"，步履迟缓。回头看，一串串脚印，很深很深。

雪美得空寂，除了雪，还是雪。

终于看见生灵，一只鸟儿，头硕大，腿特长，眼熠亮。是游雪还是觅食呢？

忽闻有喧哗声音，扭头看，三个人，三条猎枪，从斜地里窜出。

我心悚然，为雪而来还是为鸟而来？

看几双溜溜的眼睛，分明在搜索什么。我为鸟儿的生命，紧张得汗不感出。瞬地，一双贼眼发现了它，"呼"一声枪响，鸟儿栽倒在雪地上扑腾、扑腾。

我见鸟儿的鲜血，染红了一片雪。

芳馨茉莉

感觉下雪

昨天下午很冷,家人劝我别出去散步,我还是出去了。

风大致有六七级,卷着看不见只感觉得到的雪花。风把雪花碰撞在脸上,柔柔地痒。这无影的雪花,就像人的精魂,虽看不见,但确实有。

天气暖和时都是往郊外走,今天太冷了,往人堆里扎吧。于是穿过驿马桥,走进一家书店。取下一本万年历翻阅,一股风卷进来,有个女孩惊叫一声:"好冷啊!"

忽然,我发现书页上有一个圆点的湿,这是不是风送进来的一朵雪花融化了呢?

站着看书,身上热能消耗很快,愈来愈冷,于是往回走。

风仍在刮着,雪仍在飘着。寒冷中难以像平常的悠闲散步,我几乎是小跑回家。

夜里看中央电视台新闻节目,知道北京也下了雪,记者采访市民,答曰:"今年很冷,十年难遇。"今天早上美女主持人胡蝶说:"耳朵都快冻掉了。"

深夜,看到阳台上有模模糊糊的白,啊,雪还在下。我喊了一声,明天早上起早点,欣赏雪景。

一时睡不着,想到20世纪60年代中期下了一场大雪。那时还住在乡里,房屋四周是竹林,夜里只听得外面有什么东西不时"啪"一声响。那时人小,没有想象力,不知道是下雪太大,把翠竹压断了。第二天早上起床一看,翠竹折腰很多,没有压断的,也一概弯着腰,上面托着沉甸甸的雪。而翠竹很茂盛,雪连成一片,真有铺天盖地之势。

这次的雪不会有孩提时经历的那次大吧?现在"温室效应"不断加重,有很多年都没有"千里冰封"的大雪光临了。事实正是如此,翌日晨看到的雪很稀少,只屋顶花园的纸壳上有薄薄的一层,还有房顶盖上有零落如霜的白。不过,愈稀少,愈弥足珍贵,我拿出相机,把纸壳上的雪花照下来。花园栏杆上有黄色空心砖头,上有均匀分布的圆孔,间隔连接处有稀疏的雪花,我把相机拿的很近,也将其拍下来。此刻光较暗,入室待会后又出去拍照,仍觉欠光,再入室等了一会。东边的房檐上已出现鲜艳的玫瑰色,那是太阳将要出来的前兆。于是我又一次去到阳台,第三次拍了雪,还拍了那片玫瑰色映衬的高楼。太阳出来了,我对着太阳拍去,一看,不见真实的太阳,只见玫瑰色上着了金黄,像曝了光一样。

在室内坐下来,慢慢翻着拍下的雪景。人们爱雪,是因为她的纯洁还是她突然给人们带来了美丽的风景呢?我想是兼而有之吧,不纯洁的美不足以观赞,就像外表打扮得很美,心灵很丑陋一样。

有人预测说今年的冷"千年一遇",果真如此,还该有茫茫大雪呀,莫非这次的雪花是早行的信使,预告人们一个冰封的日子将会来临。

我倒是希望这样的大雪覆盖中国大地,"望长城内外,惟余莽莽,大河上下,顿失滔滔"。

(2010年12月16日星期四上午)

芳馨茉莉

下雪的记忆

对一个盼雪的人来说，2008年1月27日（农历二〇〇七年腊月二十日）是一个值得纪念的日子。

这天正好星期日。上午九时许，我在自家后阳台上面对着田野锻炼身体，忽然看到阳台栏杆上有细碎粉状的东西落下，仔细一看，是雪。再看田野，啊，好大的雪呀，纷纷扬扬，铺天盖地，一片混沌了。

前几天也时有下雪，但不过偶尔飘点雪花而已。今天这雪，像是要使眼前的景物焕然一新了。

这些日子，我早上要喝数钱药酒。星期日起床晚，尚未吃早饭，何不对雪酌酒呢！于是倒起一小杯红亮亮的药酒，对着漫天纷雪，品酌起来。

我们生活的地方，1993年下过一场大雪，后来一直没有下大雪，有时严冬里飘一点，像狗毛那么细。人们担心，还会下大雪吗？"温室效应"这么严重吗？我想人们对雪的期盼，还不完全是畏惧"温室效应"，那是对美的期盼和向往。看下雪时，单调枯燥的天空不仅一下子充实起来，丰富起来，而且还浪漫起来。这个浪漫非比寻常，无边无际，无拘无束，宽广博大。光讲浪漫也不够，还必须在前面加上新奇二字，也就是新奇的浪漫。平常的天空，不是灰色就是浮云，循环往复，见惯不惊。雪落在田野、山上、房屋上，银装素裹，把常见的一切遮住，眼前出现了全新的风景。这天空和地面的"新"，连连刺激人们的情绪，使人们惊喜起来，欢腾起来。我再想，把人们的审美兴趣推向极致的并不是雪的新奇，而是雪的纯洁。常言说的"雪白"，是说某种东西像雪一样白。看堆积在山上的雪，纤尘不染，闪亮发光，仿佛要燃起火焰，白得刺激你的眼睛流泪。这个世界太需要纯洁的雪白了！

与很多人比,我更加渴望雪。因为1993年下大雪时,我患重病住在医院,不能动弹。只听说下了大雪,好几天才融净。

一边品酒,一边想雪的好处。不知不觉,雪就把远远近近全遮盖了。大白天里雪能积淀,可见雪下得猛而大。

这天中午,正好我家原计划喊几个朋友来玩。雪中客来,飞雪迎客,窗外雪景映客,不亦乐乎!

星期一天气晴好,午后有阳光。雪还没有融化完,挨着我家的房上阴暗的地方,还有积雪呢!真是天有不测风云,星期二、星期三、星期四夜里都下了雪。小时听父亲说:"雪三觉"(意思是连续下三个晚上),果然不假。每夜的雪都覆盖了田野、山冈,第一夜的雪最大。

这些日子较忙,我想一定要留下镜头,抽空照了几张。偶然遇到一小白狗主动跑到我的镜头里,目不转睛地望着我,我将它照下来了。它的背后是雪景。这张照片一定很美。

雪太大了也不好。今年南方一些地方遭受大雪灾害,尤其是湖南的郴州和贵州的一些地方遭灾很严重,直到现在电还不通。希望灾害不要再来,希望灾区百姓过个平平安安的春节。

(2008年2月6日星期三上午,农历腊月三十)

正月初三晨大霜记

七时许起床,拉开窗帘,望田野,一片白茫茫。

好大的霜啊,胜似雪。

到田野去踏霜吧!

放眼开去,田野全都是静静的白和静静的萧瑟。

数声鸡鸣,数声犬吠。

有人在走动了!

我俯下身,掐下一枚嫩嫩的草叶,细瞧着附在草叶上的霜,其形跟雪花大不一样,雪花有角有瓣,难怪叫"花";霜却呈粉状,比精制的盐那种颗粒还细。弃掉草叶,伸手去卡一匹菜叶,菜叶硬得像一张壳,用力,听得轻微的嘭嘭声,上面的霜像粉一样飘落。

我是向着牛山寺走的,经过一片菜地,见一只狗从盛满霜的菜叶上小跑而过,亦发出嘭嘭嘭的声响。

三两只鸭子在菜林里觅食,它们比狗来得早呢!

前面有一片开阔地,满地白霜,托着一个稻草垛,草垛尖上也是霜。

登上牛山,立于牛首,俯视,县城被一条很规则的呈带状的雾遮着,也有隐隐些许漂浮的雾,细看,不是雾,而是早起人家的炊烟。

守牛山的老人看到了我,谁这么早登上牛山呢?心里生疑,远远地打量了我好一会,然后转身向另外的方向走去。

下得山来,见一卖笛人踏霜而来,一边缓缓地走,一边亮起"鸳鸯手"扶笛吹奏。吹晨、吹春、吹霜,声音清脆远播,霜里传音,人与天的谐和,胜过天籁。

上前打问，卖笛人是浙江人，妻子是四川的，现住在开江县。见今晨霜大，就早早地出来卖笛了。

（2004年1月24日星期六）

正月初一早上吃汤圆

大年三十守夜，人们睡得很晚，有的甚至守个通宵。第二天迟迟起床，庄严肃穆，言举谨慎，更不准说"死""病"之类的话。在这样的氛围中，人们开始做汤圆了。

汤圆的主要原材料是糯米。与粳稻米相比，糯米的产量较低，所以生产不多。价格也比粳稻米贵。20世纪70年代以前，生活贫困，物质匮乏，为了节约钱，在磨汤圆面之前，就在糯米里掺杂一些粳稻米。掺得少无妨，多了则做出的汤圆很硬，没有糯的感觉。某人到某家做活，吃了这种不糯且硬的汤圆，回头对别人说："王麻子家里的汤圆可以甩过屋梁。"这意思是说汤圆硬得像石头一样。

没有掺杂粳稻米做出的汤圆，柔柔绵绵软软，一口咬开，犹藕断丝连状，甜蜜的馅和柔柔绵绵软软搅和在一起，不需要牙齿的动作，滑溜溜进了胃肠。不糯且硬的汤圆，需要牙动作几下，进到胃肠沿途似乎是一路迟滞，好不容易去到目的地。

汤圆中的"圆"字，在传统文化里表示做人内要方正，外要圆通（不是"圆滑"，而是面对具体情况时要灵活应变），所以古时候的铜钱就铸成了这样的形状，叫作"内方外圆"。但"圆"还有另外一个象征意义，"满"即"圆"，"圆"即"满"，也就是人们追求的目标实实在在地实现了，成功了，像头顶上的太阳那样圆满得火热，像十五的月亮那样圆满得温惠。我想正月初一早上吃汤圆应该是取这个象征意义吧。要的是从新的一年的开头到结束时都要美丽圆满。

乡里正月间，亲朋好友之间要互相走动，客人刚坐下一会儿，一碗热气腾腾的汤圆端上前去。这叫"打点兴"或"喝口茶"。这大概是"圆满"文化意识的扩展。过了正月,招待客人就不用汤圆了。

乡里正月初一早上吃的汤圆和招待亲朋好友的汤圆,做的有小广柑那么大,或正圆,或椭圆,需要数口才能咽下,哪里像成都市有名气的赖汤圆,一口便能咽下一个。

离开家乡数十年,吃了各种不同的汤圆,最喜爱的,还是家乡云阳县的汤圆。汤圆之不同,除了面的质量而外,更多的区别是馅子。有用肉作馅的,也有用糖为主,多种原料加工成馅的。但我最喜欢的是红糖作馅的汤圆。家乡的就是这种。说也奇怪,只有红糖一种,就是个甜味,很单调、简单,不像有些好诗可以品出多种味道,但我就是喜欢这个甜味。不仅仅是我喜欢,出生在城里,成长在城里的女儿也喜欢吃红糖做馅的汤圆。这次从成都回到家里,正月初一早上要的又是这个东西。这是不是生活习惯的延续呢?如果是,那么,某些习惯看来不仅仅是一种行为方式,其生命基因、细胞已经形成了接受这些行为习惯的质地。

不过,现在难得有乡里正月初一早上吃汤圆那种场面清新的光景了。端上一碗汤圆,站在房前依依翠竹下,一边吃着,一边听汪汪狗叫和零星的爆竹声。

(2008年2月9日星期六早晨,正月初三)

芳馨茉莉

与小女弈棋

怕退休后难耐寂寞，计划学几门子艺，中国象棋是其一。

自看棋书打谱几天，粗通。教妻，小女在一旁观看，渐有兴趣，常缠着我胡搅几盘。

老者让少，开头，几乎让全部"江山"，而后让车马炮，再接着让车。小女棋艺渐进，现几乎不能让主将了。

我曾教小女，落子要慎，多思，走一着（zhāo），思三五着乃至十余着；每着运何子又有不同线路，应取最佳的那一条。我洋洋喜曰：有几次小范围内竞赛入冠、亚、探花行业，绝招便是"慢行，再慢行！"你慢，对手必躁，躁而心烦，烦而气乱，气乱而棋乱，岂有不输之理。

小女果然学到了这一招。比之于我，尚有过之而无不及。应了"青出于蓝胜于蓝"这句古话。待小女长思时，我背靠椅闭目养神，口里念念有词：瞌睡睡了几觉了！突然，"啪啪"。我惊起。原来，小女见我心不在焉，以棋子打击桌面。我问：走子了吗？看小女神态，再看棋局，小女仍在思索。

有时，小女要吃点糖什么的，要我拿钱买。可我钱不轻发，赢一盘是条件。有时，小女赢了，我奖一本书。

未料，小女还有一招，赢后其乐乎哉，告诉我："一边看棋，一边看你那张老脸。你棋有妙着，脸上便露喜色；待你遇到困境时，你眉毛一扬，脸皮子豁地绷紧；待你将陷入绝境时，你脸上好厚一层霜呢！"

原来，我的老脸露了馅。前车之覆，后车之鉴，夏季，我以扇将脸遮着；春秋冬季，我以薄薄杂志或报纸将老脸遮着，将眼睛露在外面。

搏杀激烈时，小女不看战地，两眼直盯我两眼，我猛喝：为何看我眼睛!?"你遮得住脸遮不住眼啦！怎么样，还是露了败象。"那得意劲，摇头又晃脑。

有次一盘棋下来，小女不慎露出弱处："棋势好，心里喜喜的；棋势不好以至要输棋时，心里烦得像猫爪在抓。"抓住了小女的弱点，待她棋将输时，我拿起擒获的人马戏曰：这对车车好乖哟，这对马马好乖哟，快将白旗举起吧。小女听得又气又笑，棋便输得更快。

有好几次，我日暮途穷时，便拿出看家本领：慢！小女耐不住了，扭头看电视，或看书报。我趁虎离山之际，悄悄改变棋子位置有利于我。有一二蒙混过关，大多被小女发现逮住。于是双方便争执一阵。偶尔小女气得把棋盘一推，走进自己的寝室，把门砰地一关，甩出一句："谁还跟你下！"

我则口里"嘿嘿，"心里泰然，对小女说：此乃赖皮不耿直之性，家中融融而乐可为，用于社会人生交往处不可为哟！

想听布谷鸟的声音

我一直在等待布谷鸟的鸣叫,可是,立夏节已过去十多天了,连布谷鸟的影子也没有。

布谷鸟的鸣叫是有季节性的,就是在胡豆、豌豆、麦子成熟的时候。也就是在立夏节之后,在初夏火辣辣的太阳烤照下,举目一望千山黄豌豆黄了,麦子也黄了。而正是这个时候,小春粮食作物的收获与大春粮食作物的耕播同时进行,叫"双抢",劳动量很大,十分紧张。麦子收割和水稻插秧都是非常辛苦的活儿。布谷鸟在这时候鸣叫,是象征农事繁忙或是给劳累的农民慰问吧!

豌豆的果实呈管状,像弯弯袖珍小刀,成熟而饱满的果实,看上去胀鼓鼓的,农民们称为"豌豆拜角"。布谷鸟的鸣叫恰似"豌豆拜角"的谐音。小时候在乡里,尽管每年初夏天天都能听到布谷鸟的声音,但是不知道它叫布谷鸟,只知道它叫"豌豆拜角"。后来学了点知识,才知道它叫布谷鸟。还叫杜鹃、杜宇、子规等,其大小跟鸽子差不多。

据李时珍说:"杜鹃出蜀中,今南方亦有之,装如鹊鹊,而色惨黑,赤口有小冠。春暮即啼,夜啼达旦,鸣必向北,至夏尤甚,昼夜不止,其声哀切。田家候之,以兴农事。惟食虫蠹,不能为巢,居他巢生子,冬月则藏蛰。"陆游也有诗曰:"时令过清明,朝朝布谷鸣,但令春促驾,那为国催耕,红紫花枝尽,青黄麦穗成。从今可无谓,倾耳舜弦声。"看来,布谷鸟真是一种催促农事的候鸟。

"杜鹃叫得春归去,吻边啼血苟犹存。"传说杜鹃啼血,是因为有一种四声杜鹃鸟,口腔上皮和舌部都为红色,被误认为啼得满嘴流血。杜鹃高歌之时,正是杜鹃花盛开之际,所以又有杜鹃花的颜色是杜鹃鸟啼血染成之说。"杜鹃花与鸟，怨艳两何赊。疑是口中血，滴成枝上花。"近代革命家秋瑾诗云："杜鹃花发杜鹃啼，似血如朱一抹齐。应是留春留不住，夜深风露也寒凄。"

但是我感觉的杜鹃鸟的叫声不是那种凄凉的氛围，而是自然的天籁之声，以及阳光的热烈和农家抢收抢种的劳动过程。

布谷鸟不知喜欢停留在树上还是别的什么地方休息，我没有看见过。我只看见它在低空飞翔时，翅膀扇动很快，飞得很快。在我的印象中，很少见布谷鸟成双成对飞翔，更没有看到成群结队的飞翔，这是什么原因呢？是布谷鸟较少，还是因为它们不喜欢在一起呢？

考学离开了农村，毕业后分配在县城工作。不大的城市被农村包围着，还是连年能听到布谷鸟的鸣叫。今年住到大城市边缘，很多鸟儿的叫声都能听到，如麻雀的叽叽声，斑鸠的"咕咕"声，但就是听不到"豌豆拜角"的声音。昨天夜里，睡梦中，天空下着小雨，见到一只布谷鸟急急向西边飞去，一边飞，一边叫"豌豆拜角"。而这个画面，正是我曾经在小县城里看到的情景。

我打电话问住在小城的朋友，问是否听到布谷鸟的叫声，朋友想了想说："还真没有听到。"小满节气也已经过去几天了，芒种节快要来了，如果在这段时间还听不到布谷鸟的叫声，今年怕是再也听不到了。

就怕现在自然环境不断恶化，永远听不到布谷鸟的鸣唱了。

（2011年5月24日星期二上午）

芳馨茉莉

傍依田园读李白

三十多年前，我在云阳县乡村一面坊获得一部《李白诗选》。那可是书籍荒芜的岁月，找到一本书是困难的，因而如获至宝。这算是人生中得到的第一本诗集，也是第一次认识李白。

欣喜阅读，对《将进酒》《月下独酌》等诗特别喜欢。反复吟诵，数十年过去了，今天还能背下来。

后来参加1977年冬季全国高考制度恢复后第一次大考，被录取到学校读书，毕业后参加工作，陆续购买了大量书籍，当然其中有各种诗集，新诗、古诗都有；古诗中有《唐诗三百首》，也有《唐诗选注》，还有毛泽东圈阅的《诗词若干首》（唐宋人写的有关四川的一些诗和词）等。有了这些诗集，《李白诗选》就碰得少些了。但还是背诵着李白的不少名篇，如《蜀道难》《梦游天姥吟留别》《答王十二寒夜独酌有怀》。

虽然很少动《李白诗选》了，但这本书算我的大宝之一，跟着我在巴蜀之间迁徙。

近日，烦成都空气污染指数高，往往都是100以上，高的时候近200，想到乡里清爽清爽，于是去到川东开江县城，居于城郊西边农业局家属院二楼。前后都有阳台，躺在床上可看日出，在后阳台则可看红日款款落到巴山深处。

卑人无赌好，亦无乐好，整天的时光不是在电脑上耗过，就是在书籍中消磨。时也舞文弄墨，偶又思考学问，但都不入流，不入派，属于自生自灭的民间小虫。

忽然想再看看《李白诗选》了。从书架上寻出，拍抖灰尘，又用砂纸擦书口、上切口、下切口，再拍打，砂出的灰尘也全去了。书页已全部发黄，翻开，一股极浓的久存木质纸张的气味扑鼻而来。1961年人民文学出版社出版的书，快一个花甲的年轮了，怎么不变黄呢。过去书的装订质量比现在"胶粘"的好，但线仍已腐蚀，于是我又重新装订了一下。

上午的太阳晒前阳台，后阳台阴着。于是在后阳台上，置一椅，一凳。椅子坐着我，面向田野；凳子上放着茶，伸手可触。读书、抿茶和田野风物就融为一体了。

眼睛盯住李白，可田野的各种声音不时传入耳里。有多种多样的鸟叫，鸣唱最厉害的是蝉和斑鸠。这是早秋，蝉是在催稻谷快快黄，可是这斑鸠为何叫的这么厉害，有时候的声音令人心动，在"故姑咕"之后，还来个不停地"咕—咕—咕"。猫儿发情在春天，叫的特别厉害，据说斑鸠发情与人一样，没有季节性，难道斑鸠们这样子的叫是在找情侣吗？

稻子在泛黄了，绿色还是主调。刚立秋的阳光和碧绿相碰，阳光更加金亮，碧绿更加沉静。鸟儿的鸣叫声、蝉的歌唱声、斑鸠莫名其妙的呼喊声弥漫过金亮的阳光和碧绿的沉静，把我和李白的《将进酒》融化在一起。

在古代所有诗人中，我最称赞的是李白。杜甫是"诗圣"，李白是"诗仙"。"圣"是人，"仙"是神，这人怎么能和神相比呢？杜甫也说："白也诗无敌，飘然诗不群。"贺知章读了李白的诗，大发感叹："天上谪仙人。"毛泽东说李白的诗"有脱俗之风"，跟贺知章的看法近似，正是：英雄所见略同。柏拉图说诗是"一种轻飘得长着羽翼的神明的东西"。这就是浪漫情怀。诗歌要高扬浪漫主义旗帜，到天宇遨游，少一些躺在泥土里发音的写实笔法。

想象、幻想是艺术的生命。想象和幻想能拓宽思维的境界，最能激发人的创造精神，而现实主义会受到时空的局限，在境界的辽阔和创造力的表现上，现实手法都大大逊色。一个民族的艺术如果缺乏浪漫情怀，这个民族将会逐渐枯萎甚至消失。浪漫情调会把诗人的主体精神表现得淋漓尽致。黑格尔说东方世界无诗歌，就是说的东方诗人缺乏主体精神和浪漫情怀的展现，而李白和屈原这两个极大的丰碑是对黑格尔最有力的反驳，不然，东方诗歌的历史和现实真是被黑格尔说中了。

"天上白玉京，十二楼五城。仙人抚我顶，结发受长生。""脚著谢公屐，身登青云梯。半壁见海日，空中闻天鸡。""呼来上云梯，含笑出帘栊。""五色云间鹊，飞鸣天上来。"这就是李白的艺术梦。

芳馨茉莉

为了实现这个艺术梦，李白飘然到深山去，将世尘挥去。在自然本真中淘濯，在清雅的风中羽化欲仙。于是有了"峨眉山月半轮秋，影入平羌江水流。夜发清溪向三峡，思君不见下渝州"这种清纯、宁静得纤尘不染的境界。

李白的艺术观，在《古风·大雅久不作》中有充分的表现，现在我将这首诗全部录于下，以提示当代诗人们认识什么样的诗才是李白最喜欢的诗。

> 大雅久不作，吾衰竟谁陈？
> 王风委蔓草，战国多荆榛。
> 龙虎相啖食，兵戈逮狂秦。
> 正声何微茫，哀怨起骚人。
> 扬马激颓波，开流荡无垠。
> 废兴虽万变，宪章亦已沦。
> 自从建安来，绮丽不足珍。
> 圣代复元古，垂衣贵清真。
> 群才属休明，乘运共跃鳞。
> 文质相炳焕，众星罗秋旻。
> 我志在删述，垂辉映千春。
> 希圣如有立，绝笔于获麟。

此诗告诉读者，李白对孔子认可的"大雅"的赞赏，对西周以后的文风持批评的态度，不喜欢"绮丽"而珍视"清真"；其"文质相炳焕"，就是形式和内容的完美统一吧。

我想李白的所指的"绮丽"，就是一味关注文字的花哨、浓艳吧，就像女子把脂粉涂得太厚太浓；而"清真"，当指大自然的纯净与本真，而人的心灵应如清晨荷叶上滚动的露滴，展示着纯净与本真的质地。李白认为这样的艺术，才符合孔子主张的"大雅"之风。李白在多处表现了自己的这种艺术主张，如在赞赏书圣王羲之的诗中说："右军本清真，潇洒出风尘。"在《经乱离后天恩流夜郎忆旧游书怀赠江夏韦太守良宰》诗中说："清水出芙蓉，天然去雕饰。"

如果用李白的诗观来评价这些年不少诗人的作品，那算什么诗呢？

想到这里，抿了一口茶，一阵清风吹来，引我抬起头，瞭望田野。绿竹林里，忽然出来一个村姑，挑着水桶，摇曳着往井边走。有告示称，因换管道停水三日，这姑娘是来挑水吧。这井就在我楼下田角边，所以，姑娘离我不过数丈远。如今女子大都换成"洋头"，把黑色染得金黄，或卷曲如鸡窝，或披肩如浪客，而这姑娘的发，一拢儿束在后脑。她的脸蛋也没有涂红，灵灵的水秀，眼睛也灵灵地转，似乎那溜溜的神在簌簌地落。打水要用力，那脸蛋上就起了红晕，头偏着，阳光洒在姑娘脸蛋上，这脸蛋就成了田野里绽开的一朵荷花。姑娘挑起水，闪悠悠回往绿竹林。清风跟着她，她全身摇曳，水桶在荡漾。她窈窕的身段和跟着她的清风、和肩上扇动的扁担很和韵律，她的身高甚至和田野的稻禾、依依绿竹也很成比例。我目送着姑娘的摇曳，直到绿竹将她遮隐。

我脑海里猛然闪现一句话：这幅画面不就像李白的"清水芙蓉"吗！

又低头看李白的诗，有《越女词》其五云：

> 镜湖水如月，耶溪女如雪。
> 新妆荡新波，光景两奇绝。

那挑水的村姑就不是李白诗里的"越女"吗！

（2015 年 8 月 15 日星期六）

芳馨茉莉

霖雨时节看秋收

9月初到川东乡下小住，遇雨连绵不断。最担心的是农民的稻谷没有收进仓。俗话说：秋后十天满田黄。处暑过了这么多天了，稻谷是熟透了。

向田野打望，淫雨霏霏里沉默着静静的金黄。农民们也站在自己的房檐下，纷纷向田野张望，那心想必比我急多了。再下几天雨，稻梗就会趴下，谷穗掉在水里，是会发芽生秧的。谢天谢地！云雨终于累得困顿了。虽然晴的不是很好，但勉强可以下田了。

原来，江苏等地来的收割机早已停在马路边等着。农民们一声吆喝，收割机便轰隆隆开到田里，一来一去嚓嚓嚓割断、收进一排稻谷，一去一来嚓嚓嚓又割断、收进一排稻谷，往复循环，很快便收净一个田块。我估计了一下，它工作10多分钟收割的稻谷，可能要10多个人劳动一半天。太省力了！太省工了！机器构造的甚是巧妙，当把稻梗和谷穗卷进那刻，脱粒便紧接着进行，即收割与脱粒是同时进行，谷粒进了暂时储存的"仓里"，而除去了谷粒的稻梗和稻草则排到了田里。农民们拿着编织袋站在田埂上等着，待自己的田块收完后，便将编织袋贯到机器的谷粒出口处，机器开放机关，将这个农户的谷粒全部放进袋子。

生产收割机的技术在改进。去年，我看到的收割机去不了深稀泥田，一去便陷住了。今年的田，被霖雨浸泡，可想是何等沼泽，况雨水刚停。可是今年的机器到一个一个的田都很顺利，进退自如，快速如风。看来趟过田里"深壑"也畅行无陷了。科学技术真是了不得呀！这收割机只有一辆小货车那么大，很灵活的。我问一农民：机器收割多少钱一亩？答曰："去年是50元（人民币）一亩，今年涨价了，要七八十，如果稻谷倒下了的会成倍增加。但是我们还是喊机器，只让钱吃亏，不让人吃亏。"我用"呵呵"地笑回答农民兄弟的话。

机器收割是否有不少谷粒撒落在田里而损失？我散步到田野，细看机器收割后的田里，寻找稀泥里的谷粒，有稀稀疏疏的撒落，看来比原来"拌桶"挞谷好得多。千百年来的拌桶为木制正方形，由厚约5厘米的四块木板，榫卯结构组合而成。桶高约80厘米，上边长约180厘米，下边长约160厘米，形态呈斗状。四角上方各留有一个20厘米左右的榫头，如长出的四只耳朵，作为在田里使用时移动的把手。收获成熟的稻谷时，人们把拌桶搬进稻田里，用一张竹席围上拌桶三方，高出拌桶1米左右，以挡住搭谷时四处乱飞的谷粒，人站立在未围的一方搭谷。只见农民兄弟扬起一把稻谷，使劲搭在"半桶"里横架的木头上，发出嘭嘭嘭的声音。不停地扬起搭下，谷粒难免飞溅一些到田里。十天半月后，只见田里泛绿一片，是那些撒落的谷粒萌发了吧。

农民最辛苦莫过于抢栽和抢收时节。过去没有收割机的时候，收获季节到来，农民五更起床，有月亮更好，没有月亮一样摸着干。只听那搭谷的嘭嘭声沸腾了宁静的田野，惊醒了沉睡的太阳。收获时节气温还很高，天气炎热，加上用力劳动，会汗流浃背。如遇吹风，那稻草粉末就会粘着在脸上、脖子上，与汗水融合，又痒又疼。这不，还有极个别的农户没有用收割机，靠人力收割。我看到中学生也在参加劳动。在闷热的田里，想必比教室苦多了。可能是很累吧，两个割稻谷的学生伸腰站了站，眼望前方，一个说："到天黑也割不完啦！"另一个附和："是啊。"

只不过晴了四五天，平坝的田已全部收完。原来这收割机，除了省力、省工外，还是抢收的好把式啊！

（2014年9月18日）

芳馨茉莉

腊月回老家看老母亲

2008年端午节准备回老家看望老母亲。打电话给大哥告诉这个信息，大哥说："路没有修好，雨水也多，还是等路修好了再回吧。"

我想，只好如此了，公路不通，阻滞途中是很麻烦的。

那条路是说的从重庆市云阳县盘石镇出发，顺岭直上，经原革岭公社驻地到丁家楼子（此地为革岭最高峰凤凰头），乃20世纪70年代中期修建，但路况一直很差。去年，云阳县下决心将这条全长十多公里的盘山路打上水泥板，这无疑是一件好事，方便那片山上数千乡民的出行，这也是新农村建设的应有之意吧。虽然工期慢，春节时不能畅通，但2009年春季应该能够竣工了。

从万州火车站到云阳新县城的高速公路也通了，我们走的就是高速公路，但到云阳新县城，天已黑了。找了辆的车，很幸运，晚上没有施工，小车直接开到了老家附近。原来，从丁一盘公路上分枝的到我们村的那条路最近也铺上了碎石。

虽然几次转弯抹角，却也顺利。

母亲今年已是八十六岁高龄，但气色很好，面部还略显红润。前年母亲的气色不及现在，是因为二哥不幸逝世的原因吧。

母亲有膝关节炎，已经多年。她泡有治疗关节炎的药酒，坚持服饮。老年人容易缺钙，我给她带了三瓶"乐力钙"。还带了护膝、暖腰带。这次没有买衣服，前次买去，她说："不要买新衣服了，快要入土的人了，穿不旧。"当然还要给点钱打零用。我将钱给母亲时，她一边接钱一边说："这些年全靠你娃儿，你爸已经过世十三年了。"我说："给的不多，只是补助一点。"

乡里人是闲不住的，母亲虽然耄耋，但十分勤劳，不能种田了，便种地，收获的粮食尚能自足。不种田,没有大米,用玉米去换。还养有鸡鸭。

母亲的性格,沉静少言,其神情就像沉静的大地。正因为大地的沉静,所以能孕育万物。我隐隐感到母亲就是大地的女儿,大地孕育出我们需要的东西,由母亲默默地传递给我们。大山也是沉静的,母亲在大山上日出而作,日入而息,就是大山的精灵,吸取大山的乳汁,而后濡养我们。母为坤,坤宜静穆,温和、贤淑、贤惠皆由静穆升华而来。母亲正是具有这些品格。

母亲在那片山上,快到整整一个世纪。母亲的心脏已经和那片山的心脏叠合在一起,母亲的每一条毛细血管已经和那片山的毛细血管交融。百年之后,我们会依然看到那片山上有一个精灵在劳动着。

这次回家,母亲和大哥各宰了一只公鸡拿给我们。露出得意的神情,说:"这两只公鸡都还没有开叫。"什么叫没有"开叫"?是公鸡还没有开始叫"咕呜唔"(打鸣)吧。也就是性没有成熟,很年轻,很有营养。

母亲和大哥、大姐家都给我们拿了刚宰杀的猪肉。红苕喂的猪儿肉质最好。我问大哥,是红苕喂的吗?大哥答道:"是啊,后期包谷(即玉米)也没有喂了,因为红苕在烂,所以就莽起喂红苕。"这山上的东西太环保了!我感叹地对母亲、大哥他们说,要是我离你们近些就好了。城里人难得吃到"原生态"的东西,肉、奶、蛋都被人为地异化了。

现在流行吃黑色的东西。大哥家有黑母鸡生蛋。我问大嫂,有多少个?大嫂说:"先前生的卖了,可能还有十多个。"清点结果,正好三十个,有几个刚从鸡窝里掏出来,热乎乎的。几只大黑母鸡看到我很少回家,刚生的呀!

大黑母鸡很可爱,在房屋侧边的小坝子刨柴草觅食,我拿起数码相机,把它们照了下来。不大不小的黑狗也很乖,给它来了个单照。它的黑眼睛盯着我的相机呢!

母亲、大嫂他们围在一起,给宰了的鸡拔毛,我也给她们留下了很生活的镜头。

大哥家的副业,牛、羊、猪、鸡、鸭都有。特别擅长喂母猪,这几年小猪崽很贵。大哥说一窝猪卖了好几千元。在我们回家的第一天晚上,母猪又产了九个崽,很好的数字啊。这些天正是三九四九,很寒冷,大哥怕小猪崽冻坏了,买来浴霸装上加热。他们自己还没有这样的享受哟。

我问大哥,山上野鸡多吗?大哥说:"野鸡很多,肉也好吃。只是难以弄

芳馨茉莉

到。野鸡多了，有害粮食，于是人们放闹（毒）药，毒死了不少。不过不知道是啥原因，现在长耳巴（野兔）看不到了。"我想了想说，长耳巴要吃粮食和很嫩的草，现在上山的耕地全部退耕还林了，都是荆棘和荒草，没有生存的环境了。

　　回家看老母亲是义务，是亲情，更是幸福！

　　　　　　（2009年1月18日星期日上午。整理出版此文为
　　　　　2016年夏季，是年母亲已经93岁高龄，因膝关节炎
　　　　　不能行走，但内脏器官还好。）

清晨，去到田野

不知有多少个清晨没有去田野了。不是田野没有吸引力，而是心志的怠顿。昨夜又失眠了，睡得晚，入梦快，但大约四点钟的时候就醒了。我有个习惯，只要醒来后就难以再睡着。天气已经凉爽了，何不早点起来到田野去感受清新呢！

走在乡间的小路上，仰首太虚，天色很好，有少许白花白花的云，一弯上弦月，镶在白花白花的云里，虽然没有看到日出，但已感觉到艳阳快要出山了。中秋节快要到了，太阳退去了烈火，寒潮还没有到来，气候是很宜人的。尤其是早晨，多到田野散散步实在是好。

脚下的路，是好几年前铺的水泥板路。开头铺的那些日子，感觉很爽，很明亮，早晚散步的人三五成群，络绎不绝，路边的房屋也不多。就因为这路，吸引了不少村民把原来的旧房撤掉，在路旁建起新房，很明显是奔这路来的。有的山区外迁户也在这水泥板路边盖起了红砖小楼。

这些年，靠骡子运输在乡村兴旺起来。建房子须运砖、运石等材料。这水泥板路上每天走着许许多多负重不堪的骡子。我看着骡子的腿打战，问赶骡子的人，它驮得起吗？答道："行啊。"但我心头还是有些悲悯骡子太苦了。骡子拉的粪，掉在水泥板路上，被日晒、雨淋，由圆球散成了渣滓。骡子被沉甸甸的砖、水泥压得颤颤栗栗，这路也好像颤颤栗栗了，好几个地方都已经崩塌了，由于两旁的房子愈建愈多，感觉路是没有原来宽阔了。

正是收获的季节，据说大坝子里的稻子已经收割完了，但站在路上前后左右望望，才刚刚开镰。今年此地风调雨顺，如果不下淫雨，农民就可以喜悦一番了。今年玉米也是大丰收，基本上都已归仓了，不怕霏霏之天了。有人戏

芳馨茉莉

说,今年遭受了"5·12"大地震,老天要弥补一下,让农业的好收成慰慰人们的心。的确呀,物价猛涨,工资一分未涨,要是农业歉收,那就更糟糕了。猪肉这几天又涨了一元一市斤,已达到13元一市斤了。这物价,像秋天的太阳,逐渐退烧就好了。

农民早已起来搭谷子了,发出"咚咚咚"的声音。每个稻田都厚实得密不透风。搭谷子是很辛苦的活,割的割,搭的搭,往来穿梭,手反复动作会软,腰长时间弯下会酸。稻子叶片边缘呈细细锯齿形,很锋利,会将手背、手腕等处的肌肤划成杂乱的"丝口",血慢慢浸出,汗水掺和,有些微微的痛。要是接连几天不下雨,烈日当空,那就更累更苦了。

往年这个时候到田野,因为人走路的惊动,稻穗丛里会发出唏唏嗖嗖哧哧噗噗的声音,那是许许多多的蚱蜢跳跃、飞扑发出的声响。今年怎么没有这样的声音呢?往年一大早,有人提着塑料袋到田野抓蚱蜢喂鸡,一抓就是一袋,今年怎么也没有看到抓蚱蜢的人呢?听不到往年那种声音,看不到蚱蜢的跳跃、飞扑,心里欠欠然。青蛙的鸣唱也是这样,有的年份,唱声零落,有的年份,那鸣唱的阵势欲将黑夜颠覆。这一切,是不是因为气候的原因呢?

春华秋实,春生冬藏。随着秋气渐浓,万物也在慢慢收藏,万物的生命快要结束了。叶一天比一天黄,藤一天比一天枯,最后消逝得不见踪影。路旁的南瓜、丝瓜不就是这样吗?

没有走多远,我便回转,一则水泥板路已尽,二则有飕飕凉意。偶尔来一次田野,感到心境和乡村的环境距离很大,心头有些板滞,腿脚有些僵硬。我想应该多来,调和气息,心态、筋骨、肉体才能和田野融汇在一起。

(2008年8月26日)

让鸟儿分享一点腊肉

鸟类与人类一样，有善恶之分。然善总是多于恶，所以好鸟比歹鸟多。欲世间多些美好，自当抑恶扬善。所以。凡人类、物类，都应该亲近善而远离恶。

又人与鸟同林，虽现在生存各有圈子，但或许血液里有相同基因，或许"混沌"时期同为一体。故善人与善鸟要相互亲爱。

固然，善人不一定都必须亲鸟、爱鸟，不过，卑人有这个雅好。特别是住在城里后，鸟稀罕见，亲鸟、爱鸟之心更甚。即使是麻雀在人行路前面闪闪跳跳，我也会驻足观望一会，直到这些可爱的小精灵扑哧一声飞去。

这便是让鸟儿分享腊肉的动因吧。

此腊肉来历不俗，为川东新宁特产。那个地方过年熏制腊肉不知道传了多少代人，也不知源于何时。新宁这个地方四面是青山，中间全是良田沃土，一个玲珑剔透的小城就在阡陌交通、鸡犬相闻中间。可以想见，这样的环境养育出来的猪只是何等温柔敦厚，那肉是何等细腻鲜美。将新鲜猪肉熏制成腊品，专用山上柏树上的枝丫点燃捂住，使其生白白浓烟，慢慢熏烤，让沉甸甸、湿浸浸、白花花变为干瘦瘦、油润润、黄亮亮。老远老远，就感到香气扑鼻。

我让鸟儿品尝腊肉美味不在川东新宁而在川西成都龙泉。居处有偌大屋顶花园，乃人与鸟共享之处。三三两两，各种不同种类的鸟儿常到花园里寻食、鸣叫、嬉戏，而以麻雀为最多。叽叽喳喳、扑哧扑哧飞来飞去声音不断。有此声音则一人独处也不感到孤独。

人家宠狗、宠猫，我何不宠鸟？先是撒之以米，啄净。突然想，鸟儿吃腊肉吗？让它们也过过年。于是将一块一公斤多的腊肉放在阳台护栏上试验。

芳馨茉莉

一天未见动静，第二天也未见动静，第三天发现有情况了。一只跟麻雀大小差不多但比麻雀灵秀、俊俏，尾巴比麻雀长的鸟儿停息在那块腊肉的旁边，活泼着身躯，左右顾盼，然后快速接近腊肉啄食起来。它警惕性极高，啄食两三下，便看看附近有无动静。如此往复数次，然后飞去。一会它又来了，侦察环境、啄食艺术与前次一样。它不断再来，但绝不久留，很快便飞走。看来它是知足的，比有的贪恋金钱，沉迷玩物的人还聪明。古话说："人为财死，鸟为食亡"。这样聪明的鸟儿，怎么会为食而亡呢？

第四天，来了一对与前面长相完全相同的鸟儿，是它的恋人或伙伴吗？它两一个放哨，一个品尝腊肉，交错着来。但来来去去和停留的时间和前面那只鸟儿差不多。不，看来这是一对夫妻鸟，因为它俩有亲昵的行为，还有，那只单独的鸟又来了。

跟着这对夫妻鸟后面来的，是一对较大的鸟儿，全身黑色，叫声响亮。它俩也是一个看响动，一个尝鲜。也不久停，很快离开。

三批鸟儿不一起享用，都是交错着来。尽管第一只鸟与那对夫妻是同族，但也不在一起。我观察感觉，孤独的那只鸟畏惧那对夫妻，而那对夫妻又畏惧那对黑色的大鸟。可能是力量对比的原因吧。强者主导世界看来是一条定律。

半个月时间过去了，鸟儿们食净了那块肉的"心肝"，只剩下皮子了。只见那对大鸟儿将那块肉皮子在不到一尺宽的护栏上叼来叼去，脚下就是"悬崖"，我惊异鸟儿的本领，没有让腊肉皮从半空中落下。

奇怪得很，麻雀竟然不吃腊肉。

家里没有腊肉了，我准备到市场去看看，如果有，再给鸟儿们弄一块。

（2014年7月4日）

昨夜盗贼进我家

出差在外，奔忙在闹市里，忽然接到妻子的电话："昨夜盗贼进我家。"

我急问："偷走了什么？"

"没有偷走什么，盗贼刚到阳台，我便醒了，把灯打开，盗贼便逃走了。我们把防盗网装上吧！"妻这样说。

防盗网是指用铁条焊织成栏栅，将窗口罩住。我们那幢宿舍，除了我家的窗口没有装上防盗网而外，其他人家都装上了。

妻子多次提出装上，我说：装上不好，自己把自己关在笼子里，很闷闭，还不如动物园里的猴子，看远处的风景也很不方便。再说，装上也价值不大，我家有什么东西值得盗贼偷，钱在娃娃读大学时花光了，电视和冰箱都有十年以上的历史了，偷去也不过是卖废品，洗衣机虽然才买两年，但价值不过数百元。当然有一种东西比较丰富，那就是书。但我的书很多都盖上了我收藏的印章，偷去后销赃很不好卖，弄不好会成为公安战士寻盗的蛛丝。再说，书很零碎、沉重，也不便运输。我想盗贼不会将书偷去自己读，如果有这样的盗贼，我则乐意他把我的书偷些去。

说到盗贼，我想起郑板桥。盗贼也曾经光顾过郑板桥的家，被惊醒的郑板桥口中喃喃念道：

> 细雨蒙蒙夜沉沉，梁上君子进我门。
> 腹内诗书存千卷，床头金银无半文。
> 出门休惊黄尾犬，逾墙莫损兰花盆。
> 天寒不及披衣送，趁着夜色赶豪门。

芳馨茉莉

盗贼突然听到有人吟诗，心头一惊。听到"床头金银无半文"大失所望，转身便走。出去只有两条路，一是开门而出，二是翻墙而出。古时的门，大都是木板做成，开关时都吱吱呀呀地响，所以郑板桥提醒盗贼，开门的时候要轻手轻脚，不要把我家黄尾犬惊醒了。如果要翻墙而去，可别把我养在园墙上的兰花损坏了。

尽管妻子闹着要装防盗网，我仍然不同意。分析起来，我虽然没有郑板桥那样大的名和那样的才，但经济处境可能与他差不多。打算在月黑风高时，把郑板桥这首诗写成大字挂在窗口。只把"细雨蒙蒙夜沉沉"改为"月黑风高夜沉沉"，因为盗贼往往是趁月黑风高而来。

（2006年11月5日星期日上午）

黄猫的爱情

腊梅一开，春天不远了；猫儿一闹，春天也不远了。猫儿的闹就是不同寻常的叫，不同寻常的呼。腊梅开放是植物情爱的张扬，猫儿的呼叫也是情爱的张扬。

不知其他猫是不是每年只有一次轰轰烈烈的爱情，我家黄猫就只有一次，准确地说是一段时间。就是春天即将到来的那些日子。看来，黄猫对待爱情的态度是严谨的，选择爱情的时间是充满着浪漫和希望的。这比欲望太强的人类美多了。

黄猫平常的呼唤是轻轻的、柔柔的，令人可亲和爱怜的。自然，这种呼唤不仅是和主人语言交流，还昭示着对主人的亲昵。

在恋爱的日子里，黄猫的呼叫就很特别了。底气是雄浑，尾声是凄凉；既饱含力量，又充满了痛苦；节奏很慢，拖声很长；毫不顾忌，彻底奔放；且呼叫声彻夜不停。冬夜是漫长的，穿过夜的风像钢刀一样。这就衬托得黄猫的呼叫更加凄凉，叫人撕心裂肺。如果神经衰弱和患有恐惧症，听到这样的声音会长夜不眠。我想，黄猫的呼叫在人听来是凄凉的，是恐怖的，在它的情人和同类听来一定是美妙的。它是在用全身心的力量表示爱，表示自己的真诚，表示自己的追求。这样的呼叫，要的是无拘无束；这样的呼叫，才是最伟大的，最有生命力的，最体现生机与活力的。

"为伊消得人憔悴"这句话也适合这些日子的黄猫。平常的夜里，赶都赶不出门。这些日子，它不用你赶，在黄昏的时候就出去了。只要出了门，它就使出了雄浑和凄凉的呼唤。在不恋爱的时候，每天都很准时地回家。可这些天，它省去了中午这顿饭。有时，晚饭也不回家吃了；有一两天竟不回家了。

芳馨茉莉

昨天下午溜了回来，不紧不慢迈着"猫步，"看样子瘦了许多，很饿。但看上去不沮丧，不仅不沮丧，还隐隐流溢着幸福。它吃了几口饭，倒在窝里，卷缩、埋头，很快沉睡。我去推它，它不像过去一样轻轻地叫着"喵"我轻轻拍它的脑袋，它也毫无反应；我轻轻扯它的胡须，也无丝纹动静。我又是那句逗它的口头禅："格老子的，你硬是不理睬！""你！你！你！"嘴里一边说，手一边轻轻拍打它的脑囟。哦，幸福的疲倦，疲倦的睡眠比吃小鱼儿更美呀！

　　昨天黄昏，它又出去了。我远远地看它。它一边走，一边喊朋友。几声呼叫之后，我听到了回应的声音。寻着声音看去，一只黑色的猫向它飞奔而来。黄猫飞奔迎去。两个相遇，亲昵了一下。黄猫跳开。稍停，黑猫向黄猫一纵，黄猫闪开。如此不断反复。天色暗下来，后面的情景朦朦胧胧，看不清了。

　　爱后就要怀孕，就要生崽。回想它第一次生崽，躁动不安，喵喵着走近我，贴着我的小腿擦磨。这擦磨比通常情况急切得多。但我不知它是生崽的前奏，需要主人给它安抚，给它胆量和力量。去年，它临近生产时又这样。我便轻轻抚摸它，说：乖，不怕，你生过了一次，很顺利呀！

　　说到去年的事，黄猫给我留下了一幕滑稽而终生难忘的剧。事由是：它生了六个崽，妻子怕它奶汁不够，偷偷地把两只送人了。我夜里睡觉时，拉开铺盖，嗅到有臭气，床单上似乎有一堆黑物，细看，是粪。是谁干的呢？除了黄猫还有谁。可这家伙从来没有随便拉屎拉尿呵。哦，是报复主人送走了它的崽。它做得太聪明了！竟然在拉粪之前，先将铺盖捞开，然后又将铺盖盖上。是让我冷不防睡在它拉的粪上呵！可见，黄猫对爱情结晶的保护是多么倾心。这点，又胜过许多的人了。由此，我还联想到当今社会提得很多的一个词：人与自然，人与环境的和谐。自然界是可以报复人类的。

（2005年1月30日星期日上午）

对黄猫的怀念

黄猫已有近一个月没有回家了。

它到哪里去了呢?不知道它还在不在我们这个世界上。我猜它是到另一个世界里去了。可怜的猫咪!

黄猫曾经被别人捉去养过一段时间,它在新家不吃不喝,瘦得一包骨头,走路也几乎不能支持的时候回到了我家。渐渐地,它又丰满而肥胖起来。特别是冬季,肥胖得可以在地下滚动。它在新家为什么不吃不喝呢?是"由奢返俭难"吗?我想不是(现在哪个地方还缺吃呢),一定是它对旧人的依恋,它不是那种喜新厌旧的猫咪!

有生人到我家,黄猫怕得赶紧躲避,在室外,也远远躲着生人行走。我赞同它胆小的性格,不容易被人逮走啊!可这次,它怎么就被人逮走了呢?十有八九是一个它熟悉的人对它下的手。它在这个院子住得太久了,有好多人都视它为朋友了。

它也不会被鼠药毒死的,它中毒好几次了,已经产生了抗药性。有没有可能被别人打死了啊?假如它好吃,偷了人家心疼的东西,是有可能死在愤怒的棍棒下的。一言以蔽之,黄猫凶多吉少。可怜的猫咪!

黄猫很善良,从它叫的声音也听得出。在家里,当它跟着人脚步转的时候,不小心被踩着尾巴或腿,便"呹"一声痛叫;当它饿得发慌要食物的时候,便"喵喵喵"大声叫个不停。其余的声音,都是很轻柔的。当它感到愉快而幸福的时候,那叫声轻柔得不能再轻柔了。有时轻柔的叫声中还要转一个弯。你逗它的时候,它拿爪子抓你,开头,你的手背上出现一道极浅如纹细不出血的红痕,后来,它掌握了高超的技术,抓你的手背不出现红痕了。它抓过

芳馨茉莉

沙发的脚，喝它，便立即停止了，所以我家的沙发是完好的。它想到床上玩耍、睡觉，但不让它上，也就罢了。

因为善良，黄猫在与同类的搏斗中可能欠凶猛，受伤了好几次。每次受伤后的早晨，它都躺在室外的阳台上，只叫唤而不动，叫声中夹杂着哀疼。要人去将它拉动，它才慢慢起来，缓缓进屋。如果是腿脚受了伤，走路还一瘸一瘸的。有一次，它的脚被咬，伤得很厉害，化了脓，走路也困难了。我先用温盐水清洁伤口，然后糊上"红霉素"软膏，竟给它治好了。它中毒了好几次，或许是误吃了人们毒鼠的诱饵，或许是吃了被毒死的老鼠，口吐白沫，烦躁不安。我到陈兽医那里，拿来一管水剂针药。陈兽医说："可以直接喂服。"给它喂，它还不愿意喝呢。我想了想，猫儿最喜欢吃的东西是鱼，于是找来小小的鲫鱼，将这种解毒的药水浇淋在鲫鱼上，它吃了效果很好，病慢慢好了。几次中毒都是采取这种方法治好的。

去年，我地闹狂犬病，政府号召对管理不善的狗给予全面捕杀。据说，猫也传染狂犬病。亲朋好友劝我们不要养猫了。狂犬病令人生畏，但把一只猫怎么办？抛到野外，不仅会饿死，说不定还会真正成为一只传染狂犬病的野猫呢。不抛之野外，就是结束它的生命。一个仁者怎么能屠戮弱小而善良的生命！所以，我们还是将黄猫保护下来了。

黄猫分辨声音的能力很强，黑夜里我们从外面回家，远远的它就辨别出是我们的脚步声，一边亲昵地叫，一边跑上前迎接。白天我们出门或归家，有时它会接送，并在地上打几个滚。有时，它站在室外阳台上，见我们回来了，便"喵喵喵"地叫着迎接。可爱的猫咪！

自从有了黄猫，我家屋里就没有进过老鼠了，侵犯这幢楼住户的老鼠也少多了。当然，我们养猫主要目的不是要它咬老鼠，而是对生命、对小动物的亲近与爱怜。但黄猫仍然很负责任，是一个守楼护院的好卫士。

黄猫大概生存了七八年了。猫的自然寿命有十多年。它生活在我家应该说是比较幸福的。可怜的猫咪去得太早了。

猫咪，魂在何处？猫咪，魂兮归来！

（2007年10月初动笔于成都龙泉，10月20日完成于川东新宁镇）

平凡一日又一日

平凡的岁月，平凡的日子，平凡的人。

我就在这样的岁月里，我就在这样的日子里，我自然也就是一个平凡的人了。

在我生活工作了数十年的地方，有一条小河，汩汩流淌在那广袤的平原上，无声无息，没有波浪，更无浪花，平静地、默然地消逝着自己。我像那条小河吗？无波浪、无浪花，平静消逝，但哪有小河那么悠久、绵长，哪有小河那么永恒！我只不过是小河里的一条小虫，顺着河水流去，随着被波浪卷去，到了茫茫大海，再也不能回头。

固然，沧海桑田，改革开放，东风西风，贫贫富富，昨天今天，肯定、否定、否定之否定，社会在发展变化着，人事、物事都在变迁着，但这都是宦海和商海的事，它与一条单薄的、瘦瘦的可怜的小虫子有什么干系?!

子曰："慎独"。知则易，行则难。你能"独"吗？家庭，家族，社会，人与人，群与群，同学朋友，远亲近邻，一面无形的网，你就在这网里，你就在某一条轨迹里，年年月月日日。这年年月月日日都不属于你自己的，只有酣睡的时候属于你自己的，你可以做梦，和美人相遇的梦，和朋友聊天的梦，游名山大川的梦。这些年，绮丽的梦，春花秋月的梦盼也盼不到了，更多的梦是枯藤老树昏鸦，古道西风瘦马，夕阳西下，断肠人在天涯。当然也有属于自己的白日梦，那就是黑格尔说的那种精神，悠闲时，有兴趣时，大脑可以发动运转起来，恍兮惚兮，惚兮恍兮，来一番精神的快乐和遨游。

其他时间的精神和肉体都不属于我。在一条一公里长街道上，上班下班，下班上班。那条街道不知重叠了我的多少脚印！不知沉落了我生命的多少个细

芳馨茉莉

胞！如果这脚印是立体而实有的东西，和沉落的生命细胞一起叠垒起来，怕也是数米之高了。在一个地方工作久了，熟人就自然多，上班下班时遇到熟人就要打招呼。开头还"某某，你好或你到哪去或你吃饭没有"，遇到的次数多了，觉得这是一种负担，便省去打问，只向对方笑笑，点点头。后来觉得这还是个负担，远远地看到有熟人来了，就干脆把头扭向一边，或往路边斜走几步，以免和熟人正面相遇。我发现，有的熟人的行为与我不二，这是不是心有灵犀？

数十年上班做事也几乎是日复一日，或看报，或讨论工作，或描描写写，或聊天，或开会，或下乡，或出差，月末拿工资。所事极平凡，所为也极平凡，理所当然只能享受平凡的待遇。升迁莫望，横财莫想；小吏就小吏吧！响当当的几个工资就响当当的那几个工资吧！官莫去买，爵莫去鬻；财喜莫乱想，心尖莫乱痒，能永远安安稳稳睡觉就好！想当年风华正茂时，也热血沸腾，显过豪情，以图木秀于林。回头看来，何补何益！？精华时光，健壮体魄溶入流水，向东而去。

下班路上，眼可望灯红酒绿处，耳可闻咿咿柔婉声，脚向着目标—家。电视是老朋友，电脑是新情人。兴之所至，或向老朋友靠近，或与新情人调侃，偶去郊野感受新鲜空气。业余的时光就这样消磨殆尽。收获时节，回头看生命和生活的那片土地，秋风萧瑟里，稀疏枝叶几许。

一日一日的上班下班，一日一日的平凡的生活和工作，这是一道无形的圈子，我在这圈子里生存着。

（2003年11月15日星期六）

创作的苦恼

苦恼，苦恼，创作更是苦恼。未必我这不叫创作，未必我还没有进入创作那条道儿，反正是苦恼。

很多时候，心里有好些要写的题目，可伏案、提笔，半天过去了，胸前的纸还是空白。于是心头发躁，一团糟，罢了罢了！今天是不行了，气泻而神蔫了。

这创作怎不是母鸡生蛋，每天都大致是那个时候，跳进暖暖的窝，蹲一会，成果就出来了。然后兴致勃勃走出来，"咯咯咯"向主人宣布：我下蛋了！

听说创作是要有灵感的，不仅仅是作诗要那"火花"一闪，就是写小说、写散文，甚至写论说文也要那心头豁然通透。也怨历代文学大师传授了很多创作的经验，就是没有教如何播下灵感的种子，要不然，把这宝贝儿呵护培育出来，结一树灵感"火花"，闪闪烁烁，闪得心儿流出遍地的文字。

不是么，这几天又苦恼了，想生"蛋"生不出。于是就怪那鬼天气，不吹风，不下雨，不见阳光，抬头就是云，这云又像是雾的化身，灰灰沉沉重重，分不清是天是地了。冬季就是这样的冬季。来一阵大风多好，把雾卷去，留下空中的云，虽然看不见太阳，人的呼吸总要清畅一些。这日子是不是围困生命的圈子，是不是我被极平凡的日子圈蒙了，所以是江郎才尽了。冲出这圈子吧，就在今天下午，正好这沉重的云轻薄了，坐上的车，独上金山寺。

一眨眼便到了，我以为还在城里，司机喊：付款！多少？28.6元。虽然下了车，眼望佛门和围着佛门的那些绿郁的参天大树，仍是在城里的感觉。卖香蜡的叫卖声激不起我的一点情绪。我突然想起唐人李贺为了创作，骑着小毛

芳馨茉莉

驴，挂上行囊，慢慢悠悠，神痴痴搜索四周的花儿、草儿、人儿，把令人心动的记下来，丢在行囊里，拿回去慢慢品，细细嚼。我这儿的车，比跑马观花快多了，没有兴致的孕育，呼啦啦一家伙就到了，路边景物一晃就过去了。哎，现在没有骑小毛驴的诗人了。

　　匆匆在寺里绕一圈，留下印象最深的不是佛门那幅富有哲理、苦海回头的对联，而是那绿郁树丛里的一棵枯树，需数人才能合围，无枝、无丫，皮也褪去，光秃秃的腐朽而无力地站立着。好在此地幽深，狂风难来；好在它在绿荫之中，否则会轰然倒地了。那树如何腐朽了？我没有探究，怕是有白蚁，食了树身精髓，树就枯萎了。

　　无兴滞留佛地，缓缓下山，不要车轮要步行，把两条腿当作小毛驴，像李贺一样，捡拾点能刺激灵感的东西。这是一条旧路，原没有上山的公路时，上寺的人就是走这条路。数里之遥，踽踽的我一人。此路已少行人，石板上隐隐有青苔，路边枯萎的秋草快要没了路。野菊花开得正盛。莫非这没有经过烟尘污染的野菊是能激发创作的"灵物"。采些带回去吧，没有行囊，就捧在手上。哟，金亮的芬芳扑入我的肺腑。今夜做一个美梦，使我化为一个轻飘的长着羽翼神明的东西。

（2003年11月17日星期一夜）

写文章的两种心态

窃以为，写文章大致有两种心态，一种是"静态"，另一种是"动态"。

"静态"就是平常的心态。人们常说的心态平衡，一颗"平常心"，"中庸"里的"中"，不快不慢，不疾不徐，不温不火都是静态。一句话，人的心理静态是"喜怒哀乐之未发"的时候。

"动态"自然是"静态"的反面。人的感情世界失去了平衡，继而倾斜，某种情感向某个方向流淌。"优哉游哉，辗转反侧"，相思的情感产生了，心态失衡了，睡不着觉了。

"静态"的心情做文，靠文辞取胜。因为缺乏情感激动，只能靠优美的、新奇的、节奏感强、韵律鲜明的文字打动读者。例如汉代杨雄和司马相如为迎合皇帝做的一些赋词以及绝大多数元曲，都是缺乏情感而靠文辞取胜的东西。当代的许多文章也是"静态"的心情做出来的，没有汉赋那么动人，一无情感，二无文辞，怎么能动人呢！

"静态"的心情是难以写出好文章的。好文章是一种创造，平常的心态谈不上创造；好文章是人们平常少有领略到的那点新鲜，平常的心态出不了这样的新鲜；产生好文章的基础是情感的宣泄，平常的心态不可能宣泄。古人有一句话："文似看山不喜平。"平常与平庸、平常与平淡是兄弟姐妹的关系。把平庸、平淡的心种在文章的土地上，结出的果自然也是平庸、平淡的了。平常的心，平常的笔往往对生活内容不加分析、不加选择，不加取舍，信手拈来，平铺直叙，写在纸上的都是人们司空见惯的生活场景，读者怎么会对这样的场景感兴趣呢！须知：求新求变是人们重要的固有的审美心态。其实，人们欣赏一篇文章，往往是用读报刊新闻的眼光评判的。

芳馨茉莉

以王维为代表的山水派诗人也可以说是在用平常的心态写诗。但是，与今人不同的有两点，一是经历了人间辛酸、甘苦之后的平静，这样的作品如果认真品味，平静的深底有缕缕哀愁缭绕；二是在创作时讲究了技巧，不仅注意选取客体某个精彩的片断，而且善于在静中求动。试看王维的《山居秋暝》："空山新雨后，天气晚来秋，明月松间照，清泉石上流。竹喧归浣女，莲动下渔舟。随意春芳歇，王孙自可留。"这首诗里既有哀愁缭绕，又见静中求动。空山尽管有新雨，但毕竟秋意朦胧，寒风萧瑟了，这是愁；整个画面是静态的，但有清泉、浣女、渔舟在动。这使诗脱离了无余味和板滞的境地，给人以含蓄和灵动之美。

大凡好文章都是"动态"的心情做出来的。好文章是或悲或愁或喜或惊或恐或昂扬或低沉的东西。长卷小说，则是"静态"与"动态"的"中和"（借化学一词）。

项羽在四面楚歌，惨败奔逃途中，无可奈何花落去，百感交集路断绝，对美丽的妻子虞姬唱道："力拔山兮气盖世，时不利兮骓不逝。骓不利兮可奈何，虞兮虞兮奈若何。"这里面既有惊，又有恐。杜甫的"天地一沙鸥"是忧是愁，"满卷诗书喜若狂"不仅是高兴，而且是大喜。

情感偏激，诗歌最盛。"愤怒出诗人"，大忧大愁大喜大气魄也可以出诗人。李煜、李清照是大忧大愁的典型。曹操、李白、苏轼、辛弃疾堪称一流大气魄。

余秋雨的散文红极一时，最关键的是用无形的愁绪穿织着"文化"。如名篇《一个王朝的背影》等。贾平凹的散文，对客体的白描，那笔似乎像魔杖，看似平静的叙述，但里面倾注着作家的情感。

"物不平则鸣。"心态不平静，往往是心里有话要说，有情有志，情志合一。这个时候说的话是真话，是自己的意思，是自己要说的话。自己的话就是有个性的话。有个性的话十有八九很动人。

（2005年1月2日星期日上午）

诗歌与人生

俗话说，月过十五光明少，人到中年万事休。用这句话来形容现在的我也是再恰当不过的了。桃李争春的年龄过去了，碧水绿叶的时光也过去了，远山的秋天和夕阳在向我缓缓地招手了。回眸走过的路，浅浅的脚印，寂寥的风景，清冷的衣袖，跨下的生活之马很瘦很瘦。许多东西弃我而去，我也弃许多东西而去。

行走了很远很远的路，弃了许多的东西，唯有缪斯之神我没有遗弃她。早先，我和她若即若离，或在日落黄昏，月上柳梢时，或在春江潮水，碧波荡云时。而现在，我是要把她紧紧揽在怀里了，让她伴我一起走过秋天，让她永远是我孤独的影子。谁都知道，这"缪斯"和"影子"，就是"诗歌"，就是我现在紧紧搂着的诗歌。

说到我这伴侣——诗歌，我最爱的还是李白这个"仙人"。我脸红地说一句，我似乎和这"仙人"有缘：在那个就是有钱也难以买到精神食粮的年代，我是村（当时叫大队）上农产品加工厂的一名"农民工"，因为那时的工人都是吃的国家供应粮，我没有吃国家供应粮，虽是工人，所以只能叫作"农民工"。加工厂的任务有两项：一是打米，二是做挂面。做挂面就要收废书，用来捆面。一天，我突然发现废书堆里有本异样的书，拾起一看，竟是李白的诗集，虽纸张已泛黄，但却十分完美，不缺胳膊不少腿。翻开书页，"诗仙"的《将进酒》进入我的眼帘：

"君不见，黄河之水天上来，奔流到海不复回；君不见，高堂明镜悲白发，朝如青丝暮成雪。"我背诵的第一首唐诗就是这首。对"诗仙"的诗集，我自然是爱不释手，卷而怀之并珍藏起来，直到现在。我作诗之萌芽怕是生于此

芳馨茉莉

书。我前面说的与"仙人"有缘也是说的这本书。而"缘"的意思不是说自己作诗有"仙人"神助或忝列"先人"之后,或"染"了"仙人"之风,当然不是。我是说,这本书不过撞击了我的心灵一下而已,这本书在我心里埋下了诗歌的种子。

  从爱诗到读诗、背诵诗和学习创作诗,断断续续,有好些年了。若问成绩,实在叫人汗颜;若问诗名,肯定我自己知道,我是个"诗人"!我自己就不知道自己了,还盼谁知道呢?我自己当然要肯定自己呀。至于其他人知不知道我在写诗或是不是诗人什么的,我则是漫不经心地对待。现代社会尊钱为神,贵贱颠倒,诗人也就精神不起来了。不过,开始时,我就没有做"诗人"的野心,直到现在还是。所以就三天打鱼两天晒网地干着。孔夫子说:行有余力,则以文学。这话很有道理,用在我身上正合适。实际上,我是闲时写几句,有兴趣时写几句,一年半载不写的时候"大大的有"!好在我没有把诗歌当作一业,亦不能当饭吃,自古诗歌都不能卖钱啦!李白有诗云:"吟诗作赋北窗里,万言不值一杯水",被誉为"诗圣"的杜甫,在"艰难苦恨繁霜鬓"中永别了他的诗歌。不,是诗歌永别了杜甫。所以,吸取历史的经验教训,不能让诗歌把自己的魂和魄都拽了去。

  "对酒当歌,人生几何?譬如朝露,去日苦多。"曹孟德这话很对。光阴易老,韶华易逝。现在做诗,立德立言是不敢想的,聊以自慰,消遣,解愁,混世,苟延而已。不过,我对人类,对社会的关怀尚存,如果诗心跳跃起来,便尽量让它跳得强健一些,尽量让颂扬真善美的气息多呼出一些,把假丑恶的东西诅咒一些。我不太在意别人喜不喜欢我的诗歌,像老农耕田那样默默地劳动着;也不去赶这样"派",那样"主义"。"派"应该是自己的,自己的也才叫"主义"。早已停止向报纸杂志的投稿。不过现在也好,有了电脑这家伙,它不认张三李四王麻子,也不认好诗孬诗,只要你寄,一两三秒钟后便给你把诗登出来了。有时,还有人附和,有人喝彩,有人指点,有人批评,还可以迅速对话讨论。这样,你的欲望就达到了,你就快感了。让"诗儿"在网络上跑跑跳跳,来来往往,真是不亦乐乎!难怪马识途老先生那样高龄了还像一个"童子军"那样玩着电脑。哦,诗,如果是我的第一个情人,那么,电脑就是第二个情人了。

(大约写于 2006 年)

长叹

短吁

西施与貂蝉无家可归

中国古代四大美女中的王昭君、杨贵妃在家族历史名人中可以找到她们的名字。奇怪的是在西姓和貂姓的历史名人里，却找不到她们的影子。有人说西施姓"施"，但施姓历史名人中也找不到西施的名字；有人说"貂姓"后来改为"刁姓"，但刁姓历史名人中也找不到貂蝉的名字。说明西、施、貂、刁这几个姓编修家谱很严谨，没有可靠依据的不纳入家谱，不像现在一些地方争夺名人出生地那样草率。只是可怜这两个美人无家可归了。

是不是因为她们二人没有昭君和贵妃"纯正"，她们的家族不愿意将其归于自家谱牒？我想不是吧，政治的罪恶岂能归结于一代绝色美女。

原来，都是在姓氏上出了问题。

历史上，有人说西施不姓"西"，而姓"施"，理由有一个流传着故事——"东施效颦"。是说绝代佳人西施，一举一动都十分吸引人，可惜有心痛的毛病，疼痛时她就用手扶住胸口，皱着眉头，村民们都说她这样比平时更美丽。同村有位名叫东施的丑女，也学着西施的样子扶住胸口，皱着眉头，自己以为很美，可别人看来更加丑了。

根据这个故事，人们判断西施住在村子的西边，东施住在村子的东边，"西"和"东"是住址的方位而不是姓，他们两个人都姓"施"，还认定西施的名字叫夷光。

"东施效颦"这个故事出自庄子的《天运》，庄子说："西施病心而颦其里，其里之丑人见之而美之，归亦捧心而颦其里。"这里，庄子直接提到了西施的姓与名。其他地方直接提到西施姓与名的还有：《墨子·亲士》说："是故比干之殪（yì），其抗也；孟贲之杀，其勇也；西施之沉，其美也；吴起之裂，其事也。"《管子》说:"毛嫱、西施,天下之美人也。"

《吴越春秋·逸篇》也说:"吴王败,越浮西施于江,令随鸱(chī)夷①而终。"东汉袁康《越绝书》:"西施复归范蠡,同泛五湖而去。"李白:"自古有秀色,西施与东邻。"苏东坡《次韵代留别》诗:"他年一舸鸱夷去,应记侬家旧姓西。"《范蠡》诗:"谁遣姑苏有麋鹿,更怜夫子得西施。"《水龙吟》词:"五湖闻道,扁舟归去,仍携西子。"

西施还有另外一个名字:西子。杜牧《杜秋娘诗》云:"西子下姑苏,一舸逐鸱夷。""欲把西湖比西子,淡妆浓抹总相宜。"(苏轼诗)

看了一些资料,我以为西施姓"西"的可能性较大。

其一,有西姓存在。《华夏姓氏考》中指出西姓的来源之一是以国为姓,相传古代有个西国,也有说是西陵古国,后来人们就把"西"当作姓。早已消逝的西陵古国地址有人说在湖北宜昌,有人说在河南西平县,有人说在四川盐亭县。

其二,根据中国"称姓定名"规律。一个人总是先有姓后才有名,特别是汉朝以前,一般女人只有姓而没有名。所以姓是不容易更改的,而名字可以容许多个,如西施又叫西子。

其三,有很多历史文化名人都直接称呼"西施"这个姓名,尤其是与西施同时代的庄子、墨子、管子等。

其四,古人对人的称谓往往是姓与名相连,不会只称名而不称姓。这可以认为是一条定律。何况,古人姓名两个字的很多,对人称谓似乎只称一个字的几乎没有。

其五,苏轼有"应记侬家旧姓西"之说,是对西施姓什么的肯定。苏轼是历史上著名的家谱学者,他在说这话之前应该是作了考证的。南宋的王楙在其《野客丛书》里,最早对苏轼诗提出质疑,认为西施应该姓施。西施"旧姓西",要么是苏东坡太疏忽,要么是笔误。既是姓西,何来新旧之分?所以,

---

① 鸱夷:此词与春秋末期历史名人范蠡有关。范蠡是楚国宛城人(今南阳),越国大夫,帮助越王卧薪尝胆打败吴国后,主动辞官,悄然乘舟离去,到了齐国陶地(今山东定陶),更名改姓为"鸱夷子皮",号"朱公",在陶地治产经商,"十九年中三致千金",达到"巨万"。后人对富翁以"陶朱公"相称,被尊为"商圣"。所谓"鸱夷"者,是盛酒的一种皮制壶状器具,用时"尽日盛酒";不用时,可收起叠好,随身携带。"子皮"就是"皮子"。

这句话应该修改为："应记侬家旧住西。"旧时是住在西村的。我以为王茂的说法依据不力,没有家谱学证据的支持,只凭想象的推断。第二个对苏轼提出疑问的是魏庆之的《诗人玉屑》,也是南宋学者。他认为苏轼之所以写作"旧姓西",是因为创作时压韵的需要,"为韵所牵"而出现的错误。这个说法亦缺乏依据。

西施的姓为何发生紊乱,或许就是"东施效颦"这个故事惹的祸。东施可能实有其人,与西施家住的地方可能一个在东,一个在西也是事实。故事与住址方位发生巧合,一传再传,便将西施的姓传掉了。

因此我以为,西姓人可以将西施作为本家族的历史名人。

至于貂蝉这位美女,也可以找到姓的根据,《姓苑》中说:貂姓来源于春秋齐国大臣貂勃。现在姓貂的很少,据《风俗通》载,古代雕、貂二姓,后来皆改为刁姓。另据《日知录》《复古篇》载:古代刁、雕、貂三字声同宗异,后统为刁姓。

看来,貂姓和刁姓家族都可以将貂蝉作为本家族的历史名人。

（2008年9月16日星期二夜）

为司马家族的衰落而遗憾

在复姓之中,历史上最辉煌的莫过于司马家族了。其实不仅仅是复姓,就是在中华所有姓氏家族中,司马家族在古代的繁荣昌盛完全可以名列前几位。

众所周知,西晋、东晋王朝就是司马家族建立的。从所出的人物看,中国历史上最了不起的史学家都归于司马姓人,一个是司马迁,再一个是司马光,好像文化特质也能随基因而遗传。西汉的司马相如,也是可以进入中国历史上一流文学家序列的大腕人物。还有秦朝伐蜀的军事家司马错,后人评价说:在秦朝功劳最大的三位统帅中,白起过于残酷,王翦偏重战术,只有司马错的战略才能出众,也有谋略,主张仁道,值得尊敬。他的次孙司马靳也是优秀将领,曾和白起一起征战于长平,后亦与白起同时被秦昭王赐死于杜邮。司马错是司马迁的六世祖。

非常遗憾,至宋朝司马光以后,司马家族突然黯然失色,再不见昔日的辉煌。这里的"辉煌"并非完全指称王称帝,而是说再没有巨星级人物出现。这是什么原因呢?

按一般规律,凡某姓出现群星灿烂的人物群,其家族必然发达,子子孙孙必然众多。但现在司马姓人口很少,与他古代的兴旺发达很不相称。

司马迁虽然因"李陵事件"受了宫刑,但已经处于盛年,当有女有子,王国维说过:"史公子姓无考。汉书本传,至王莽时,求封迁后,为史通子。是史公有后也。"

《汉书·杨敞传》记载:"敞子恽,恽母司马迁女也。恽始读外祖太史公记,颇为春秋,以材能称,好交英俊诸儒。"《同州府志·列女传》也说:"杨夫人者,汉太史司马迁女,丞相安平候杨敞之妻也。汉昭帝崩,昌邑王贺即帝位,淫乱。大将军霍光与车骑将军张安世欲谋废贺更立帝。议已定,使大司农田延年报敞。敞惊愕不知所言,汗出浃背,徒曰唯唯而已。延年出更衣,敞从东厢谓敞曰:'此国之大事,今大将军议已定,九卿报君侯,君侯不疾应,与大将军同心,犹与无决,先事诛矣。'延年从更衣还,敞夫人与延年参语,许诺,请奉大将军教令,其废昌邑王,立宣帝。居月余,敞薨,盖封三千五百户。君子谓夫人可谓知事之机者矣。"

从上述史料看,司马迁的女儿及外孙杨恽,是机智果敢的人物。《史记》之所以能流传后世,实为此两人的功劳。《史记·太史公自序》云"藏之名山"的隐语,就是将《史记》正本藏在西岳华山脚下的华阴,这儿是杨恽的老家。正如王国维在《太史公行年考》中所说:"《史记》一书,传布最早,《汉书》本传,迁既死后,其书稍出,宣帝时,迁外孙平通侯杨恽祖述其书,遂宣布焉。所谓宣布者,盖上之于朝,又传写以公于世也。"可以想象,在当时司马迁"下狱死"而查抄的情况下,司马迁的女儿确象"义士救孤"那样保藏了《史记》,而司马迁的外孙杨恽又像"沉香劈山救母"那样救活了《史记》!

因《史记》秉笔直书,在称赞汉武帝功德的同时,也斥责了汉武帝"内多欲而外施仁义",汉武帝对此勃然大怒,将《史记》手稿付之一炬。

司马迁有一位叫任安的好友。因"戾太子事件"被斩。狱吏在搜查其遗物时发现了一封司马迁写给任安的书信,信中告诉任安,他之所以在蒙受奇耻大辱之后还顽强地活下来,就是为了完成《史记》的著述。汉武帝见信后大怒,加上一伙对司马迁极为不满的宠臣的逸言,司马迁遭受迫害,于公元前87年去世,终年56岁(一说60岁)。

据传说,司马迁夫人柳倩娘为了保住《史记》副稿,免遭满门抄斩之祸,便让两个儿子司马临(字与仲)、司马观(字何求)身藏《史记》副稿,逃回故乡韩城。司马迁族人怕株连九族,连夜由族长司马厚召集主事人共同商议,决定改姓且迁居。长门在"马"字旁加两点,改姓"冯";次门在"司"字旁加一竖,改姓"同",逃往荒无人烟的巍山老牛坡下,定村名为"续村",表示"高门之续";后又担心被官家识破,取同音字为"徐村"。"徐""续"同音,又有"余村双人"寓意,暗指司马迁有两子,即长门司马临,次子司马观,以表明司马氏家族后继有人。众后裔为祭祀祖宗合族兴建了"汉太史遗祠"。如今,"汉太史遗祠"依然完好地保存在千年古村徐村之中。

"冯同一家""冯同不婚"的规矩一直保持了千年，直到20世纪60年代才被打破。1963年6月19日，司马迁后人同茂的第十九世孙同有旺，与本村一位姓冯的姑娘喜结连理，破了"冯同一家""冯同不婚"的规矩。从此，同姓之间，冯同两姓之间开始有了亲上加亲的婚姻往来。

韩城市嵬东乡徐村，有清代嘉庆二十二年立的一块石碑，上刻："维兹同族，世传司马。初序天地，系出重黎。至周失官，尝典史笔。去周适晋，分散他乡。错在秦朝，夏阳居处。喜及后代，高门成茔。官太史者谈，作《史记》者子长。葬史坡而山明水秀，生临观而子孝孙贤。史通因避莽乱，隐居嵩阳，徽为长门嫡孙，改姓同氏，返归故里，徙居徐村。坟墓先茔，不能悉志。自茂至杰，略表所知。"

而司马光没有儿子，只有一个养子叫司马康（1050—1090），字公休，是司马光族人之子，神宗熙宁三年（1070）进士。元祐五年（1090）病逝卒，年仅四十一岁。

避祸改姓并非司马迁后裔一例。毫无疑问，在西晋末年动乱和"五胡乱华"这段历史时期以及刘裕篡夺东晋王朝政权时期，部分司马家族人受到沉重打击，有的为逃避灾难，不排除改姓的可能性。

有意思的是，据有关资料介绍，汉魏六朝时期，道教思想盛行。其时玄学大兴，马图腾风行其道，人们对马的赞赏和喜爱达到了前所未有的程度。马已不再是马，而是"成功""速度""效益"的代名词，是大吉大利的象征。

司马氏本是世家显族，国中大姓。"司马"一词的字面意思是"管马者"，对马有约束、限制的意味，本是官名。在马成为图腾的年代，马既然是大吉大利的象征，"司马"就成为"大不吉利"了。在文化的重压下，司马氏部分做出改姓决定，遂以"马"为姓。

司马改姓，不仅改自己的姓氏，把先辈的姓氏也改了。比如，司马迁不称司马迁，改称"马迁"，司马相如改称"马相如"。至今阅读古籍，时时还能看到当初司马改姓的痕迹。

此外，由于历史上复姓改单姓的规律，司马姓许多改为司姓、马姓。这种现象可能较为普遍。

可见，司马家族后裔因为各种原因改姓，恐怕这是司马家族衰落的原因之一吧。

长叹短吁

除此之外，西晋末年绵延16年的"八王之乱"，司马家族汝南王司马亮、楚王司马玮、赵王司马伦、齐王司马冏、长沙王司马乂、成都王司马颖、河间王司马颙、东海王司马越等八王都参与其中，相互残杀。后来又受到"五胡乱华"影响，司马家族死了很多人。东晋末年，由于司马政权落入他人之手，家族势力亦受到严重创伤。在剧烈的社会矛盾斗争中，司马家族亦有大量生命死于其中。这也是司马家族衰落的重要原因。

不过，司马家族的衰落或许还有最深层的原因。司马家族多出历史家和政治家、军事家，但缺乏智慧圆通的人物和道德家，几乎没有哲学家，司马光可算是一个儒者，但没有形成强有力的承传，难以形成文化气候和人格气候。人的性格决定人的发展，家族的文化气候决定家族的发展，国家的文化气候决定国家的发展。

司马家族的衰落，或许最终败在文化和道德。范文澜、蔡美彪所著的《中国通史》中指出："封建统治阶级的所有凶恶、险毒、猜忌、攘夺、虚伪、奢侈、酗酒、荒淫、贪污、吝啬、颓废、放荡等等龌龊行为，司马氏集团表现得特别集中而充分。每个阶级都有自己的道德观，封建统治阶级当然也有它的道德观，但在司马氏集团里，封建道德是被抛弃得很干净的。"

历史家的评价，值得深思！

（2012年12月2日星期日）

邱姓人与孔子

"邱"姓原来不姓"邱"而姓"丘",同音不同字。传说最早的丘姓源于帮周武王打天下的姜子牙。因为助武王推翻腐朽的商纣王有功,被封于现在的山东省淄博一带。封国的名称叫齐国,都城建在一个叫"营丘"的地方(今山东淄博市东北旧临淄),号称齐太公,俗称姜太公。其子孙后代中有的以地为氏,称为丘氏,是为丘姓正宗。

那个地名为何名"丘",是因为四面都有河流绕过,中间却凸起一片旱地,所以叫"营丘"。看来丘姓是依据地名而定,本质上是象征地理的形态特征。

邱姓为什么和孔子搭上了关系,因为孔子姓孔名"丘",也就是孔子的名与邱姓人的姓撞了车。古时避讳姓名和皇帝的名同字,孔子是圣人,连皇帝也要跪拜,所以更加要避讳了。但改名容易,改姓却难。孔子还没有被尊为圣人的时候,丘姓就有了。我在先,你在后,为什么要改。所以丘姓人一直坚持这个姓。

但到了清朝,雍正皇帝为体现自己尊孔的虔诚和决心,不仅有一系列尊孔的措施,连避讳方面的事也考虑到了。看来丘姓是姓不成了。雍正三年,也就是公元1725年,颁发诏谕指示:除四书五经外,凡遇"丘"字,并加"阝"旁为"邱"。这样,雍正让后来的丘姓就这么多了一只"耳朵"。

丘姓人在现在全国前一百名大姓中排列第77位,占总人口的0.27%。丘姓人的素质比较优秀,多出学者、文士,壮士。可能是受到姜子牙的影响吧。最早的大名人要算左丘明了,也与孔子有瓜葛呢!传说左丘明曾经和孔子一起研究过历史,"乘如周,观书于周史",左丘明帮了孔子所著《春秋》传播的大忙。《春秋》记述的历史太简单了,于是左丘明写出《左传》,著成了中国古代

长叹短吁

第一部记事详细、议论精辟的编年史,对阅读孔子的《春秋》很有帮助。《左传》和现存最早的一部历史《国语》,成为史家的开山鼻祖。真是了不起呀!看来,孔子和左丘明关系很好,情投意合。他俩好恶也一样,也就是为人处世的道德标准接近。孔子说:"巧言、令色、足恭,左丘明耻之,丘亦耻之;匿怨而友其人,左丘明耻之,丘亦耻之。"孔子意思是说:"花言巧语,一副讨好人的脸色,过头的谦卑恭敬的样子,左丘明认为这种人可耻,我也认为这种人可耻。心底藏着对某人的怨恨,表面却要去和那人友好,左丘明认为这种人可耻,我也认为这种人可耻。"大家看,他俩的品行多好!

读者注意,左丘明不姓"左"而姓"丘"。因其世代为左史官,人们尊称他为"左丘明"。

近现代的大名人,一个是抗美援朝战争中的烈士邱少云,受命与战友们潜伏于敌营附近,后不幸被敌燃烧弹之烈火烧身,为了不暴露部队埋伏地点,忍受剧痛,丝毫不动,以壮烈牺牲换取战斗的胜利,年仅22岁。另一个是诗人、伟大的爱国人士邱逢甲,他生于1864年,1912逝世,中国台湾人,原籍广东梅县蕉岭。中日战争爆发后,组织乡民训练,以备战守。《马关条约》签订后,他三次刺血上书,要求"拒倭守土",后为义军统领,抗战20昼夜。兵败后他回到原籍广东今蕉岭县,创办学校,推行新学。曾任广东教育总会会长、广东谘议局议长,中华民国成立后赴南京,被举为参议院议员,著有《岭云海日楼诗抄》传世。

他的诗歌充满了悲愤的爱国激情,风格上受杜甫、陆游诸家的影响,如:"春愁难遣强看山,往事惊心泪欲潸。四万万人同一哭,去年今日割台湾。""愁云极目昼成阴,飞鸟犹知恋故林。破碎山河收战气,飘零身世损春心。""天涯梦断少书还,梦人虚无缥缈间。兵火余生心易碎,愁人未老鬓先斑。没蕃亲故沧沧海,归汉郎官遁故山。已分生离同死别,不堪挥泪说台湾!"现在的广东省蕉岭县淡定村邱逢甲故居挂有一联:"西枕庐峰,东朝玉笔,山水本多情,耕读渔樵俱适意;南腾天马,北渡仙桥,林泉皆胜境,同藏出处尽随心。"表明了此地邱姓人艰苦创业,品性高洁的追求。

也就是这个邱逢甲,又和孔子搭上了关系。他倡议"邱"姓恢复"丘"姓。时代不同了,不应该有什么避讳了。他首先将自己姓名写作丘逢甲,闽、粤邱姓族人也纷纷响应改"邱"为"丘",但全国其他很多地方仍有不少邱姓人继续沿用邱字。所以"邱"姓人多而"丘"姓人少。但不论是有"耳朵"的"丘"还是没有"耳朵"的"丘",其姓氏起源都相同。

我看不恢复原姓也无妨,虽有"行不更名,坐不改姓"一说,但改已经成为事实。从字的文化意义看,"丘"比"邱"复杂,有"土丘、沙丘、丘陵、丘壑""坟墓""一丘田"等多种解释;"邱"仅有"不好"和"土丘"(与丘同)两种解释,象征意义都不是很好。但从书法形态看,"邱"比"丘"要丰富多彩一些,不像"丘"显得很孤立、单薄。所以我说"邱"姓,不恢复原来的姓也罢。

(2006年9月2日星期六上午)

难见古时辉煌的班姓、汲姓、主父姓

"班、汲、主父"这三个姓氏,早在汉朝时就产生了声名显赫的人物。如班固、汲黯、主父偃。

大家知道,班固是仅次于司马迁、司马光的著名历史学家,《汉书》的作者。班固还是文学家,著有《两都赋》《幽通赋》等。

汲黯是西汉武帝时代的一颗政治巨星,能力超群,深得汉武帝器重。

而主父偃这个人,也是汉武帝足下的大臣,权倾一时,名震朝野。

特别是班姓家族,不像汲黯和主父偃"孤星"灿烂,而是多星闪烁。

班姓主要有两个来源,一是据《中华姓氏大全》载,班姓出自芈(miē)姓。春秋时期若敖的后代。若敖的儿子名叫斗伯比,斗伯比的儿子名叫令尹子文。相传令尹子文是吃虎乳长大的,因虎身有斑纹,后代就用"斑"为姓氏。"班"和"斑"通用,后改成"班"。二是据《风俗通》记载:班姓为楚令尹阙班的后代。

令人赞叹的是,班姓家族连续多代人出现学者及政治家复合型人才,尤其是到了班彪这一代,不仅班彪是了不起的历史学家,他有三个儿女也非同小可,两个儿子,班固、班超,一个女儿班昭。班固了不得,班超更是英豪,是当时著名的军事家和外交家。公元62年,他的哥哥班固到洛阳去做教书郎,他和母亲也跟随而去。由于家庭经济非常困难,他只好到府中帮助人们做些抄写工作,用来维持生计。但他认为这样下去实在没有出息。有一天,他正在抄写文书,突然把笔向地上一投,长叹一口气说:"大丈夫纵然没有其他大志,也应当学习傅介子和张骞,为国家建功立业,怎么能这样长久地当文抄公呢!"随后,他就投笔从军去了。"投笔从戎"的典故即来源与此。

班超投军以后，跟随大将军窦固，屡建奇功。汉明帝永平十六年，他奉命出使西域，率领36人，克服了种种艰难困苦，"不入虎穴，焉得虎子"这个常用的成语就来源于出使过程中。为汉朝和好了50多个国家，使得西域五十余城获得安宁，巩固了汉朝在边疆的统治。班超在西域呆了31年，被任命为西域都护，封为定远侯，实现了他的愿望。年老后，回到洛阳，拜为射声校尉。同年病逝，终年70岁。

班固、班超两兄弟的妹妹班昭是中国历史上著名的才女、历史家、文学家、政治家。由于才貌双全，被召入宫里当女官，深受成帝的宠幸。有一次，成帝要她陪同乘车游后庭，她以礼制不合而婉拒。后成帝移情于赵飞燕，将其冷落于长信宫。于是，他作赋自伤，文辞哀楚凄丽，千百年来被传诵不绝。著有《女诫》七篇流传后世。

当今中国的一些大姓大族，追溯到遥远的古代，往往都能找到辉煌发达的历史人物。反过来说，历史上，巨星似的人物对他们的家族发展有着巨大的影响。可是，也有一些姓氏，虽然古代盛极一时，但后来便不繁荣昌盛了。我上面说的班姓、汲姓、主父姓就是这样，他们在汉代时那样引人注目，可是后来却人丁不兴旺，人才也少见。汉代以后，班姓只是在清朝出了一个内阁大学士，叫班第。汲姓在汲黯之后，西晋时出了一个农民起义领袖汲桑，北魏时出了一个义士汲固。而主父姓人，在主父偃之后，就难以发现有影响的历史名人了。

看来，家族的发展是有盛有衰的。这背后的原因是什么呢？

这里，再认真打量一下汲黯和主父偃两个人物。

汲姓人，文王姬昌的后裔，以地名为姓。春秋时，周文王之后康叔被封于卫，其后代有卫宣公，太子居于汲（今河南省卫辉市），称太子汲，其后代支庶子孙遂姓汲氏。《通志·氏族略·以邑为氏》载："汲氏，卫宣公太子之后居汲。因以为氏。"望族居濮阳（今河南省濮阳）。另有一支汲姓人出自姜姓，春秋时期，齐宣公的支孙中有受封于汲（今河南省卫辉市）的，他的后世子孙便以封地之名为姓，称汲氏。望族居清河，今河北省清河东至山东省临清一带地区。

汲黯是一个极有个性的人物，胆子特别大，敢作敢为，连皇帝的命令也敢于违抗。当南方的"越人"发生动乱时，武帝让他去了解调停。但汲黯走到现在苏州那个地方就打道回府了，对武帝说：让他们打打好了，这是越人自己的事，喜好打斗是他们的风俗，"不足以辱天子之使！"洛阳城失火，烧毁了千余家，汉武帝派汲黯去做安抚工作。他回来却说：火灾没什么大不了的，不足忧也。不过，我路过河南的时候，看到水旱受灾万余家，粮食奇缺，父子相食，所以我假传你的旨意，"发河南仓粟，以振饥民。"两次严重违规行为，导致汲黯降级降官。

汲黯在皇帝面前说话毫无顾忌，时不时地顶撞武帝。有一次，在朝上汉武帝组织讨论倡导儒家学问时，汲黯冲着武帝说："陛下内多欲而外施仁义，奈何欲效唐虞之治乎！"（意思是说，内心的欲望很多，行为上又想实行仁义，企图达到唐虞那样的治国效果是不可能的！）武帝先是说不出话，而后发怒，接着罢朝而去。汲黯原则性极强，看重气节，行为严整。汉武帝可以蹲在厕所里接见大将军卫青，可以不戴帽子接见宰相公孙弘，可是却不敢衣冠不整接见汲黯。汲黯还自恃格老，十分傲慢，任何人都瞧不起，连田蚡这样的皇亲权贵也不尊重。汲黯还有一个大毛病，"不能容人之过。合己者善待之，不合己者不能忍见。"所以跟不少同朝官员没有感情联系。

当然，汲黯的长处是能力太拔尖，当东海太守的时候，因为患病，长期躺在病床上，可是一年以后，东海郡大治。不好治理的地方，汉武帝就交给汲黯去治。楚地金融管理紊乱，私铸钱币的风气大盛，难以治理。汉武帝又想起了汲黯。这时候汲黯被免官在家。武帝下诏要汲黯去刹住这股风，官拜淮阳太守，让他去治理淮阳，可汲黯拒不受命，连续几次催促，才勉强受命。后来将淮南治理得很好。

汲黯逝世后，葬在现在的山东省鄄城县，坐落在洛水之阴的一个古龙山文化遗址上，冢高2丈，周长30丈许。此墓有如此规模，说明汲黯在汉武帝时期极高的政治地位和声誉；2000余年的时间过去了，其墓能得到世世代代的保护，说明人们非常敬慕汲黯。

关于主父姓，战国时赵武灵王这位很有作为的君主把皇位让给小儿子惠文王后，自号"主父"，就是后来所说的太上皇。武灵王在位时，他要求国人穿胡人服装，以便于骑射。骑马代替了战车，国中军力渐强，和秦国抗衡，后因宫廷政变，被困饿死于沙丘宫。"主父"就成了"主父姓"的来源。

主父偃也是汉武帝时期一位风云人物，因为主父偃为加强中央集权体制提出了《推恩令》等计策,深得汉武帝器重,在一年时间内升官四次,破格任用,可见主父偃的政治本领非常高强。西汉时,诸侯国地域广大,独霸一方,且容易相互联合造反的形势,诸侯王势力大,曾经发生过"七国叛乱",贾谊和晁错都建议过"削藩"。诸侯王的爵位继承制度,规定由嫡子继承,庶出的子孙没有继嗣的资格。针对这种情况,主父偃献出了《推恩令》。《推恩令》中认为,原来的分封制度,得到恩惠的人太少,皇恩普及仁义的面太窄,"诸侯骨肉子弟无尺地之封,仁孝之道就得不到播扬。"所以要"推恩"。《推恩令》提出:"令诸侯推私恩分封子弟为列侯。"这样,名义是上施德惠,实际上是将诸侯国的统治区域分解化小,以削弱诸侯王的势力。这一建议既迎合了武帝巩固专制主义中央集权的需要,又能避免激起诸侯王武装反抗,因此立即为武帝所采纳。

但主父偃这位政治明星干出了许多缺德非法的事,他官做到中大夫,炙手可热,很多大臣上门去巴结他,给他送钱送物,主父偃都一一照收,他的金钱达数千金之多。他想把自己的女儿送入齐王宫中为妃,但遭到拒绝,便憎恨齐王,发泄私愤,企图将齐王扳倒,上书武帝,言齐国富强,然齐王血缘不是皇帝的"嫡系"。武帝便派主父偃到齐国去当宰相,目的是监视齐王。到了齐国,他派人调查齐王和自己亲他姐姐的通奸的事,准备上书武帝,然后又故意将此案透露给齐王,齐王大恐,自杀身亡。齐王死后,赵王非常害怕,因为赵王得罪过主父偃,于是决定先下手为强,使人告发其接受诸侯贿赂和逼死齐王之罪。武帝下令逮捕主父偃。主父偃的确太有才能了,汉武帝并不想杀他,但时任御史大夫的公孙弘劝说汉武帝,说齐王的死主父偃是罪魁祸首,不杀主父偃收不了场,于是主父偃不仅自己被处死刑,整个家族都被诛杀了。主父偃死前有数千宾客,但他死后没有人来为他收尸,只有一个叫孔车的人埋葬他。

从家族发展的脉络里,依稀可见,人的性格在人的发展、族群的发展中起着决定性作用。汲黯与主父偃这两个历史大名人有不少共同点,同为汉武帝的大臣,都是治理国家的大腕级人物,性格都非常极端,太强太刚。主父偃还有两个最致命的弱点,一是贪财,二是喜欢整人,且整人不择手段,连齐王的弟姐恋情他也揭露,做得太毒,怎么不断子绝孙呢!不只是公孙弘要主父偃死,朝中大臣都因主父偃喜欢揭发人隐私都感到害怕,纷纷落井下石,墙倒众人推,主父偃不死,很多人都不得安宁。司马迁在史记中《史记》写道:"主父

长叹短吁

偃当路，诸公皆誉之，及名败身诛，士争言其恶。悲夫！"窃以为这不怪"诸公"，责任该主父偃自己承担，他的胸襟太不坦荡了，心地嫉狭而称强，必不久长。主父家族从此一蹶不振，或许与主父偃的性格遭到灭族有关吧。

汲黯的性格也太偏激，但他比主父偃清正，也不像主父偃那么使用狠毒的手段整人，所以得到善终，而且儿子也受到了封赏。很多历史事实表明，历史名人对本家族的影响很大。汲姓家族不怎么兴旺，是不是与汲黯孤傲的性格遗传有关呢？孤傲则不和众，不和众则生存难，生存难则逐渐枯萎。是不是这个原因，笔者不敢肯定。

至于班姓后世不发达的原因，更不敢轻易下结论，将这个疑问留给读者去思考吧。

（2008 年 9 月 21 日星期日完成，2009 年 11 月 29 日星期日修改）

参观正在建设中的某地烈士陵园感言

昨天早上，雾很大，绕山缠岭，直到中午才迟迟散去。

在朦朦胧胧的雾里，我们去参观一处正在建设中的烈士陵园。

陵园附山而建。山煞是陡峭，在公路边下车后，不过数十米就进入了陵园。虽尚在建设之中，但已为部分烈士择定了墓地，竖立了墓碑。碑石为黑色，细腻光滑，如镀了一层釉质，以手触摸，滋润细腻。我问：是不是刷的油漆。答曰："哪里是油漆！此石从山西购得，是国内做墓碑最好的材质。称为'山西黑石'，又叫'太白青'，在日本叫'夜玫瑰'，可与南非黑、印度黑相媲美，甚至优于它们。"

自然，这比一般墓碑的材质好多了，不说千秋万代，如果不人为破坏，数百年是不会风化的。为国家、民族、社会立功牺牲了的烈士，应该竖上永垂不朽的碑。

再向山上攀爬100余米，是为烈士们竖立纪念碑的地方，正在打基础，碑尚未建。图纸显示有19.49米高，象征共和国1949年成立。原周边的面积甚为狭窄，去年全国人大决定每年9月30日为烈士公祭日后，考虑到今后有公祭、学生参观等活动，所以决定将面积扩大到可以容纳1000多人的广场。

这样考虑无疑是正确的，烈士的精神需要一代一代人继承发扬，应让青少年们到这里来参观，受其感染，培育、孕育正义精神、不怕牺牲精神，爱祖国、爱民族精神。完全可以建设成为一个教育基地。

与烈士陵园相对的是烈士纪念馆，中间隔一条公路。纪念馆亦在建设之中。

请我们这些有点文墨的人去看看，无非是涉及一些文字方面的工作。英雄

长叹短吁

纪念碑上有一些文字，纪念馆内会有大量文字。

　　纪念碑上面仅仅只写"人民英雄纪念碑"几个大字似乎太单调。应该丰富文化传播的内容，以达到传播教育的目的。他们正是这样谋划的。计划在碑的底座上写上桑梓烈士概述，刻上每个烈士的名字，并写上一篇赋。我说，最好把赋换为碑记，也就是把建设碑的过程及文化含义介绍一下。古人每搞一个建设都有记载，并记入地方志流传。只顾建设，不顾文字记载，恰恰是今人的一个弱点。"记性"还是要靠文字，过十余年、数十年或更长的时间，现在做的事情，哪里会记得那么准确呢？下一代人和此之后的人，就更摸不着头脑了。

（2015 年 1 月 11 日星期日上午）

感慨华盛顿这位伟人

200多年前,在美国的土地上,孕育了一位历史伟人,美利坚合众国的诞生与他有关,美国今天的强大与他也有关。他不仅仅是政治伟人,还是一位道德伟人。这位伟人就是乔治·华盛顿。

1732年2月22日,华盛顿出生于弗吉尼亚的威斯特摩兰县,他是一个种植园主的儿子,幼年丧父,17岁就开始独立谋生,他未曾进入过大学学习,但通过刻苦自学,具备了超群的才干。早年当过土地测量员。1752年,成为维农山庄园的主人。曾参加七年战争,获中校和上校衔,积累了军事指挥的经验。1758年当选为弗吉尼亚议员。在美国独立战争中,他任大陆军总司令,为美国的独立做出了巨大的贡献,美国立国后连续两届任总统。

没有华盛顿,也许就没有美国独立战争的胜利;没有华盛顿,也许就没有美国今天的强大。华盛顿的政治文化精神对美国历史产生了重大影响。

虽然华盛顿政治功绩甚伟,但我更敬佩华盛顿的文化精神和道德人格。优秀的政治人格来源于优秀的道德人格。道德人格是人性最底层的品质,对人类具有普遍的价值意义。例如孔子的伦理道德文化就有这样的特征。

华盛顿最了不起的人格是在权力、功名、利益面前表现得轻松自如。用中国现在的流行话语叫住"淡然、淡定",不为名缰利锁束缚。八年独立战争结束后,和他一起出生入死的将军们劝他建立军人政权,被华盛顿断然拒绝。他说:"我极其厌恶并且坚决否定这个建议。我百思不得其解的是,我到底做了什么错事使您误以为可以向我提出如此要求。"常人难以理解,华盛顿对这个建议感到耻辱。历史和现实中无以数计的政治家、野心家梦寐以求这一天的到来,并为这一天的到来进行了艰难困苦的斗争,走上权力的最高宝座是顺理成章的事。然而，华盛顿放弃了。他不仅不愿意当国家的"主人"，而且也放弃了总司令的位置，毅然辞去职务。面对昔日生死与共的战友，他激动不已，与他们斟酒告别。人们热泪盈眶纷纷与他拥抱，最后为了不使自己过于激动，他一句话也没有说，泪流满面地径直离去。回到了他的农庄去继续过田园生活。

华盛顿走得清清白白，无挂无牵。财政审计人员核查了他在整个战争过程中的开支，账目清楚，准确，他甚至还补贴了许多自己的钱。中国有一句古话："酒中不语真君子，财上分明大丈夫。"在利益和金钱面前，华盛顿真是一个大丈夫。这令当今中外一些贪婪的政治家感到汗颜。有条件损公肥私而不损不肥者，从古至今不过凤毛麟角而已。这是人性、人格中最金、最光彩照人的地方。

后来，美国民众非要华盛顿当总统，任职两届八年后，当时美国法律没有规定只能任两届，人们还希望华盛顿继续执政，可是华盛顿又毅然放弃了，又回到田园了。连续两次放弃，这在世界历史上怕是少有的。

华盛顿的品性和胸怀几乎和中国远古时代的尧舜媲美。"不偏不党，王道荡荡。"中庸谦和，心如净水。过分的党派偏见可能会对国家造成不良影响，他呼吁人们抛弃党派之争，团结起来为增进公众利益而努力。他主张美国应该避免受到他国的干涉，因为美国应该只专注于美国人的利益。他在离开总统职位演讲中指出，他建议与世界上其他国家保持友谊和贸易关系，并应该避免牵扯进欧洲的战争。他认为应该避免与某国家保持长期的同盟关系，并指出应该注意当时美法间的结盟。

人性的价值、道德的价值是无国界的，在哪里都会闪耀着夺目的光辉。

（2010年10月25日星期一上午）

战胜腰疼病魔记

22年前,由于长期伏案做文字工作及坚持业余文学创作,我患了腰疼病。不是那种剧痛,也不是阵发性的痛,而是软绵绵的酸疼。白天做着事倒无关紧要,夜里静静躺在床上,那种绵绵而软软的酸疼便凸显出来,很不是滋味。这种疼配上失眠,那就更难受了。

遇到气候变化,疼会加剧。有时睡着了也会疼醒。奇怪,此疼怕擂、捶、拍打、揉搓。半夜里疼醒后,如好一阵再不能入睡,我便起床,用拳头"咚咚"捶打腰部一会儿,然后又用拳头擂压腰部一会儿。捶打到哪里舒服就定住哪里捶打,擂压到哪里适合就往哪里擂压。还可以做腰部左右旋转,也感觉舒适。睡在床上猛地鼓劲蹬腿也感到舒畅。

一次到重庆山城,忽然遇到有做"踩背"活的,我问:"能踩腰吗?"踩背人答:"当然可以。"

于是就让他踩起来。我俯卧在床上,任踩背人站在我腰上,双足不停地运动。或紧紧下压,突然放松;或有节奏地用脚板狠压;或踩背人全身放松,站在我腰部,身子像筛糠一样抖动。其实那力量,就全注在我腰上;或一只脚踩在腰上,另一只脚紧揉我的软肋下方;或不用整个脚板的力,而是用脚大拇指狠狠扣压某一点,可能是某个穴位吧。

踩背人问:"有胀的感觉吗?"我说:有,很舒服。最后,踩背人双足却离开腰部,踏上臀部,一阵猛揉,感觉你的屁股被搓成了一个汤圆。十分惬意,终生难忘。腰舒服了好几天。舒服完后,又疼起来了。很想再请那踩背人踩一踩,可是生活的地方离重庆山城较远,就没有那样痛快的踩了。

腰疼是很苦恼的,由于畏惧久坐,空余时便仰卧在竹椅上,酝酿诗歌。诗

长叹短吁

歌的字数少，坐着写的时间短。小说就少写吧，那是需要久坐的。当年爱好书法，由坐着练改为站着练。

是什么原因导致腰疼呢？久坐只是一个诱因。到医院照了片，说是骨质增生，但也只是现象而不是本质。

我用中医方法进行自我诊断，"八纲辨证"，阴、阳、表、里、寒、热、虚、实。先别"阴阳"，我这腰疼到底是"阳病"还是"阴病"？我注意到，除了腰疼之外，我有畏寒怕冷的毛病，特别是冬天，坐着时膝盖骨感到特别怕冷，霜冻天夜里出门，头感到特别怕冷。所以，总体看，应该是"阳病"，即阳气虚弱。从表里看，显然是"里症"，腰为肾之府，可能是肾阳不足吧。从寒热看，肯定是寒证而不是热证。从虚实看，自然是虚证了。但似乎不是单纯的"寒"。我生活的地方地势平坦，多湿多雾，可能夹有"湿"。可能与"风"也有关系，所谓"风寒湿气，合而为痹"。很复杂呢！

我没有到医院住院治疗，特别是没有到名医名院那里做手术治疗。我自己搞了一个综合疗法，就这样坚持十多年，我与腰疼病魔相持不下，还是软绵绵的疼，但是没有加重。也许是综合疗法的作用吧。

数年前，我忽然感到疼痛减轻了许多。我想应该是坚持斗争的结果吧。

目前，虽然不能说完全彻底打败了腰疼病魔，但至少这家伙已经是奄奄一息了。

（2011年6月19日星期日上午）

早晨，放牧鸭群的少女

喜欢空气清新的我，又散步到了乡间。

残秋的早晨，有些寒意了。何况绵绵的雨昨天才停。不知何故，这两年来我们这里雨水极多，甚至连续两年遭受了特大洪灾。

猛听得一片稀里哗啦的声音，嗬，好大一片鸭子！

纯粹的干田和纯粹的水田都不会出现这么大的声响。收了稻谷的田里留有稻茬，没有翻犁，又有刚好把鸭脚板淹没的水。这几个特定的因素遇着鸭群的觅食运动，就产生了稀里哗啦的声音。鸭群很大，声音很夸张，形成了独特的气势。这也是音乐，极其美妙！

猛然看到，稀里哗啦中的田埂上有一个少女。哦，是她在放牧这片鸭群！

此刻是上午 8 点多钟，薄雾还未散尽，淡淡的阳光在薄雾中弥漫，少女站立在稀里哗啦之间，被蝉翼般的薄雾朦胧着。

她竟然在看书呢！

牧竿倚着她的身体斜立，被她的右手肘挽压在肩，与她的身体形成钝角，双手把书捧在胸前。这是站立看书最佳的也是必然的几何图形。

她的身体自然前倾，头微低，书本离眼睛的距离很近。

短短的发辫紧贴着后颈。

全是青色的穿着，只是背和胸各有三角形白色镶嵌。像是学生服装。

很苗条，似乎也还清秀。

我眼睛近视，又隔了些距离，且还是雾中看花，只能记下这个模糊的轮廓。

稀里哗啦的一片闹腾腾的声音衬托起一个宁静。

长叹短吁

是田野早晨的雕像，还是田野梦的精灵。

这个精灵是否昭示着田野的希望？

牧竿是神奇的，它不移动，鸭群只会在锁定的田里转来转去。

那牧竿细细的，大约有两米多长，顶端系有红领巾大小但却是黑色的塑料薄膜。可能是白色的鸭群对黑色敏感些吧。

许久，薄雾退尽，来了个中年男子。

直到这时，少女的头才抬起来。

"你冷不？"中年男子问。

"不冷。"少女答。但少女的衣服好像很薄。

从对话的语气猜测，中年男子是少女的父亲。

父亲给女儿交代了什么后，离开了。

少女又恢复了看书的姿态。

她看的什么书呢？是学校里的课本？是流行小说？是饲养群鸭的技术？

她是不是辍学的少女？

如果是辍学，这无疑是一幅令人酸楚的图景。

但"祸兮福所倚"，清新的田野没有城市里那些电子游戏和五花八门的低级、庸俗文化生活的诱惑，如果这个少女在这个广袤的天地里发奋自学，说不定会胜过那污水池里长出的花儿呢，哪怕那污水池里是长出的一枝荷花！

（2005年10月30日星期日上午）

中直的树，中直的人

正月初一那天上金山，猛然发现一棵中直的树。用鹤立鸡群、耸入云霄来形容该树不为过。与其高度相比，树干却比较苗条，很笔直，光滑闪亮，没有枝丫，只在顶部有伞状的枝叶。这样的树，该算栋梁材了吧。

我很兴奋，举起相机，将它照了下来。我站的位置与树有一定的距离，又因眼睛近视，也没有留心树的品种，后来竟不知道这树的名字。

凡中直之物，看上去都比较简单、淳朴，甚至还有些透明。这棵树就是这样。我好像一眼就看到了它的心灵：纯净、本真、善良的美。

我想起一个人，很像这棵树，看到了其外表，就看到了一颗雪白的心。大山里的百合花没有污染，这颗心就像百合花一样。我喜欢茉莉花，很纯粹的幽幽的香，这颗心也像我喜欢的茉莉花一样。金山这棵树心灵清纯，但气派却像牡丹，大气开阔，有豪侠之风，这当是中直之性的体现。没有心地爽透、贯通的气质，敞亮、通达的气象就不能形成。走进我脑海的这人也具有牡丹的本色，华贵、高雅、庄重，爽快。

古人云："财聚人散，财散人聚。"当代一些人从书上明白了这样的道理，行义疏财，对亲人、对社会奉献爱心。我刚才提到的这个人自己并不是富豪，却出手大方，为了亲人、朋友，对金钱毫不吝啬，应该不是受到这话的启发，而是自己个性自然地发挥吧。

与中直的人交朋友是很幸福的事情。你面对胸怀坦荡、光明磊落的心灵，尽管行去，前面没有机巧、诡诈、陷阱，十分安全。

中直之人言谈举止，有时会对自己不利。心里怎么想，嘴里就怎么说，表里如一，没有隐忍，没有含蓄，没有转弯抹角。得罪你的话也直端端向你发来，一时间，弄得你很不好受。我刚才提到的个人就是这样，偶尔在无意之中发出这种"炮弹"。说是"炮弹"，因为它会伤人，弄得人家一时接受不了。想得通的，事情一过，烟消云散；想不通的，总是耿耿于怀，恨记在心上。这固然属于小家子气，但社会上这类人的确不少。想来，中直言行，不利多多。但我还是赞赏这样的品性。直言不讳，许多时候都是指出别人的不是，对他人、对社会是有益处的。

中直是中华民族的传统美德，《易经》里说："直其正也，方其义也。君子敬以直内，义以方外，敬义立，而德不孤。"我说的这人正是这样。我说："与之交朋友，就是看重其耿直的性格。"

中直的品格体现了人的本性，或者说体现了人性。人的本来面目当是中直的品质。后来的扭扭捏捏、遮遮隐隐、含含蓄蓄，甚至口是心非、口蜜腹剑，那是被环境、被社会异化了。

中直的人，往往多孝。走进我脑海的这人就孝心十足。对父母，常常是问寒问暖。父母并不缺物质性的东西，他却常常买这购那。父母有病，他尽心照顾，不离左右。不仅仅如此，还"老吾老以及人之老"，由他的母亲想到好朋友的母亲。连年都给好朋友的母亲买东西，一出手就是数百元。相形之下，我心生惭愧，孝之行，与之相比差矣。

房前流水，美在环绕；世间为人，美在中直。我爱中直的树，中直的人。

（2008年2月15日正月初九）

惠　　姐

惠姐。

我不知她现在何方。我们已分别20多年了！

常常想起惠姐，尤其在夜阑人静的时候。

想她的淳朴，想她的芬芳。

她的生活是痛苦还是幸福，或者像二月的风那样清淡？

一对童男，那是我和另外一个小伙伴；一对玉女，那是她和另外一个淑女。我们四个人，两人一组，在轰轰烈烈的革命运动时期，用左手将红色的毛主席语录普及读本揣在胸前，轮流给毛主席站岗。地点在我们村里的会议场上。

隐约记得，惠姐出嫁时不到17岁，是本村的一个铁路工人娶了她。那个岁月，解放军叔叔和工人像金子一样贵，可见惠姐是村里数一数二的花。

婚结了，但惠姐还留在村里，一年半载都不能到那个铁路工人那里去，等那个铁路工人回家一趟也很难。

一个偶然的机会，我和惠姐在一起劳动了较长的时间，那是在村办的加工厂里。

劳动中最大快乐是取笑、打闹、逗乐。

那色彩，像山菊花那样奔放；那言词，像山狐狸那样野性。

夏天，到小河里洗澡，她笑哈哈地说："你娃去洗，当心我把你的裤衩藏起来！"

我也呵呵地笑着说：你不敢，你来拿我就起来追你。

"不信你试！"

我以为她是吓唬人，大胆将裤衩丢在河边显眼的地方。

待我游到河心，她一边嘻嘻笑，一边飞似地跑到河边，将我的裤衩拿走了："不给我求饶，你就蹲在河里吧！"

好话说了一阵子，她又哈哈着说："等我走了以后，你去加工厂后面的草丛里去找吧！"

我和同事也有开她既气又喜又惊玩笑的时候。冬天，手冻僵了，突然从她的背后，将手伸进她的背心，喜滋滋地说："烤一下火。"

她像触电似的跳起来，边笑边骂："你这个小坏蛋！"

为了防止我们故伎重演，她筑起防御工事，将毛衣和衬衫紧紧地束在裤腰里。

天寒得冻起了冰凌，早晨上班的时候，我蓄谋取了一支，不动声色，到了加工厂，趁惠姐打扫卫生的时候，掰了冰凌尖，悄悄从她的后颈放进去。

惠姐像火星落在了脚背上，惊跳起来，身体不停抖动，皮带将毛衣和衬衫束着的，冰凌就冰到了腰沟不动。于是惠姐急忙往里屋走，松了皮带，才能将冰凌抖出来。

惠姐对冰凌很害怕，又高筑墙，穿上高领毛衣，还围上毛巾。

惠姐家仼在溪水边上，地名叫粉房湾。一个晴朗的秋天的黄昏，惠姐在溪水边洗衣，衣袖和裤腿卷得高高的。

我不经意地看到，她的肌肤像哗哗流淌的溪水那样雪白。

我大声喊："惠姐，你的手膀像油沙土里的白萝卜炸了。"

惠姐爽朗笑起来。那笑声像溪水绽开的浪花。

惠姐去晾衣，双手将装着衣的盆置于身体一侧软肋处。一路摇曳，像一枝山菊花后面跟着金亮的风。

春节到了，那个铁路工人不回家，惠姐就到了他那里。

春节后好些日子，惠姐回来了。

我的同事笑她："相思病好了，不想男人了。"

谁知，惠姐不是像过去那样的笑了，而是含着眼泪。

我们问："怎么了？"

惠姐向我们哭泣："他在那里找了一个，一天去买菜后回来，竟碰上他俩个在床上……"

我们先是无语，然后是安慰。

过了好些日子，惠姐才像过去那样精神起来。

因为高考制度恢复，我去了学校。

惠姐对我说："考个好学校。"

我说："我填的是个很冷的学校，跳出农门再说。"

惠姐说："这样也好。"

入校的第一个暑假回家见到了她，后来再也没有见到她了。打听，她到那个铁路工人那里去了。

（2005年11月20日星期日上午）

沉痛入魂哭二哥

你突然离开了我们。手足之情，骨肉分离，猝然撕裂，叫人剧痛气绝。此时无声，唯有胸憋血泪。

矿井，那个幽深的黑洞，时刻都闪着鬼影，你为什么要走进去！

你老老实实地走进去，你茫然木讷地走进去，你糊里糊涂地走进去。让生命走进万丈深渊，再也找不到一条回家的路。

你已过了天命之年，儿女也能自食其力，何苦要去干太重而且是风险极大的劳动。

你去时路过我家，我问：你去具体干啥？在什么地方？你的回答很模糊。后来我又问你的长子，他也说不知道具体干啥。你知道我问的意思吗？就是怕出安全事故啊。

垂暮老母亲枯竭的心哭淌出了血泪。我安慰老母亲说：不要太悲伤，生死有命，富贵在天。其实这都是古人编造的抚慰心灵的话。灾难为什么不能避免呢？我不相信。

你离开我家时，我说：其他的不用多说，出门在外，要特别注意安全，要小心翼翼。谁想到，还是出了安全问题。

记住2005年5月10日上午11时许这个凶恶的时辰，在罪恶的黑洞中，三个工人，用原始的方法，将拉煤车推出洞口。上坡地段，你在前面牵引，后面两个人推动；你退着走，被一个东西绊着，噔一声坐在地上，瞬间有惯性冲力的煤车撞击到你的胸部，导致肺脏严重受伤。

崎岖陡峭的山路，6小时的艰难历程之后你才得到医生的抢救。你终于清醒过来。对我说："在那路上要命啦，我以为见不到你们了。"

5月16日中午,你的长子给我打电话说:"血透之后情况好些了,能吃些东西了。"下午3时过,我突然接到你的长子的电话,他带着哭声说:"爸爸不行了,肺大出血,医生们正在抢救。"

我火速赶到医院,询问参与抢救的刘主任医生,有希望吗?他说:"很渺茫,不仅肺出血,消化道也出血了。这是全身性的。"我到监护室看你,你昏迷着。

后来,靠呼吸机维持到18日下午5时。生死永别,阴阳隔绝;不幸之甚,肝肠断裂!

这天,老天下起雨,青海在下雪。凄风惨雾里,一颗诚实的心脏停止了跳动。

你在医院时,给你洗脸、洗手与足和剪指甲的事偶然而幸运的由我来做。我看到你的手纹里、指甲里和足上还积有煤尘啊。我捞起你的裤腿,看到的情景令我震颤,你双腿膝以下遍布着密密麻麻的不规则的疤痕。我想这是你在劳动中伤痕的积缀吧!有的深,有的浅;有的大,有的小;有的明,有的暗。

你出事后的日子里,闭上眼睛就出现你的影子。我不送你去火化,也不给你送葬,因为我不愿和不忍看到残酷,不愿和不忍看着你离开这个世界。不知你的影子要伴我多少个夜晚的梦魂。

辛劳堪沉重未得涓滴幸福水;命运既无情何期摧折善良人。谨以此文哭祭二哥在天之灵。

(2005年5月21日星期六上午)

回忆二哥

泥土有多诚实，二哥就有多诚实。二哥和泥土完全一样。

正月十五刚过，二哥离开了家乡，到遥远的一条倒流三千八百里的河流源头那个地方打工。

二哥路过我这里，给我家带来了两条腊猪腿，一大一小。我最喜欢老家的这东西，因为猪儿是红苕喂的，肉质细腻而嫩。

吃了晚饭，我和二哥拉起家常。

他说："再过一年，他就不出门打工了。从我们那片山的脚下架的长江大桥明年通车了，进城方便了，就做菜，挑到城里卖。"

更多的是我问，二哥答。

"队（社）里的那些老人都还好吗？"

"还好，就是李文朋两口子去年死了。李文朋死后，地理先生说要五天后才能安葬，放到第三天的时候，他婆娘（妻子）也跟着死了。结果两个老人一起上山。年轻人都外出打工了，要一十六个人抬灵柩，本队的人不够，还在外队去请了两个人。说来也巧，李文朋死后没多少日子，他的亲弟弟李文生也死了。"

"我们那片山的人愈来愈少了。你看嘛，出去打工的有的在外面安家了，考上学的更是不回来了。你看我们这一家嘛，今后也都要离开那个山。今后没有人守那片山了，农业生产怎么办？"

二哥说："这还是一个问题。"

我的内心深处希望那片山不要萧条下去，不要尽是荒山而没有人烟。因为我们的生命，我们的血，我们的根源于那里呀！那片山上，数百年前，先祖从湖北武汉汉阳迁徙而来定居，繁衍数十代，不知流了多少血和汗；那片山上，葬着祖祖辈辈的魂与骨啊！

"我们老屋四周的竹林还好吗？"

"怎么不好？"

"没有砍？"

"谁砍，不卖钱只有作柴烧。但没有把它砍来当柴烧。"

"老屋没有人住后，不是要被拆去吗？"

"是要拆，其他东西没有用，但瓦还可以用。"

老屋和四周的竹林是我的情结。我和二哥的青少年时代都是在那里度过的。我心里的老屋要永远不倒，那片竹林要常青常在。

竹林里留存着童年的许多故事。其中一件，至今还被村人当作笑谈，也就是我和二哥的一次打闹。

儿童时候，我和二哥经常打打闹闹。这次的故事发生在一个火热的夏天。午后，我和二哥扭闹，他捡了便宜，我将他追出竹林，而后悄悄躲在山羊圈里。山羊圈的墙上有几个十字形通风透光的口子。羊圈的墙下是一条二哥返回竹林院子的必经之路。我顺手抓一把羊粪草木灰，屏住呼吸，待有影子晃过时，我便一把把羊粪草木灰打出去。来了，脚步声近了。扑哧一声，羊粪草木灰扑出了一个通风透光的口子。我知道打中了，心里喜滋滋走出羊圈，准备看二哥的狼狈相。谁知刚出门，只见一个影子腰猛地一弯，噔的一声，一个东西落在院坝边路口那个方形的石头上，然后，噗的一声，从院坝里抽出一根母亲刚从山上割（砍）回晒干后做柴烧的草中的黄荆条子，转身向我扑来。我本能的躲避，一个箭步，窜出了竹林。追我的是父亲啦！我恍然大悟，刚才误伤了父亲，那羊粪草木灰没有打在二哥的脸上而是打在父亲的脸上。那噔的一响落在石头上的东西是"夜壶"，用来夜里撒尿。父亲提夜壶去浇菜回来。但父亲追了我一段路就没有追了。事后，他自己也感到好笑呢。

二哥虽然几乎没有文化，但他认定的一个道理与我有同感：读了书，再去挣钱比没有读书就去挣钱好；读了书，即使挣不了多少钱，也比没有读书去挣了大钱好。

二哥的儿子读了大学，毕业后到一个中学当教师，挣不了多少钱。二嫂说："读不读都一样，你看我们队上有几个没有读书的，一个月还挣好几千块。"

二哥反对说:"你那个眼睛就看得到事,钱找不完,用不完。你看那几个挣了钱的小伙子,春节回家时打麻将,二十元起价。挣了钱后打麻将,不如不挣钱。"

我希望二哥的儿子做一个有学问的人,对钱不要看得太重。钱这东西,能聊以生计就行了。

(2005年2月27日)

悼念一个苦命的好人

这个苦命的好人是我的姨哥张世建。

2008年1月10日下午4时过,我突然接到姨姐的电话,说张哥病重,在医院抢救。我立即赶到医院,见窄窄的病房里忙乱一片,参与抢救的医生不少。有个女医生正在用双手不断压迫张哥的胸腔。张哥仰卧在那里奄奄一息。我知道了病情的严重性。没有和张哥说上一句话。为了不碍医生穿梭似的忙碌,亲属们都退出了病房,站在院坝等候消息。

经过一二十分钟的抢救,生没能战胜死,一个苦命的好人突然与世长辞了。姨哥就这样离开了我们,我欲哭无泪,心情异常沉重,好像此刻天上的乌云全部压在我的头顶。

他怎么不命苦呢!4岁的时候,他的父亲扔下他和四个月的妹妹及体弱多病的母亲去到了另一个世界。母子3人,相依为命,艰辛困苦,难以言表。最困难时,靠亲戚接济才渡过了难关。为了生存,他的童年不仅不能上学,而且要去找力所能及的零工活做。14岁的时候,医院好心的领导可怜他的生存处境,主动安排他到医院做临时工。他天资聪明,他吃苦耐劳的精神获得了医院职工和领导们的良好评价。两年之后,医院便送他去学习"放射"技术。他勤学苦钻,技术不断提高,成为医院放射科的骨干,并被任命为放射科的科长。

张哥是一个很诚实的人。心里怎么想的,嘴里就是怎么说的。表里如一很难,他做到了。他的忠诚敬业、坚守岗位、勤奋工作、埋头实干、刻苦钻研、善良慈爱、医德纯正、高风亮节、廉洁从业、团结友善、朴实正直等等品行,无不闪耀着平凡而诚实的光彩。他是一个平凡的人,但伟大诞生于平凡,一个平凡的人几十年如一日默默向社会奉献自己诚实的心,难道不令人感动吗!

我们两兄弟，我欠他的多。1992年严冬时，我犯重病住院，长达一个多月，是他和姨姐无微不至的关怀照顾，助我战胜了病魔。疗养期间我有时就住在他们家里，他为我煮饭，倒水递药。其情其恩，难以忘怀。他还有一手烹调的好手艺，数十年来，我家有亲朋好友，几乎都是他来创作出佳肴。每年春节的腊肉，也是他和姨姐购买、制作、烟熏了送来。为我们家付出了很多，淌下了很多汗水。

我说张哥命苦，苦在他青少年时代生存、生活的艰辛，苦在他晚年没有享受到幸福。他快到退休的年龄，该轻松了，该享福了。然而，他却弃幸福而去了。

他是去年春天开始患病的，感到左小腿疼，行动不便，诊断为血栓。住进市中心医院，请医生做了阻挡血栓流往心脏的手术，同时也在用溶化血栓的药物，但就是不见病情好转，后来反而加重了。转院到重庆，被诊断为是晚期肺癌。看来开始的治疗并没有抓住病患的根本。人的疾病真是复杂呀，肺癌怎么就造成了血栓？原来血栓的结论准确吗？好多病例，肺上的问题都反映在脚上，这说明人体功能的整体性，这是西方医学现在还不能解决的难题。相反是祖国的中医在这方面却有相当的经验。这对人们今后预防疾病也是一个启示。

张哥这些年喜欢钓鱼，还喜欢下象棋。希望他在天国里别把这些爱好忘记了。

（2008年2月12日星期二上午，正月初六）

回乡的小路

有好些日子没有看到老母亲了。今年"五一"节，登上火车，奔赴万州（原万县），改乘汽车过万州长江大桥，很快就到家乡了。

大路是愈来愈宽敞了，愈来愈顺畅了。达州通往万州的火车刚通不久，而万州公路长江大桥在好几年前就贯通了。过去回家一天赶拢要两头摸黑，现在只需大半天了。

特别是万州辖区的路，得益于重庆市直辖和三峡工程的建设，发展一日千里，条条主动脉弄得宽宽敞敞，亮亮堂堂了。

离开主动脉血管，踏上一条故乡的也是直抵云阳县新县城的"次等级"公路，实在不敢恭维，其坎坷不平足以使你心跳骤然加快。此路为20世纪70年代中期所建，到现在已经30年历史了，怎么没有得到较好的维护和改造呢？

这天天气很好，望苍茫的西山，起起伏伏，像大海的波涛涌动，非常清晰的白日就要沉入波涛之中。黄昏紧随其后，西边起伏的山脉有了玫瑰色的花边，那是故乡特有的晚霞。

公路快尽时，天色却更朦胧了，绿草灌木十分茂密，看不见那条通往家的小路。竟在凸凹不平的公路上打了几个转，才找到了一条可以寻着家但并不是捷径的小路。

天不黑，路是好寻的；山依旧，路也是好寻的。

我离开故乡的那个时候，这山看那山，一览无余，草木稀少。虽益于看各村各院的人事动静，但却有损于山的生命，所以"和尚头"似的山极其不好。

现在，故乡的山穿上了碧绿的衣裳，没有羞涩之感了。这主要是退耕还林的结果，不种粮了，即使不植树，野草也自然要长起来。事实上，看情形，天工多于人力，树几乎没有植，灌木和野草是饮露水长起来的。还有一个次要的原因，男女青壮者外出打工，在故乡消耗的人少了，过去柴草少，要烧一些煤，现在连柴草也烧不完；过去要穷一些，人们千方百计偷砍树卖，现在，除了建房、打家具需要砍树，人们基本不砍树了。

再回头说故乡的小路，由于灌木野草茁壮成长，生态环境变好了，但小路要奄奄一息了，再过几年，我可能找不到回家的路了。看呀，那些小路，野草灌木在挤她，何况小路也要折旧啊，有风雨的冲刷呀，还要承受人畜过往的磨损和践踏呀。实事求是地说，对乡间小路的建设，今人不及古人。故乡有不少石板路、石梯路，都是古人的业绩。半个世纪以来，我似乎没有看见新铺就和新搭建的石板路、石梯路，也许是我的目光有限，看的地方很少。

乡间还需要小路吗？即使乡村公路网络形成，但只要村民散居状态存在，乡间还是离不开小路。实现村民的群居生活在很长的时间内都是梦想。所以乡间的小路，仍然是城镇紧密连接乡村的纽带，也是象征党和政府紧密联系数亿农民的纽带。"大路"畅通，"小路"难行，这个联系是不是略嫌疏松呢？

古人做善事，其中一条就是修桥补路。现在，为何看不见这个善举呢？假如，乡镇政府和村上号召一下，把这些"毛细血管"疏通疏通多好；假如，有钱人家，拿点钱出来，把乡间的小路补一补、铺一铺多好！国道、县道、乡道、村道是大血管和小血管，乡村的小路，把它比成是"毛细血管"难道不形象和贴切吗？我以为，基层政府的官员，不要忘了乡间的小路，要把乡间小路的建设纳入建设社会主义新农村的具体内容之一。

公益事业，政府不号召，村民不会搞。把劳动力组织起来以出工，把慈善家鼓动起来以出钱，小路就会成为舒坦大路！

由乡间的小路，想到了农村的精神之路，想到了农村的发展之路，想到了城里许多弱势群体的生存之路，其情其景颇为相似，需要执政者和"大路"一并关注。大路小路都好走，才是真正的幸福路。

（2005年11月19日星期六上午）

我还是喜欢骑自行车上班

与西方人比，中国人的消费是很有特点的。例如赶时髦、绷面子、搞攀比等等。

就说骑自行车吧，蹬着它到这机关大院上班的人已是凤毛麟角了。不是按步当车，而是换了我叫不出具体名字的"摩的"什么的。当然，各色各样的"摩的"也有等次或级别，有的看起来富丽堂皇，有的看起来削瘦寒酸。有的"革命同志"离机关远，为了赶时间，是应该"摩的"，但大多数人离机关很近，走路也不过几分钟、十几分钟，多则二十多分钟就到了。所以，问题的关键就不是讲速度了。

冒昧揣测，"摩的"在多数人的心里，具有"先锋""格调""时髦""张扬""炫耀""富贵"等象征意义。"摩的"是个广告，"摩的"是个品牌。"摩的一响，心头真爽。""摩的一蹬，精神大增。"

本来，吃饱了，穿好了，其他消费更上一层楼也无可非议，从某个角度看也算跟上时代前进的步伐，也算与时俱进。跟着潮流去，洋洋且惬意；去与潮流会，错了也是对。

我是一个实用主义者，"摩的"风光是风光，可觉得它不大适合我上班。蹬上自行车，十分钟即到；换上新"摩的"，又能快多少！何况，小城里的住房建设，大多没有设计停车场地。家住楼上，"摩的"上楼就不像路上跑那样容易了；放在外面，谁都知道如今盗贼利害，"摩的"化为盗贼所有的例子并不鲜见。"摩的"对我来说是个沉重的负担。这就是我还是让这辆"永久"牌自行车继续伴我上班坚如磐石的理由。踏板坏了，换；座垫坏了，换。我问修车师傅，车轮坏了，可不可以换？师傅答："你这车身上哪样东西都可以换！"

长叹短吁

哦，看来这家伙是可以伴我"永久"下去呀！

我暗暗观察，像我这样的人愈来愈少了，融入潮流的人却疯也似地长，最后，好像固守传统、不易陋朴的人几乎没有了。自行车虽仍然伴我，但我心头"虚弱"起来，跨着落后的"陈旧"穿过大街，两眼向着前方，目光却又不愿及远，更顾忌搜索街上美景。我回味熟人们看到我骑自行车的目光里一定是这句话："怎么你还是自行车？"我心就更加"虚弱"。

还好，最近统战部新来了部长，也是骑自行车上班。我心里松了口气，感叹道：好，有个"同党"了！继续与自行车为伍的勇气又足了些。

去年，美国举行总统换届大选，布什和克里跨上了自行车。通过这东西比速度，比身体强健。美国那么先进，航天飞机都有了，用最新最好最美的坐骑比赛何尝不可，为何还用那朴拙的东西呢？看来，美国人的消费习惯和倡导的文化精神与我等不一样，至少没有虚荣，至少没有在物质的享用上划分人的地位、身份。

美国总统也骑自行车，我心里的勇气又增添了一尺。

不过，人们的"风光"里还不仅仅是讲求虚荣，追求时髦，还隐藏着其他意思呢！什么意思？留给读者去想象吧！

（2005年2月19日星期六上午）

写在汶川大地震之后

2008年5月12日,历史在此刻崩裂,地球在此刻失衡,中国四川省汶川县发生了强烈地震。巨大灾难突然降临,令所有的城市和乡村措手不及。

这时,我正在住宿楼的院坝向外面走去。突然,楼上有个女士惊诧地喊我,我扭头望去,那女士说:"你看,这楼怎么在摇晃!"我一迟疑,脚下的院坝也动了起来。我立刻意识到这是地震,对她说"这好像是地震",大喊"快下楼!快下楼!"同时向整个住宿楼大喊"快出来"。数十秒钟后,人们惊慌地全都跑到了院坝里。波浪式晃动不到一分钟。我呼喝人们站在开阔的预计到房屋垮塌后砸不到的地方,然后又呼喝人们转移到田坝去。这个过程,我很镇静,我心里默诵:面对迅雷风烈之变要有静气,"泰山崩于前而不变色"。人们很迷惑,这是怎么回事?我说,可能是远方发生了地震。应该不是我们附近,川东发生地震的历史几乎没有记载。

人们纷纷用手机打电话,或询问情况,或与亲人联系,但手机不通。后来知道这个时候打手机的人太多,线路爆满,导致堵塞。十余分钟后,感觉没有晃动了,我向办公室走去。一路上,人们都在惊惶,议论纷纷。我边走边不断拨打在成都工作的女儿的电话,侥幸通了,我问情况,她对我说:"是汶川发生了地震。"

人们惊恐不安,怕余震遭灾,于是组织单位职工到野外避险。电话还是不通,能联系上的都喊上了。到哪里?我说:"到登兴果园,那里地势开阔,又是平房,震起来了跑得开、跑得赢。"我们去到那里,莫道君行早,更有早行人,那里已经是人山人海了。

从这天晚上开始,人们就绷紧了惊恐的弦。有的住的楼层高,便投住乡里

长叹短吁

亲戚家；有的从二楼搬到底层，以便发生地震后能迅速跑到门外；有的干脆在院里扯开帐篷。我则比较泰然，认为不必惊恐，余震震级不会超过第一次。再说，我去过汶川等地，那里的岩石结构跟我们这些地方不一样，我地的岩层横向叠垒，汶川那些地方的岩层是纵向叠立，且结构松散，看上去，随时都有掉下的危险。最根本的是，我地不是地震带，而汶川等地是地震带。但避难的人自有他们的说法：往最坏的地方想，不怕一万，只怕万一。附近的梁平县就震垮了一所学校，当场死了5个学生。我苦笑摇头。

惊恐对生产、生活秩序影响极大，学校停课，商店关门，工厂停工，机关上班也比较松散。有不少人家为了及时感觉、察觉地震，或用杯子装上水放在显眼的地方，或将空塑料瓶倒立在"险要"处。我的一个亲戚家，这样的"瓶倒立"有好几处。这次大地震莫说灾区损失极大，就是非灾区闹地震恐怖带来的损失也是巨大的。

人们惊恐的心慢慢舒缓下来，哪里知道："新华网成都5月19日电：据四川省地震局消息，汶川余震活动水平为6—7级左右，5月19日至20日汶川地震区附近余震发生的可能性较大。"四川在线消息："根据中国地震局《关于汶川8.0级地震近期余震趋势的报告》，汶川8.0级地震余震活动水平为6 7级左右，5月19—20日汶川地震余震区附近发震的可能性较大。根据《中华人民共和国防震减灾法》的规定，地震部门要加强监测预报，各级政府视情况启动地震应急预案，广大群众要做好防震避震的准备。四川省地震局2008年5月19日。"

这个消息，电视、广播反复播送，在人群中炸开了锅。人们又用手机相互传递信息，又使手机线路一度中断。政府出动车辆向居民呼喊，要求避灾避险。我给一个朋友发信息说：这是官方公布的消息，还是值得注意。这天晚上，他们避难到乡里。12日那天夜里我就住在家里，19日这天晚上虽然倾城外出，但我仍然住在家里。楼下院坝闹成一团，几幢楼的人都集中在院坝里住。夜很深了，一亲戚喊我们，要我们到院坝里去住，打破了我刚入睡的状态。一会儿后，我正迷糊到入睡，院落里忽然有人喊我妻子，说有个婆（妻子的伯娘）在哪里等她。妻下楼去了，我第三次准备入睡。正有了睡意，忽然听到妻子回家开门说话，并有他人的声音。我从声音里听出是楼上的亲戚来到我们家住。亲戚是住的5楼，我家是2楼，也不保险，只不过地震来后跑出的距离近点而已。我给亲戚打了声招呼，竭力第四次入睡。可这下困难了，我本神经衰弱，有失眠症。睡意彻底崩溃了。唉，心头不断重复：有什么要紧，有什么值得惧怕，自相惊扰，庸人自扰啊！两点过，我索性起床，向大街走去。路上行人三三两两不断，街道两旁，趟着零零星星的人，数辆值勤的公安车，驶入老开中校园。名人超市前的步行街、西桥广场、三源大道两旁都有零零落落的过夜的人。有的卷着被盖露头而卧，有的靠椅而眠，有的躺在帐篷之中。更多的人到郊外去了。还有一些人在喝夜啤酒、吃烧烤。这是一个不眠之夜。原来学校打算复课，经历了这个夜晚，又延期复课了。

（2008年5月24日星期六上午）

空寂明月湖

大家都不去的时候，我却去了。

一个湖，一叶扁舟，一个艄公，一个我。扁舟和艄公都是为我而去，实际就是一个湖和我。

明月湖的春夏秋都是不寂寞的，只有冬季，而且是寒凝天地的时候才会有这样清冷。

从地理位置看似乎也与天气有关，这里不南不北，不东不西，不阴不阳的天气很多，最难得见到的是太阳。阴沉沉的天空印在心上，心也就是阴沉沉的了。我等着一个光亮明镜的日子，等了许久，今天终于等到了。

明镜般的太阳一照，我的心也如明镜的太阳了。当天空阴沉的时候，我的心是一副灿烂的明镜多好，会不会把阴沉天空熔出一丝光亮？

湖上的风不知到哪去了！是被深绿稠浓的湖水吸引了？空中的风不知到哪去了？是被那极高极高的雪白的云花花吸引去了吧！

六合之内都是清晰的，除山水之外只有一种色彩，即淡淡阳光的色彩。因为清晰，那明镜般的太阳离我更远，蓝天更高，远山都分外空旷，明月湖更沉默了，更玲珑了，更渺小了。在这幅背景的画面上，出现了一叶扁舟，出现了我，于是我也渺小得快要化为湖里的一尾小鱼儿了。其实，化为一只鱼儿何尝不可!？快乐与忧愁，人与鱼儿无异；鱼儿在水中沉默不动，是其忧；鱼儿跳跃在水面之上，是其乐。不知鱼为何而忧？不知人为何而愁？此刻的我，是一只鱼儿更好。

湖的两岸，绿、红、白三种颜色交错；绿是青松；红是枫叶；白的是什么呢？是未化的雪？是未融的霜？都不是！艄公说，那是巴茅。这如雪霜之景的巴茅，在这空旷、寂寥的世界里格外引人注目。我要艄公靠岸，折下两只巴茅花，飞舞，那点点的花落在水面上，犹如雪花，但不与水相融，也酷似蒲公英的花那样轻飘。这两只巴茅花不知有多少个千点万点，飞舞了许久，水面仍见有飞雪。莫非巴茅的精灵跟着来了吧，这雪花点是飞之不尽的！在空寂的湖上撒花，我更感到明月湖的空寂。那片巴茅花分外的醒目，难道也是明月湖的空寂衬托的？

哪些白鹤（本应是白鹭，当地人称为白鹤）呢？艄公说："天气冷，白鹤向那温暖的地方去了。"唉，白鹭知时，我却不知时！古人云：云无心以出岫，鸟倦飞而知还。人不及云与鸟是吗？

黄昏快要到了，空寂的湖面上，有一个孤独返归的影子，影子背后印着红润润的落日。

（2006 年 9 月）

今日淡云秋风

  这些日子,在九月中旬里,阴晴相间的天气,温度二十五六度,不时有轻风拂过。望山恬静,望水也是恬静。夏季的燥热已无声无息了。春天里有些时候也是这样的日子,但春天的脸色多变,风和寒潮不时偷袭,气温很不稳定。所以一年四季里最舒适惬意的时候就是中秋前后的一些日子了。也只有这样的日子才能酝酿出桂花的幽香。

  天那样高远,云那样闲淡,不到湖里去划划船就会留下遗憾。走,到湖里去!

  没有污染的水与季节和气候是一个色彩,莹莹的,绿绿的,温温的。一叶扁舟荡在上面,仰首碧霄,等待"横空一鹤排云上"的情景出现。去年这个时候,夕阳西下时,在湖畔,两只白鹭在啃食着绿草的牛背上栖息,那是多么美丽和谐的情景!现在中国人讲人与自然的和谐,如果白鹭飞来停在扁舟舷上,那就证明人与自然真正和谐相处了。飞鸟们是很聪明的,它们知道有些人很残酷,既伤害同伴,又伤害飞鸟,甚至还伤害草木。人要想达到与自然的和谐相处,除非把自己的品性返璞归真,像那头牛那么诚实。自私、狡诈、凶残、以损人利己为目标的心理和行为是大自然的异类,这样的人类最终是毁灭自己,也毁灭自然。

  要逃避那个乱的世界和心态,远离喧嚣,走近自然,融入自然,不失为最佳途径的选择。静湖一游散心绪,管它春夏与秋冬!个人乃沧海之一粟,即使有十二分热情要改变不公正的现实,也只是幻梦。

  大自然是很好的医生。看少妇摇橹那悠扬的动作,以放松紧绷绷的肌骨;瞅波光粼粼的绿水,以抚慰受到创伤的心灵;望天上洁白缥缈的云纱,以化去心灵上堆积的尘埃；而那蓝蓝的天空，以润泽和丰富脑海里的智慧；突然从水中跳起来的一尾鱼儿，迸发一阵欢乐；瞧两岸的青松碧柏，以获取无限的生机和力量！我忽然想起苏东坡《前赤壁赋》里的句子："惟江上之清风，与山间之明月，耳得之而为声，目遇之而成色。取之无禁，用之不竭。是造物者之无尽藏也！"这不，清风来了，一阵一阵，可以羽化而登仙了！

（2006年9月23日星期六早上）

中国二〇〇八年奥运会徽的美丽

二〇〇八年中国北京奥运会的会徽是美丽的。她美得简朴，美得自然，美得明快。她的美丽里包含着丰富的中国传统文化精神。

一枚图章，象征着一方土地。土地里孕育着、蕴藏着、运动着一个雪白的"精灵"，透露着许多文化符号信息。那雪白的精灵是一个"京"字，也是一个"文"字。意思是说：二〇〇八年，"人文奥运"，在中国的首都——北京；那个精灵还是什么呢？是一个张扬着生命和力量的人，还是一条屈曲、蓄势欲飞的龙。它昭示着，中华民族——龙的传人，将在世界的东方崛起腾飞。

会徽画面的色彩一红一白，红白相间，阴在外而阳在内，充分体现了中国传统文化"内刚而外柔"的人格美。我华夏文化精神主张以"母性""柔婉"为根底。儒家的"中庸"和"仁爱"，道家的"无为"和"水性"，佛家的"无欲"和"清净"，无一不体现着"母性""柔婉"的文化精神特征。这是一种内守的美，一种含蓄的美，一种温文尔雅的美，一种崇尚亲爱和睦的美，一种人类向往进化达到的崇高文明的美。如果人类把这种美繁衍和不断推广、连绵开去，整个世界的一幅和平美丽的图景肯定会实现！

再往深处开掘，还会发现更加丰富和广阔的内涵。将金牌之"白金"与中国首都"北京"巧妙地结合起来。北京是敦厚的土，奥运的土。这土能生光彩夺目的金啦！会徽底色红艳，如燃烧的奥运之火，其中的"雪白纹理"如火中之金，象征着人们要以火一般的热情去憧憬和拥抱希望。通向希望的路崎岖而遥远，需要勇猛，需要激情，需要百折不挠、坚忍不拔的意志，需要奋力顽强地拼搏战斗。金色的美丽的希望隐没在火焰之中，只有不畏艰辛困苦的勇士，才能经得起火焰的烤炼而最终获取那令人热泪盈眶的殊荣。

（2003年8月9日星期六上午）

在网上阅读

嗨呀，我以为世界好大，原来就是电脑盒子那么大。世界竟然来到我的家里！我可以遨游到世界的各个角落了！

其实，世界有多大，电脑也是有多大的。不信你试试看，你在电脑里遨游了半天，还是没有走多远。电脑虽小，那可是山连山，山叠山，山上有山，山外有山的哟！那可是水连水，水重水，水里有水，水外有水的哟！你走进去，似乎不大一会，但不知不觉，几十分钟过去了，几个小时过去了。啊，一看，只不过走了数里或数十里。

其实，世界上有的，电脑里也基本都有。听的，看的，玩的，白的，红的，天上的，地下的，过去的，现在的，天空的，海洋的，欢乐的，悲伤的，哪一样没有。只有一样没有，什么？吃的！不过，电脑里有饱肚皮的东西，半天一天你都是不感到饿的。

不啰唆了，现在说说网上阅读吧。网上的文学名著，中国的外国的有，古代的现代的也有。历史的，政治的，法律的，经济的都有。高雅的，卑俗的都有。你喜欢读什么就有什么。

开卷肯定是有益的，有时竟发现了类似山珍海味的东西，例如有一首词，你说它美不美？我看极美。不信你读：

长亭外，古道边，芳草碧连天。晚风拂柳笛声残，夕阳山外山。……

这是谁的妙词？原来是大名鼎鼎的大佛学家李叔同的，题目叫《送别》。

长叹短吁

这伤感别离氛围里的古朴，苍凉，幽远的意境俘获了我的心神。于是，我一边感叹，一边怡悦的摇头晃脑，一边将鼠标指向收藏，口中念念有词：将它保存下来呀保存下来！然后又复制，打印出来，反复吟诵，直至随口而歌。

最近，在网易文化论坛里，由人民文学对海子诗歌的评奖引发了一场就诗歌的"生气"和"死气"的问题争论，一方认为，海子的诗属于"死气"，对当代诗坛柔婉之风的形成影响很大，是不祥之兆。另一方认为，"哀伤"为何不可？人们想"哀伤"就让他"哀伤"！我是参与主张"生气"一方的辩手，和对方来了好几个回合，下面的几段话是我的某些观点。

从哲学层面看，"生"和"死"同样是美丽的，但，是自然之"生"才美丽，是自然之"死"才美丽。殊不知：自然之"生"易，自然之"死"难！特别是许多无辜者，在不该死的时候死了，故非自然之死易！由此权定："生"难"死"易！是以诗歌应颂生！

个人哀伤不是孤立的，人是社会的人，人不可能和时代截然分开，甚至有许多家庭悲剧也与社会有联系。李清照的词看似抒发个人情怀，实际上折射了当时的社会之象。

我们说"哀"，是指的"风气"，不是指诗歌作者的具体创作。总的观点是主张百花齐放，百家争鸣。诗坛应该是多种"风气"，不应该是一种"风气"。

个人的创作也不应只是一种"味道"，要有多种"味道"，李清照虽以"哀"为主，但也有"生当作人杰，死亦为鬼雄"和"九万里风鹏正举"等"壮句"。杜甫在"艰难苦恨繁霜鬓"时，尚有"无边落木萧萧下，不尽长江滚滚来"的"壮句"。

从中华民族文化精神的特点看，阴柔有余，阳刚不足，与西方文化精神正好相反。哀伤过度会更加柔弱。故鲁迅先生说："哀其不幸，怒其不争"，正谓此也。这种文化精神不改造，会被动挨打的！

在网上阅读还是一种乐趣。比如读我上面说的双方辩论的文章，随读随发感慨。有的辩手被对方激怒，由论理转入论"武"，说出许许多多的臭话、脏话，实在不堪入耳，有时又令人可笑得喷饭。一边窃窃地笑，一边手在键盘上飞动，打字回话或发言。在网易上阅读诗歌还有另外一层乐趣，那是一块诗歌自由的土地，那是一片诗歌的春天，哦，不，那是诗歌的一年四季，有叽叽鸟鸣，碧绿芳草；有炎炎烈日，海洋澎湃；有秋夜明月，丹桂溢香；有北风长啸，冰雪朗照。

  容树下我也是经常去的，她是全国最大的文艺网站，已经开办5年了，看来是较成熟了。我主要是读里面的诗歌。你进了那里，就进了诗歌的海洋。随着网络文艺的进一步发展和开放，我相信今后大量的优秀的文艺作品存在于网络和民间。网络文艺作品理应越来越得到重视。

  在网上阅读是有瘾的。你在网上待了一些日子，就有一批网友，互相唱和，互相呼应，这又是一种乐趣。如果你的网友几天没有见了，你甚至有些想念他（她）。反过来，你几天没有上网了，别人也会想念你的。

（大约写于 2004 年）

渴望"土鸡蛋"

这些日子过单身生活，喜欢上了鸡蛋。因为鸡蛋营养丰富，食用的方法也简单，或煎或炒或熟煮或打荷包蛋，都毫不费力。

一天中午从农贸市场门前路过，见有两老妪背着背篼手挎篮叫卖鸡蛋，凑上前去，见鸡蛋很小，心头一惊：莫非是"土鸡蛋"（没有经过杂交改良的原始鸡产的蛋）。问老妪："这蛋怎么这么小？"老妪答："土鸡生的嘛，才开始产，所以小。"我再问："你们是哪里的？"答曰："我们是明月水库那山上的。"我有些相信了，山上的鸡产的蛋，十有八九是土鸡蛋。问多少钱一个，老妪答："5角。"我讨价还钱："4角怎么样？"老妪说："便宜卖给你，我要回去，晚了不好赶船。"我心里说：还真是土鸡蛋啦！不然她赶船到山上去干啥。于是买了近100个。过了几天，我又见这两个老妪在农贸市场门前卖蛋，心生疑窦：家养的土鸡有多少，莫非是鸡蛋贩子？

到单位说到买鸡蛋的事，同事们说，你那是什么"土鸡蛋"，真正的"土鸡蛋"要六七角钱一个。我辩解："我买的那蛋很小嘛。"同事们说："也不是的，你没有看到吗？就在我们单位大门口边有个批发鸡蛋的地方，经常有老女人在那里选鸡蛋，选最小的，假冒土鸡蛋，骗你们这些平常不买菜的懒男人！"我醒悟了，看来是上当了。

当然，最怕的买到"人造鸡蛋"。但这个可以否定，因为我打开鸡蛋后，注意看了鸡蛋一端有无极小"空白"（真实的鸡蛋没有填充满），是有"空白"的。是不是土鸡蛋呢？我想起来了，不是。

现在有没有"土鸡蛋"呢？可能是凤毛麟角了，杂交技术推广了二三十年，还有哪个地方的原始鸡没有被杂化呢！很多优良的地方品种都被杂交化了。例如我地的"麻鸭",形象虽然不美丽,但经过千百年的驯化,肉质非常细腻可口。但现在也几乎全被改造了,肉质大不及前,水分比过去多多了。

是的,现代自然科学技术大大提高了粮食作物和畜牧动物的产量,但其质量有些却不如过去的原始品种和原始生产出来的产品。假如生产者用心不良,只顾赚钱而不顾消费者的身体,在饲料或肥料里加些激素类的东西,那么,这食品的安全就令人可怕了。

(2007年10月28日星期日上午)

溺情于狗的人

当今大小城市，养宠物狗形成了一种风气。大街小巷，随处可见狗的身影。大大小小，品类繁多；或白或黄，或花或黑，色彩各异。

曹风操夫妇也养了一只宠物狗，其名曰"点点"，属最袖珍宠物狗一类，小得不能再小。毛色金黄耸立如刺猬状，煞是引人注目。眼睛细而圆，炯炯有神。走起路来，四只小腿运动出奇的快，金色的毛筛糠般抖动。

据测，"点点"有5岁儿童的智力。最讨人喜欢的是大小便能自己找厕所。不仅在家里会这样，就是旅行住店，访亲寻友也自己去找卫生间。

"点点"还知道害羞。主人剪去了它屁股的毛，它便坐在那里一动不动，怕人家看到它没有毛的屁股。

坐在车上，喜爱看四周风景，最喜欢坐副驾驶那个位置，蹲在人的膝头上，这里望望，那里望望。

天有不测风云，狗亦有旦夕祸福。一天，曹风操带着狗上街漫步。突然，一辆出租车像野牛一样冲来。曹风操闪身躲过，但"点点"却惨烈牺牲，几乎被碾压成齑粉。

曹风操先是一愣，接着瘫坐在地上号啕大哭起来。路人蜂拥围上来，既劝又拉："阻了交通，一只狗不值得这样伤心。"

"它是我的心肝啦，它是我的命；它是我的伴啦，它是我的魂！"曹风操一边哭，一边向路人倾诉衷肠。

良久，曹风操方止住哭声，抽泣着雇一"丧葬职业人"将"点点"遗体包裹到郊外埋葬了。

几天后，曹风操的妻子从美国旅游回来，没有看到"点点"来接风，丈夫闷闷不乐。问"点点"呢？

曹风操悲戚地叙述经过，还未道完，他妻子也涕泪横流。

第二天，曹风操的妻子带上从美国买回的给"点点"穿的洋衣服，随"职业人"到埋葬"点点"的地方，嘱"职业人"把"点点"的遗体掏出来。那妇人一见"点点"，倾心大哭："我的儿呀点点，我去旅游才几天，你就短命归黄泉。你死得好悲惨，昨夜噩梦大浪翻，原来是魔鬼要我儿命归西天。你怎么扔下我就不管，从今后我会不思茶，不思饭，儿呀，我要陪你去阴间！"

大半天过去了，在丧葬职业人的劝慰下，妇人终于不哭了。把衣服给"点点"穿上，让"职业人"再次将"点点"葬了。

这是一个真实的故事，发生在西南著名山城。当然，姓名是笔者虚构的。

（2014年9月3日）

孔子与王国维的三种境界

王国维的"三种境界"流传很广,但孔子的"三种境界"却鲜有人知。

孔子也有"三种境界",是哪三种呢?"知者不惑,仁者不忧,勇者不惧。"(《论语·子罕》)"知之为知之,不知为不知,是知也。"(《论语·为政》)这几句里面的"知",是孔子的第一种境界。"知"是指对各类知识的学习把握。如数学知识、语文知识、社会知识、天文地理知识等等,对这些文化科学进行学习、理解、把握,就是"知"。这个"知"是一个基础,是一个过程,带有任务性、规定性的特征。我们贯彻《义务教育法》,青少年必须受到培养和教育,就体现了这个特点。但这还不够,在学习的基础上经过社会阅历而磨炼出智慧的头脑。这就是"知"(智)了。

孔子的第二、第三种境界是"知之者不如好之者,好之者不如乐之者"。(《论语·雍也》)意思是说,一个人机械的、勉强的、在任务死规定的约束下学习求知不如主动对知识产生爱好和兴趣,但主动对知识产生爱好和兴趣又不如认为学习是极其快乐的事,从而沉醉在学习之中,也就是人们平常说的如痴如醉。

孔子的三种境界,是关于学习求知的境界。层层递进,由被动到主动,再由主动到乐以忘忧,乐以忘倦。

王国维的三种境界是:"昨夜西风凋碧树,独上高楼望尽天涯路。"(借宋词人晏殊的句子)此为第一,是说对追求目标的选择;"衣带渐宽终不悔,为伊消得人憔悴。"(借宋词人柳永的句子)此为第二,是说含辛茹苦、百折不挠的奋斗;"梦里寻她千百度,蓦然回首,那人却在,灯火阑珊处。"(借宋词人辛弃疾的句子)此为第三,是说追求的理想忽然灿然出现在眼前,令人惊喜万分,目标终于达到。

王国维这三种境界似乎比孔子的三种境界要抽象、宽泛一些，可以说是一个人求知的过程，也可以说是一个人对事业的追求，还可以说是一个人对情人的恋爱。总之，是为理想而奋斗的过程最终达到了目的。

但不论你要实现哪一个理想，学习求知是一个基础，干事业没有文化不行，就是谈恋爱，没有文化的感情交流实在是没有味道的交流。所以，你要实现王国维这三种"模糊"的、"幻觉"的、"朦胧"的无具体指向的境界，首先必须达到孔子论求知的境界。孔子的学生们在编辑《论语》时把《学而》放在第一，原来里面是大有学问的。

一个人的求知学习，只要达到了孔子的这三种境界，那一定是很有造化了！

（2006 年 8 月 17 日星期四凌晨）

谈孔子的形象与气质

一个人的形象与气质来源于先天,但与后天的学习、修养关系极大。"象随心转""腹有诗书气自华",就是说的后天的学习、修养带来的变化。

孔子是什么样的形象与气质呢?尽管没有历史典籍完整地介绍孔子的形象与气质,当时更没有摄影技术将孔子的形象拍摄下来并流传到后世,但是,我们可以通过《论语》等著作,把有关孔子形象和气质的语言联系起来,而后可以看到孔子完整而丰满的形象与气质。

孔子的学生子夏在《论语·子张第十九》中对孔子的形象评价说:"君子有三变,望之俨然,即之也温,听其言也厉。"

这个描绘虽然只有十多个字,可是非常生动。白描,写实的手法,非常真实、具体。子夏对孔子的观察、认识由远及近,先看外表,孔子的形象很严肃庄重,如果不深入接触,这样的形象会令一般人畏惧。但只要和孔子交谈、接触,就感到孔子很温和,很有人情味。再听孔子讲人世间的道理,那是义正词严,很有个性色彩的。从"厉"字可以推知孔子讲话不快不慢,声音洪亮,观点鲜明,爱憎分明,很有震慑力和感染力。

孔子最欣赏的弟子颜回在接受孔子长久教育后喟然叹曰:"仰之弥高,钻之弥坚,瞻之在前,忽焉在后。夫子循循然善诱人,博我以文,约我以礼,欲罢不能,既竭吾才,如有所立卓尔。虽欲从之,末由也已。"(《论语·子罕第九》)

颜回对孔子的评价与子夏近似,但更加深入和深刻,有深厚的感情和发自内心的感慨。这段话,翻译成白话就是:瞻仰孔子的形象,越仰望越显得高远,越研钻它越显得坚固,看它好像在前面,一忽又像在后面。夫子循着次序一步步诱导我；先教我博学文章典籍，然后要我以礼约束自己的行为。我想停止不学了也不可能，已经用尽我的才力，而夫子的道依然卓立在我的面前，我想再追从上去，但总感到无路可追从上去啊！

"弥高"，颜回感到孔子是巍巍高山；"弥坚"，是颜回感到孔子的崇高品质十分坚强。"循循善诱"，是说孔子教育学生的态度、方式方法。这是多么宽仁的形象啊！

孔子的学生子禽问子贡：我们的老师每到一个国家，一定能听闻到这个国家的国政，这到底是我们的老师自己去四处打听而求得的？还是人家主动告诉他的呢？子贡回答说：我们的老师是靠他的温和、良善、恭敬、节制、谦让五种美德得来的，就算是我们的老师是去求得的，这种求法应该也是和别人的求法有所不同的吧。这里，我们看到了孔子处世为人的又一个侧面："温、良、恭、俭、让。"孔子自己曾说："文质彬彬，然后君子。"可见孔子是一个很文明的人。

孔子的形象与气质还体现在人际交往方面，以善良、真诚的心广泛地与人们交往，他说："泛爱众，而亲仁。""君子周而不比，小人比而不周。"

孔子形象与气质的基石是"中庸之道"。他坚毅如磐石立于"道"上，巍然屹立，不偏不倚，持正、守正、刚正。这个"正"，就是"真理"和"正义"。展示正确的思想观念、价值观念也就是展示了自己的形象和气质。

现在有些人认为孔子迂腐、保守，这是对孔子的误读。

孔子的形象与气质不是平面的而是立体的，是庄严与快乐、温和与阳刚的统一。

子路、曾皙、冉有、公西华侍坐时，孔子问他们想做些什么事情。子路、冉有、公西华三人谈的是治国的严肃话题，但是孔子不满意。最后，正在弹琴的曾皙放下琴，谈了自己对某种生活的向往，那就是在春天，穿着漂亮的衣服，邀约一些人，来一次春游，好好享受春光的沐浴，去河里洗澡，然后上岸，迎着春风吹，同时向着旷野引吭高歌。

听了曾皙的生活向往，孔子长叹一声说，好啊，我赞成啊！说明孔子的生活方式主张"文武之道，一张一弛"。

孔子是音乐专家，可以想见，一个酷爱音乐的人迂腐吗？从"子绝四：毋意，毋必，毋固，毋我"《子罕·第九》中也看到孔子不仅不迂腐，而且还具有

长叹短吁

灵活性。

孔子说："三军可夺帅也，匹夫不可夺志也。"《论语·子罕第九》："君子不重则不威，学则不固。"《论语·学而第一》："知者不惑，仁者不忧，勇者不惧。"《论语·子罕第九》："刚、毅、木、讷近仁。"从这些话语里，我们感到孔子的形象和气质里贮藏着强大的力量。

总之，孔子的形象和气质非常饱满、丰富、生动。他的胸襟博大、坦荡，既庄严谨慎，又豁达乐观，心地善良，亲爱温和，追求真理，乐以忘忧。其形象与气质在年富力强岁月里表现得尤为突出。一句话，孔子的形象与气质很崇高、很文明、很伟大。他作为中国的文化圣人，当之无愧！

（2011年3月5日至6日）

从明朝的"大议礼之争"事件看儒家的坚强脊梁

"大议礼之争"事件发生在明朝嘉靖皇帝执政时期。嘉靖之前的明武宗皇帝逝世后,由于武宗没有留下子嗣,又是单传,因此皇太后和内阁首辅杨廷和决定,由最近支的皇室,武宗的堂弟朱厚熜弟继承皇位,第二年改年号为嘉靖。

继位后不久就爆发了"大议礼之争",也是明朝最著名的政治事件。嘉靖皇帝为了一己之私,要求追封自己的亲生父亲为皇帝。嘉靖这种严重乱礼行为遭到一大批正直大臣的强烈反对。对这个大是大非问题,众大臣表现出空前的团结,反对的奏章一篇接着一篇。就在嘉靖准备让步的时候,一个儒家的叛逆者张璁跳了出来,为嘉靖皇帝辩护。嘉靖皇帝看到张璁的奏章深受鼓舞。于是坚持为自己的父亲要名分。

由于嘉靖皇帝对张璁的支持,一些人见风使舵,"议礼派"一方的力量逐渐增强,但反对议礼的力量也很强大。双方的斗争也日趋激烈,经过几回合的你来我往,终于爆发了"血溅左顺门"事件。由于"议礼派"逐渐占据上风,"护礼派"群臣决定集体向皇帝进谏。1524年盛夏的一天,包括九卿23人,翰林20人,给事中21人,御使30人等共229人跪伏在左顺门前,从早上7时至中午11时。嘉靖皇帝大怒,下令锦衣卫将为首的丰熙等8人逮捕入狱,目的是惩一儆百,谁料群臣仍然不罢休,继续长跪,并悲哭震天。嘉靖皇帝动了杀机,命太监将跪伏官员名字全部记下,同时对大臣痛下廷杖。

一时间,左顺门前,锦衣卫使棒如雨,血肉横飞,阴风惨惨,呼号长鸣。无论锦衣卫的廷杖多重,但是大臣们致死不改变"护礼"的意志。五品以下官员竟有180余人受到严厉的廷杖,其中翰林院编修王相等17人被当场杖死。

最后，嘉靖皇帝将193名大臣逮捕入狱。

"大议礼之争"事件有几点启示。

其一，中国历史上有比较优秀的皇帝，但是也有很多不优秀的皇帝。嘉靖皇帝无疑属于后者。嘉靖在执政初期有一定作为，但以后少理朝政，信奉道家，痴迷炼丹，滥用民力大势营建。长期信用历史上著名奸臣严嵩，严嵩专权长达20年。吏治败坏，边事废弛，倭寇频繁侵扰东南沿海地区，造成极大破坏。在长城以北，蒙古鞑靼部首领俺答汗不断寇边，嘉靖二十九年甚至兵临北京城下，大肆掠夺。在嘉靖年间，南倭北虏始终是明王朝的莫大祸患。在"大议礼"问题上，嘉靖明知此事非同小可，会引发朝廷震动，但为了满足自己的欲望，而不顾给国家带来的政治损失。像嘉靖这样极端自私的皇帝在中国历史上不可胜数。这也是封建专制的最大弊端。

其二，历史上离经叛道的机会主义者大有人在。张璁为了自己的功名富贵，违背国家典章制度，讨好皇帝，以求升迁。按孔子的话说，此种人是小人而不是君子。从理性的角度看，张璁是道义的反叛者；从政治的角度看，张璁是国家法制的破坏者。张璁虽然也名之曰"儒生"，但是只有一张"伪善"的皮了，成了孔子的叛逆者。实际上，嘉靖皇帝也是孔子的叛逆者，他虽然打着孔子的旗号，却干修道炼丹，以求长生的和自然世界相悖的事。此类人尊孔，不过是假尊孔。

其三，一些人认为，儒家迂腐无能，没有战斗精神。这是对儒家的极大误解。事实上，历史上有很多儒家知识分子大义凛然，铁骨铮铮，敢于坚持真理和正义，不惧邪暴，不怕杀头。具有前仆后继的大无畏牺牲精神。这种精神在明朝的知识分子中表现尤为突出，特别是"大议礼之争"事件集中体现了儒家士大夫惊天地、泣鬼神的勇敢、坚毅的伟大品格。

这说明，今人继承弘扬祖国传统文化，简单的肯定与否定都不对，儒家队伍中有"真儒"也有"假儒"；有真正为国家和百姓利益着想的人，也有投机钻营只为达到自己私欲而不择手段的人。这后一种人，没有人格，没有道义，不讲正义，是应该被历史唾弃的人。

只有那种胸怀浩然之气，为了维护真理和道义而不惧牺牲的人，才值得永远尊敬和学习。

（2011年2月12日星期六上午）

人物

实录

追求佛家境界的著名书法家贾长城

我与贾长城先生相识好些年了，那是我编著《中华贾姓人物传》的时候，在网络里搜索到他是青年书法家，很看好他的字，于是向他提出要求，为《中华贾姓人物传》题写书名。他欣然应允，写好"中华贾姓人物传"7个字后从网上发过来。我一看，眼睛一亮，隶书体，古朴但不板滞，规格高雅，很适合古今贾姓人物传的特点。负责出版编辑的人员看了题字，也很赞赏。

最近，贾长城给我发来短信，云他的书法在福建泉州进行了展览，"书艺公社"等网络媒体和纸质媒体都有介绍，要我前去一观。不几天，他又给我短信，10月30日至11月6日，他的书法又在江苏扬州八怪纪念馆展览。还说要给我邮寄出版的书法册。昨天，果然收到了他寄来的书法册一部，中州古籍出版社出版。排版印制非常大气，长尺余，宽近一尺，淡淡的板栗色彩。喜之不尽，翻读，欣赏，把玩。昨天成都上空阳光明丽，于是把书法册拿到屋顶花园，置于阳光下拍照。

题写《中华贾姓人物传》书名大约在10年以前，俗话说："士别三日当刮目相待。"何况10年过去了。从厚厚的书法册来看，贾长城在不断奋力向书法艺术的最高峰攀登。我对书法艺术没有深入研究，只是年轻时订阅过《书法》杂志，购买并阅读过一些书法理论，也曾经练过书法，取得的成绩甚微，难以用行家的眼光作精准细微的评价。但我从泛艺术观的角度看，贾长城的书法艺术已经达到了中华书法艺术一流水平。不论任何艺术（包括文学、音乐、绘画、雕塑、舞蹈等），其评价有两条重要标准，第一，是否从自己的心灵出发营造出独特的境界；第二，所营造的艺术境界是否"自然"。

艺术创作出发的基点是由意生象，写诗如此，绘画如此，书法亦是如此。

意与精、气、神融而修炼之，上乘的艺术作品是内在的精、气、神外化的结晶。

这个"意"就来自于心灵。"意"实际上是艺术家在人格修养基础上形成的对人生、对社会、对天地宇宙的价值判断。

从贾长城先生的生活特征和表现的艺术情景看，他悠游于佛界，其书法艺术有浓厚的佛家境界。《坛经》里对什么是佛有一句最简单而深刻的回答：心底干净就是佛。与此相近的意思还有另外一种说法：心净则佛土净。贾长城别署涤心，斋号涤心斋，书法册题名也冠有"涤心"二字，书法展览也以"素墨涤心"命名。这一系列文化符号和行为表明，贾长城在人格修养上使自己心地干净。佛家讲心外无物（"本来无一物"），即是对物欲的淡化，休将名缰利锁束缚自己的心灵。这样的心灵颤动自然会产生清新纯洁的艺术境界，这样的精神世界自然形成与众不同的脱俗之风。

由于贾长城追求心灵的恬淡虚无，因而他的书法艺术呈现出"自然活脱"的总体风格，看不出刻意雕琢的痕迹，大有"清水出芙蓉"之意趣。楷书如此，篆书如此，行草也是如此。既无俗气，更无戾气，其笔力、形态皆体现出佛家慈悲、善良的心质。

没有功名利禄的羁绊，书者在书写前的心态是自然的状态，提笔书写时的手法亦是自然的状态，书写出的线条亦如行云流水般的自然。贾长城书法造诣正是达到了这样的效果。

（2013年11月17日星期日）

附：贾长城简介

贾长城，中国书法家协会会员，当代著名书法家，出版有《墨海弄潮百人集——贾长城书法作品集》《首届兰亭奖获奖作者作品集——贾长城书法作品集》《翰逸神飞——贾长城卷》，并在北京、广东、青海、云南、江苏和山东等地举办个人展、联展。

德馨沁远　墨痴[①]泼兰

——悼念阳永泽先生

2010年6月21日，我下乡到任市镇。下午，惊闻阳永泽先生在这天中午逝世，不胜叹息。达州文化界、书法界失去了一位星座似人物。

写两句挽词送给先生吧：德馨沁远，墨痴泼兰。

这个评价，阳先生当之无愧。

本真，慈爱，善良，忠厚，诚实，笃信，"行止无愧天地，褒贬自有春秋"（阳永泽先生自语）。这就是他的操守。他是仁者，堪为传统美德的典范。在物欲横流，道德沦伤的当今社会，阳永泽先生的人格精神十分可贵！

阳永泽先生不仅是达州书法泰斗，而且在川东书法界颇有地位，在全国亦有一定的名气。他的书法功底扎实，篆、楷、隶、行皆通，尤以篆、隶书最为精当，受人称道。特别是隶书，流传较广。他的小楷，也在区内独领风骚。字如其人，遒劲、敦厚、谨严、工稳是其主要风格。"泼兰"，就是将兰草般馨香人格用书法的形式表现出来吧！

可以令阳永泽先生笑慰的是，在夕阳晚景之时，终于出版了自己的十分精致的书法集。他在后记里说："我的童年，由于家境贫困，中学以后父母无力支持我继续上学，因此读书不多，……而对于书法兴趣甚浓，但在父母目不识丁，又无高师指点的情况下，只有依靠自己勤学苦练，向社会学，在学中用，学用结合，走自学之路。……不唯书，不拘泥古法，不为俗累，不为形役，博

---

① 墨痴：是阳永泽先生的艺名。

采众家之长，吸古纳今，达性情，见品格，返自然，坚持走自己的路，终于有了一些进步。"这些经历和体会，对后人是有益的启示。

我认识阳永泽先生近30年了。青睐他首先是对他的尊重，喜欢他的书法。今习书者，大都不能潜心正楷用功，每次书展中行、草占绝大部分，书道危矣。所以我十分看重阳永泽先生的书法艺术。他之后，还有来者吗？

我和阳永泽先生很有缘分，因为我们不仅相识，他还书写过我的文章。2004年，我写了《明月湖赋》，文章近千字，写得较认真。由于喜爱阳永泽先生的书法，便诚惶诚恐请阳永泽先生将《明月湖赋》书写出来，并特地提了要求：隶书体。他毫不推辞答应了！

书写这篇文章费了很大精力。文章内容较多，只能写小字，花了好几天工夫。书写到中途，发现有误，又推倒写第二次。落款时间是"猴年榴月"。"榴月"是农历五月，气候炎热。可以想象，阳永泽先生的汗水与墨汁一起流淌，浸润在洁白的萱纸上。他付出的是艰辛的劳动，我得到的是沁人心脾的芳香。想到他在酷暑中吃力伏案、挥汗如雨的情景，我心里便惴惴不安。

更可贵的是，阳永泽先生不计报酬，无偿奉献。

隶书是阳永泽先生的拿手好戏，我将他书写好的《明月湖赋》裱出来，至今尚悬挂在堂中。每有客人来，不论内行外行，懂书与不懂书，都要欣赏一番，评说一番。都得到了一次美的熏陶和享受。艺术无价，由此可知万一。

阳永泽先生也将《明月湖赋》收在他的书法作品集中。

永兴镇糖房坝村农民休闲广场里有一小湖，湖中一亭，其名为"栖鹤亭"。嵌有两副对联。其中一联的内容是："青山隐白鹭，绿水润良田。"此联乃时任永兴镇党委书记的蒋伟和我现场共同创作。另一联是："万柳风光鸭鹅戏；十里平畴橄榄绿。"此联为开江广电局高级记者符维所作。我和符维先生建议：阳永泽先生的字在开江具有代表性，也最具文化性，建议对联请阳永泽先生书写，蒋伟书记欣然采纳我们的建议，让永兴农民休闲广场留下了阳永泽先生珍贵的墨宝。

去年，开江县大修和扩建金山寺，公德碑"做善事佛门扬名，献爱心汗青流芳"（符维创作）和"言善不如行善，健身非比净身"（贾载明创作）等联亦是阳永泽先生的书法。

金山寺顶新竖造的"露天观音"，我撰有一联："祥云泽万代，瑞气煦千

人物实录

秋。"书法仍然是阳永泽先生的隶书。这或许是他留给社会、留给人们最后的墨宝。

阳永泽先生精神永存，翰墨流芳。

（2010年6月22日星期二上午）

记汶川大地震三个撞击心灵的小人物

题记：今天是六一儿童节，谨发此文赞美祖国的花朵，特别是这次汶川大地震中涌现的所有小英雄。

"5·12"特大地震中，发生了许多故事，有的催人泪下，有的发人深省，有的触目惊心。本文记述的三个小人物的故事，令人百感交集，心灵震撼，且悲且喜中，脑海油然泛起历史、民族、哲学的思索。他们的故事，已经传遍全国。但我特地把他们整理记录下来，使之成为我记忆的珍贵的一页。

第一个小人物是小英雄林浩。他是映秀镇渔子溪小学二年级学生，也是这个班的班长。才九岁的他，在地震后却救出了他的两个同学。我们在电视里看到记者采访他救人的过程，他说："地震发生的那一刻，他正走在教学楼的走廊上，突然楼房垮了，被两名同学砸倒在地。我使劲爬，使劲爬，终于爬出来了。爬出来后，就回转身把一个同学背出去交给校长，校长又把她交给她妈妈背起走了。后来我又回去，又把另外一个同学背出来交给了校长，接着这个同学也被他父母背走了。"记者问林浩，你背出的同学是男生还是女生？林浩答："一个男的，一个女的。"记者又问："你背得动吗？"小林浩说："背得动。"记者再问："你自己也受了伤，怎么能背他们？"林浩解释说："我开头没有受伤，是背他们的过程中擦伤的。"

救了同学后，林浩一直没有找到自己的父母。14岁的姐姐带着比林浩还小的妹妹找到了他。三姊妹寻找了几天父母，没有找到，无奈与映秀镇转移的群众一起朝都江堰走。林浩说："我们在路上走了7个多小时，走的全部是小路，桥下面有条小路可以走。"

人物实录

人们问小林浩为什么救人时，他大声回答："我是班长！"

我们在电视里看到小林浩叙述他救同学的过程时，显得非常镇定、自然，年龄虽然幼小，但气质沉稳、有力，像个小铁坨。正因为有这样的气质，才有可能去救与他一般大小的生命。

在大恐面前小林浩能有泰然自若的表现，令很多成年人汗颜和惭愧。

直到今天，林浩还没有找到父母。

第二个小人物是"敬礼娃娃"郎铮。绵阳晚报记者图片部主任杨卫华的一幅照片感动了中国，感动了世界。这幅照片真实记录了3岁小儿仰卧在担架上举手行的感恩的军礼。据杨卫华回忆：5月13日早晨七点多，他一边拍摄，一边搜寻幸存者，突然在废墟里听到了一个孩子的哭声。他用手电向发出哭声的废墟中照去，大喊一声："你能看到光了吗？"小孩没有回答，只听到哭声。情况非常危急。北川县城在两山中间，余震不断。杨卫华没有犹豫，立即和同来的几个解放军战士用手刨挖废墟，用劈柴刀砍钢筋，一直进行了两个多小时，到了上午10时左右，才把小孩救出来。这个孩子在山体滑坡的最边缘，救出孩子后，山体仍然在继续垮塌。这个孩子非常非常懂事，把他从废墟扒出来之后，安慰他，要坚强，要勇敢。杨卫华让孩子喝了一点葡萄糖水，孩子振奋了一点。杨卫华等救援者给他包扎，这个孩子说谢谢叔叔。找到一块木板把他抬出来，他说谢谢叔叔。当杨卫华决定继续搜寻其他的幸存者时，猛然看到了左臂骨折的小孩子在担架上突然抬起右手，把手放在了额头上敬了一个军礼！那瞬间让杨卫华很震撼，只有一两秒的时间，立即举起相机按下了快门。杨卫华感动得眼泪夺眶而出，非常震撼。

小郎铮头部与面部有挫伤，左手手臂骨折，由于时间较长，整个手臂无知觉。医疗队看了小郎铮吃力地举着右手向解放军敬礼的照片，深深地被感动，决定派出专家为他治疗。经过诊断，专家将小郎铮左手小手指和无名指作了部分截肢。

5月23日，温家宝总理到绵阳404医院看望受伤群众时，在监护室俯身亲吻了小郎铮，调皮的郎铮用手遮住半边嘴巴回答温总理的问题。总理称赞他"坚强、勇敢"，并鼓励他向解放军叔叔学习。这时候郎铮向总理敬了一个军礼。当天晚上当中央电视台播放这一新闻时，小郎铮指着电视说："是这个爷爷看我、亲我的。这个亲我的爷爷是谁呀？"逗得人们大笑不止。一位医护人员说:"这是咱们的总理。"小郎铮望着床头那张总理亲吻他的照片说:"我不知道他是总理,我只知道他是一个非常非常好的爷爷。"

小郎铮是北川县曲山幼儿园的小朋友,父亲是北川县公安局的干警,母亲是机关干部。庆幸的是,小郎铮的爷爷、奶奶、父母都是这次大地震中的幸存者。

小郎铮行军礼的动作是他的警察爸爸教的。

第三个小人物是在瓦砾压迫中唱儿歌的任思雨。5月14日,北川县救援现场出现了感人的一幕——救援队员们在曲山小学的废墟下发现了一个名叫任思雨的小女孩。在救援过程中,小姑娘竟唱起了儿歌,为自己壮胆。孩子天真而勇敢的儿歌声,犹如一曲灾区民众的生命礼赞。所有在场救援者,无不感动得热泪盈眶。这天下午,在当地民众的带领下,江苏地震救援队的成员周军和他带领的小分队8名战士来到曲山小学的废墟上面。见废墟中有一个缝隙,凭经验判断,里面可能有幸存的儿童。周军拿着手电照向这个黑洞,只见黑洞里穿插着一根又一根突出的钢筋,从大量断裂的横梁里戳向各个方向。大家全都屏息寻望搜索,突然黑洞深处传来了一个女童的声音,周围的家长们一齐围到附近:在那边!在那边!周军立即向里面大声喊道:"小朋友,不要怕,叔叔来救你了,你能告诉叔叔你在哪里吗?"一个细微的声音从下面传了上来:"叔叔,我不怕,我在里面,我的腿上有东西压着!"

听到了孩子的回声,周军与救援队员十分兴奋:孩子还活着!可孩子的腿被水泥板压着,破拆的动作只要一不小心,就会给女孩带来灭顶之灾。周军他们开始对四周仔细观察,将一些容易发生断裂的水泥横梁用液压棒固定起来。终于可以打通一个救援通道!然而孩子的准确方位在哪儿?孩子怎么没了声音?就在这时,废墟的底下传来女童稚嫩的歌声,"两只老虎跑得快,跑得快……"女孩竟然在黑漆漆的废墟底下唱起了歌!在满目疮痍的废墟堆边守候了两天的家长们听到这孩子天真的声音已经泣不成声。周军告诉记者,当女童的歌声从废墟里传出来时,他好像听到了天籁之音,他唯一的想法就是,那样纯洁的生命不该就这样逝去!自己只要努力再努力,就能将女孩救出来!

周军和战友们循着歌声立即动手挖掘,手指磨破了,不要紧,只要能把下面那个女孩救上来!当救援队们将女孩抬上担架,她奋力把头抬起头对周军一字一顿地说:"谢谢叔叔,我叫任思雨,今年6岁了!"女孩很快被护送上救护车，周军一边流着眼泪，一边去找寻下一个幸存者。

小人物，大英雄。看着一个个震撼灵魂的故事，我激动，我流泪，我思索。小林浩、小郎铮、任思雨的共同点就是对恐怖和死亡的无畏，然而他们却又如此幼小。这说明，中华民族的大无畏勇敢精神已经深入到骨髓而随生命传递。可以想见，我中华民族，蕴藏着何其伟大的精神！中华民族是不可战胜的！

（2008年6月1日星期日定稿）

李绩恭的红烛园林

李绩恭的红烛园林是川东一绝。

今年"五一"期间,我有幸拜访了他。那风神峻整的形态,哪里看得出是80岁高龄的老人!

我在他家流连了一个下午和晚上。他给我谈国学,谈道义,谈自己家乡的历史故事:明朝农民起义军领袖张献忠在开县"大战黄陵城,血流冉家坪"的战斗,清朝民族英雄林则徐有个女儿如何殉葬在开县。

在交谈中他把我引进一个园子。我先是惊奇,后是激动。从参观园子开始到现在,我的心灵一直被这个罕见的精神家园震撼着。

走进园子,就可看见镌刻在一块偌大石碑的上醒目的"红烛园林"四个大字。李绩恭先生说名字是学生们取的,园子也是学生们提议建的。"人海沧桑松柏傲冰雪,大地浮沉日月照河山。"落款是"众生颂"。李绩恭先生与凡人一样,沧海之一粟,一个在三尺讲台上站了一辈子的普通教师,怎堪与日月等身?但我想众生们不是颂扬老师的地位,而是褒赞老师的灵魂和人格。精神境界和人格修养的高低是不能用地位和所从事的职业来衡量的。

"一个国家,一个民族,一个家庭,如果缺少教育文化、科学技术,一切将难堪设想。"这是李绩恭先生的座右铭。他把这个座右铭刻在石碑上。"滔滔江水逐浪涌,代代英豪谱春秋。"这是李绩恭先生的激情和壮志。他把自己的激情和壮志也刻在石碑上。

"红烛园林"不足300平方米,半人高的"围墙"全系石碑,中间亦是错落有致的石碑石柱。园子的一端被翠绿的葡萄架遮盖。另一端是数平方米的小瓦房,内有一张石桌、四个石凳,是李绩恭先生常来憩息和冥想的地方。整个

人物实录

园子只有地表的建设,"天上"空旷敞亮,全"开放式"的。

园子凝聚的内容异常丰富。石碑和石柱上的雕刻,除了李绩恭先生自己明志抒情、友人的赞誉、学生的赞美等少许辞章外,大都是古今不朽伟人的血性文字和音容笑貌。有孔子的话语和浮像。伟人的灵魂迸发的精粹被刻上石碑的有数十位之多,如诸葛亮、刘禹锡、苏东坡、岳飞、文天祥、孙中山、毛泽东、周恩来等等。

"世界大同。"

"非淡泊无以明志,非宁静无以致远。"

"斯是陋室,唯吾德馨。"

"盖将自其变者而观之,则天地曾不能一瞬;自其不变者而观之,则物与我皆无尽也。"

"莫等闲,白了少年头,空悲切!"

"人生自古谁无死,留取丹心照汗青。"

"天下为公。"

"太平世界,环球同此凉热。"

"大江歌罢掉头东,邃密群科济世穷,面壁十年图破壁,难酬蹈海亦英雄。"

从雕刻的这些历史巨人的精神符号可以看到李绩恭先生崇敬、追求、向往、践行的人生航标和道德情操。其胸襟的开阔、生活的修炼、处世的旷达、求知的砥砺、民族的骨魂、赤子的情怀历目昭昭。

"红烛园林"是李绩恭先生精神的外化,是精神的象征和载体。

我更惊异李绩恭先生虽然年龄耄耋,却是骄脏嫩腑,热血满腔,极易动情。真是不是青年,胜似青年!他把自己写的怀念屈原的文章拿在园子里来朗读给我听,读着读着声泪俱下,以致后来泣不成声。喃喃道:如兰如馨的屈大夫不该走啊!

我看了李绩恭先生的好几篇文章,文气如江河澎湃,起伏宕跌,异峰峥嵘,壮怀激烈呀,哪里是一般人的老来文章归于平淡和宁静的风格呢!这又令我惊异:李绩恭先生真是一位奇人!

"桑梓萦怀芳宅绿,园田绮丽夕阳红。清江有渡同舟济,付托斯文竟在公。"这是李绩恭先生的友人对"红烛园林"的由衷抒怀。

我看了"红烛园林"心情难以平静，躺在他家的床上一夜无眠，直到天明。

"红烛园林"就在重庆市开县城郊的丰乐镇乌杨村。我羡慕这片热土诞生了这么一位赤子，我憧憬这位赤子身边有这么一个"红烛园林"相伴。

噫吁嚱，我庆幸在物欲横泛的潮流里看到了这么一个"红烛园林"。

（2006 年 5 月 7 日星期日上午）

清明时节想起一位忘年交

清明节到了。这天,在春寒料峭里,在明媚的阳光下,有一个人立于一座新坟的面前,庄严肃穆,焚烧着一卷诗书。

烟雾缭绕,而后遥遥升空。默问长天的英灵,你看到这烟雾了吗?你感觉到这烟雾了?

这个焚烧诗书的人是我,那新坟里埋葬着的是我的一个逝世一年多的大龄友人。我的前两本诗集《早春之雨》和《蔚蓝的恋曲》早已送给他了。他看了说:"写这个好,狠狠地诅咒那些鱼肉人民的坏家伙!"后来一次回乡,他对我说:"你的诗我放在枕边,睡不着觉的时候便翻开读,没有电灯时,就用手电筒照着。你写了我们当年的有些生活,还写了我们的友谊。"

是的,为了纪念我们之间的深厚情谊,我特地写了一首诗,题目是《复信》:

记得,亲爱的,记得/你那眸子的波光。太阳和月亮的错位使我们分开/我的心上/刻了一千次惆怅。我记得那些山花烂漫的日子/劳动号子声动人心弦/忘记了饥饿和卑微/还憧憬着地球上的新鲜。我记得/你对我说过/美好的年华象路边的花朵/很快被时光掐断/珍惜吧/年轻人!今天/春的树梢上那朵红云又开花了/可我俩都徘徊在遥远的他乡/命运使我们成为游子/愿夕阳晚霞是你的佛光。亲爱的/相信我/我会把忧伤化为火焰/燃尽月光浇成的蜡烛/镀我再一个生命的华光!

这首诗收在《蔚蓝的恋曲》里。

我的第三本诗集《太阳树》出版后，侄子来我这里，我给这位大龄朋友写了一封短信，与书装在一起，让侄子带给他。恰值春节期间，我打电话问："书和信送到没有？"侄子回答说："没有。""为何？""他腊月末到广州去了。"我"哦"了一声，缓缓地放下电话。他有一个儿子在广州行医，是到他那里去了吧。但我隐隐约约记得，友人已是八十高龄了，他的肺脏的功能不是很好，甚至还有点毛病。可是我知道他不是一个守土重迁的人，更不是一个传统的人。友人曾给我说过："外面的世界很诱人，有了钱也不能把钱垒在山上（指当时住的地方），坡坡坎坎的，环境太恶劣了。"八十多岁了还从巴蜀到千里之外的广州，其精神可敬可佩可叹。

不几个月，侄子又到我这里来，我问他给友人的书信送到没有，侄子哎呀一声："啊，他已经去世了！"

我很吃惊："去世了？你不是说他到广州去了吗，这么久了没有回来吗？"

"哎，就是在广州去了就患病，一病就没有起来。"

"什么病？"

"不知道，送回来的是一个骨灰盒。"

我连连嘘唏惋惜。十余年前，友人在广州去谋生了好些年，我写信去劝他：中国传统文化重视"落叶归根"，你是古稀之年了，还是回到家乡吧，让年轻人在外面闯荡。后来，他果然回来住了好几年。虽晚景灿烂，但毕竟日薄西山，垂垂暮老，朝不保夕，为什么又要到遥远的南国去呢？

数年前，因为父亲患重病，我回家看望，友人听说我回来了，他家在山下，我家在山上，友人怀揣中国象棋，慢慢地数着陡峭的石级，来到我家。当年我们都是棋迷，我的兴趣没减，看来友人的兴趣也没减。但我们没有弈棋，而是谈起巴尔干半岛来，谈起克罗地亚、米罗舍维奇、美国、俄罗斯，谈起国际风云的变幻。

父亲已不能说话。友人是医生，父亲的病就是友人在诊治，友人说："不行了，这只是尽人之常情了。"我和友人正在谈中国现在怎样怎样的时候，大哥叫我："好像父亲在叫你。"我走到病房，父亲并没有什么表示，但似乎枯瘦的蜡黄的脸上有些不快，是在责备我不守在病床前而去和别人摆龙门阵吗？我心里很不安，这是不孝之罪，直到今天我还在忏悔。

友人比我大近四十岁，当年小学生、初中生也可以到生产队参加力所能及的劳动。那是一片文化荒芜的土地，我们几个中学生尽管文化不高，更不通世事。友人是文化人，就喜欢和我们几个孩子在一起谈天说地。因为他很关心国际国内时事政治，我于是爱看起《参考消息》来。那时，这种报纸是不容易看到的，我是在中学校长龙耀光手里借的。我爱好象棋，也是在友人那里学的，后来竟能"棋逢对手"了。我爱好医学，也受到了友人的影响。友人说："秀才学医，如笼里捉鸡，你已经有旧社会一个秀才的水平了。"

　　那时日子很穷困，有时难免唉声叹气，悲观前途，友人安慰我说："要安于现时，才能开拓将来。"于是生活的热情就高了一些。

　　友人为什么来到这穷山沟，他可是一个在旧社会里就见了大世面的人，如上海、北京和东北等地的大城市，在军队里干的是特种兵，不知他为什么就回到了老家县城，后来，干脆不在县城待了，带着一个比他小近二十岁的姑娘到了我们那片山上。他说是困难年代缺吃，城里连野草、树皮也没有，山上这些东西是有的。为了生存，离开了优越的环境，到山上来了，难道仅仅是因为这个原因吗？

　　在那片贫困的山上，友人度过了大半生，他与那位姑娘生下了两男两女。后来，儿女都进了城，只剩下友人两口子。友人逝世后，就剩下他的妻子了。

（2003年12月28日星期日）

回忆孙仁良先生

去年春，天气暖和的时候，孙仁良先生专程到我办公室来找我聊天。他说："早就想来，因为咳嗽气喘，寒冷雾多时更重，所以拖到今天才来。"

孙仁良先生快到古稀之年了，比我大接近20岁，与我可以说是忘年交。是文化、学术把我们的友谊连接起来。

先生中等身材，一直很壮实，面色如铜，能喝酒，能抽烟，睡眠也好，平常很少吃药。他为自己有好的身体而自豪。儿女数个，都已成家立业。先生在成都有住房，他戏称为"别墅"，偶尔去小住一段时间。看来，他对自己的生活条件很满意。

谁知道，2006年秋天，他咳嗽了一个多月，不找医生诊治，自己以为是感冒，拿些治疗感冒的药吃，可不见好转。后来，竟发现咳出了血，到医院看，却是肺癌晚期了。手术已不能作，靠药物和放射疗法和癌魔做斗争。他休息时到街上散步，我遇到两次，见他头发脱落很多。可见放射疗法对人体伤害很大。他很乐观，知道自己是患了肺癌，对我说，肺上的阴影在减少，身体基础好，能够战胜疾病。我也跟着乐观，以为他战胜癌的气势很旺，不久就会宣告胜利。

没有想到，大概过了一个多月，忽然得知孙仁良先生去世的消息。他到我办公室来是我们之间最后一次见面和说话。这次我们聊天的主题，仍然是谈文化，特别是开江地方文化。他对我说，为了发掘、利用达州市地方文化遗产，他写了长篇论文，建议打造地方文化名片，如名人文化名片、巴人文化名片等。我很欣赏他的这些观点。我对他说："你写了那么多文章，早就该出一个集子，争取今年出吧。"他说："书是编好了，拿到旅游局去了，等我身体再好点后就拿回。"后来他将书稿拿没有拿回，我不知道，只是没见他的书出版。我想他在九泉里对此事是感到遗憾的。我对孙仁良先生在生时不能出版他研究地方文化的书，也深感遗憾。

现在政府提倡抢救地方文化遗产，抢救非物质文化遗产，我想孙仁良先生的文化也当属于抢救之列吧。对开江的民俗文化、风土人情、风俗习惯、传统文化、墓葬文化、旅游文化、历史文化等等，他都有广泛和深入的研究。可以说，他为了振兴开江的文化，踏遍了开江热土，他是开江文化的活字典。也可以说，他是生活在开江的对本土文化了解最多、研究最多的一个人。不知他有没有超过前人，我没有调查，不敢肯定。但我知道，现在生活在开江这片土地上的知识分子，像他这样热爱乡土，痴心喜欢地方文化、研究地方文化的几乎没有。不知道后来有没有来者，我也不能肯定。现在很多人比较浮躁，急功近利，金钱之欲吞噬了精神之魂，哪有心思去琢磨那些没有现实利益和好处的文化遗产呢！

孙仁良先生完成的最后一部著作是《开江文化志》。他本来已经退休，组织上把这个沉重的任务交给他，是对他的能力、学问的肯定，也是对他敬业精神的认同。为写这部志书，他花了大量精力，白天广泛收集资料，夜晚编辑、撰写。就是在他病患的日子里，他也还在为这部志书付出心血和汗水，做好增补和校对的工作。

我在写《这山这水这开江》这部散文集过程中，曾经找孙仁良先生要了一些资料做参考，有的资料直接引进我的文章中。他对朋友的帮助是无私的、爽快的。他对我散文集中《漫话开江》这篇写开江历史、人文、经济的长文很赞赏，并说这篇资料应当收入《开江文史》中。

孙仁良先生有好几种雅好，如书法、绘画、收集邮票、报刊等，且都有一定成就。

朋友，别忘了，一个德艺双馨的好人：孙仁良先生！

（2008年2月17日，农历正月十一）

访家谱专家阎晋修先生

最近，我拜访了著名家谱专家阎晋修先生。我亦爱好家谱文化研究，算是同道相亲吧。

寻声而去，到了成都市衣冠庙，离阎先生就只有一步之遥了。

他在电话里告诉我，沿街道走，看到"家谱坊"三个字，便到了。果然，没走多远，这三个字映入眼帘，很突出，很鲜明。这个字号，已在国家商标局注册，成都市找不到第二家，在全国范围内也是独一无二的。

我们是第一次见面，没有想到，阎先生比我想象中的年龄大，早已逾过花甲；令人感叹，阎先生的精神面貌比他走过的岁月年轻得多，脸色红润，气质儒雅。一看就是一个在文化泉池中浸润很久很深的人。

现在虽然改革开放了，但编修家谱仍然是民间的事。在这样的背景下，要想办一个家谱企业赚钱是困难的。可是，阎先生还是开办起了自己的家谱企业，而且行动很早，有二十余年的历史了。看来，阎先生开办家谱企业主要目的是出于对家谱文化的热爱，是出于对祖国传统文化的抢救。

阎先生爱好家谱文化的萌动便始于文化精神的传承。20世纪70年代，他父亲经常在家里讲家族的故事，说到家谱被毁，其父很惋惜。看到父亲为修家谱的事吃不香睡不好，阎先生产生了实现父亲心愿的念头。后来通过多方查找资料，修好了本族的家谱，他的父亲感到十分欣慰。

文明在发展，社会在变化。过去编修家谱，一般每三十年集中人力、财力搞一次，人口世系表排列方式根据实际情况或"欧式"，或"苏式"，或"宝塔式"等。阎先生通过对这些编修方法、方式研究后做出了重大创新。第一个创新是将所有家谱记载内容表格化，连序言等文字部分都可以进入表格，遗传世系更是可以进入表格；第二个创新是将家谱编修经常化，购得制成表格的家谱"模本"在手，随时可以填写、补充；第三个创新是将家谱编修分散化，家家户户都可以填写。从而减少了家谱编修的成本。可以说，阎先生呕心沥血的创作善莫大焉，对于弘扬家谱文化，继承传统，以及对于民族的可持续性发展，做出了自己可贵的贡献。

我以一部《中华贾姓人物传》（上下册）相赠，阎先生则送我《怎样修家谱》《阎式体例家谱》《邓氏家谱》等，以文会友，满载而归，不亦乐乎。

（2011年10月26日星期三上午）

怀念网友莫语

有了因特网，可以交许多朋友。当然，这些朋友，几乎都不能见面，只能是神交，或在梦中隐隐相会。不过，因特网上交的朋友，其性、其情、其爱好、其知识，大多在一个层面上。这种交往是以文会友，是神游在网上的心灵之间的碰撞。古人说以文会友，那是很困难的，真正能相会的有几人呢？现代科技诞生了因特网，它像魔一样把人们神秘地联系起来。

虽然没有见面，虽然只是神交，但如经常在那神奇的地方去和朋友聊一会，论一会，双方都竟然生情，那情又不知不觉在网上传来传去。接着，又竟然发展到一日不聊，如隔三秋的感觉。

莫语就是我的这么一位网友。

去年我初到新华网时，主要是发表文化研究方面的系列文章。《文化是什么》一文贴上去后，许多网友参加讨论。莫语是与我较劲时间最久的一个。他对我关于文化的基本观点有异议。我提出"文化属于精神的范畴"，他认为这是"唯心论"，发誓不将我的"文化唯心论"驳倒，决不罢休。

我俩来来往往了许多回合，围绕着"文化"是"物质"还是"精神"展开讨论。从莫语辩论的语气我判断，他的性情比较耿介，不是学的社会科学而是自然科学，但他的阅历肯定不浅。

当我俩辩论了许久后，他忽然对我说："老枫，我一是手写输入，速度较慢；二是非信口开河之人，对于自己尚不十分明确的东西需要查辞典和相关资料落实。如果你不嫌慢的话，当然乐于奉陪。另外，余病魔缠身，坐立无久，隔些时间还要卧床休息片刻，亦会令您久候，特先致歉意。"

看了莫语这话，恻隐之心油然而生。我后悔自己前面有时用词不当，有时语气不当，偶有讽刺、批判、嘲笑之意，心里甚感愧疚，于是对他说："对你的疾病我深表关切，一定要保重身体，不要因为与我的讨论影响你的健康啊！那样我会深感不安。看来我的用语要讲究一些了，尽量不刺激你，你也要心平气和的讨论呢，不要激动，以免有害身体。要用你的精神战胜病呀，嘿嘿，又谈到精神了。"

莫语回话说："老枫先生：衷心感谢您对我健康的关心。我们的观点虽然越来越远，友情却越来越近。非常高兴结识您这样的朋友！精神若能战胜疾病，医学就不会诞生了。多谢好意！我是乒乓迷，看王楠夺冠去了。恕不奉陪！"

第二天，我对莫语说："莫语老兄，你可能比我年长。你的身体能行吗？不要因为你我的讨论影响你的身体。我有些担心。不知你是什么病，本人略知中医，我能否给你提些疗养上的建议？"

莫语回答说："老枫：非常感谢您对我的关心，我本人是个医生，你大概没有想到吧？中、西医，药、手术都已施过，不是要紧的病，却无法根除。我对自己的病已泰然处之，随遇而安了。人过千岁是一辈子，活过古稀也是一辈子，关键是要活得有意义，所以，过好每一天是最重要的。非常感谢您为我提供的辩论，科研是我之所爱，和你讨论给我的退休生活增容不少。"

在翌日的讨论中，他对我说："老枫终于从虚无缥缈的太空飞回到阳光灿烂的大地，可喜可贺！特别是'人创造的都是文化'，是'文化即人化'的很好解释。"

他说了上述的话，后来再没见到他到我的帖子里来。我们只限于义理之争，没有相互询问生活及工作情况。所以我对莫语的其他情况知之甚少。他对我也是一样。

我现在还不时想起他，不知他能战胜病魔吗？

（2003年10月）

后 记

这部散文集共分游历写真、追寻陈迹、芳馨茉莉、长叹短吁、人物实录五个部分。所写内容甚为广泛，有的是抒发生活经历中的真情实感、所思所想，有的是读书、学习、做学问的记录和碰撞出的火花，有的是对人性、人类社会的美好的向往和追求，故书名定为"辙迹漫语"。"辙迹"乃车子行驶留下的痕迹。老子《道德经》第二十七章："善行无辙迹，善言无瑕谪。"我是一个常人，自然是行会留迹、言有瑕疵了。当然，本集标题的"辙迹"，指本人经历过的生活道路。因为内容宽泛，不拘一格，有些散漫，故称"漫语"。

贾载明

2016年8月酷暑极热于龙泉扶梅斋